ハヤカワ文庫 SF

〈SF2155〉

シミュラクラ

〔新訳版〕

フィリップ・K・ディック

山田和子訳

日本語版翻訳権独占
早　川　書　房

©2017 Hayakawa Publishing, Inc.

THE SIMULACRA

by

Philip K. Dick

Copyright © 1964 by
Philip K. Dick
Copyright renewed © 1992 by
Laura Coelho, Christopher Dick and Isa Hackett
All rights reserved

Translated by
Kazuko Yamada

Published 2017 in Japan by
HAYAKAWA PUBLISHING, INC.
This book is published in Japan by
direct arrangement with
THE WYLIE AGENCY (UK) LTD.

The official website of Philip K. Dick: www.philipkdick.com

シミュラクラ〔新訳版〕

登場人物

チック・ストライクロック……模造品(シミュラクラ)製造会社の社員
ヴィンス……………………チックの弟
ジュリー……………………ヴィンスの元妻
モーリイ……………………チックの勤め先の社長
フェリックス・カープ……カープ・ヴェルケの共同経営者
アントン……………………同共同経営者。フェリックスの息子
イアン・ダンカン…………元ジャグプレイヤー
アル・ミラー………………ダンカンの昔の音楽仲間
レオ・ドンドルド…………EME社長
ナット・フリーガー………同アーティスト＆レパートリー部長
ジム・プランク……………同録音技師
モリー………………………レオの娘
リヒャルト・コングロシアン……念動力で演奏するピアニスト
ベス…………………………リヒャルトの妻
エゴン・スパーブ…………精神分析医
アマンダ・コナーズ………スパーブの診療所の受付
メリル・ジャッド…………AG製薬の精神薬開発主任
ルーニー・ルーク…………超小型違法宇宙船販売会社の社長
ベルトルト・ゴルツ………〈ヨブの息子たち〉のリーダー
ルドルフ・カルプフライシュ……USEAの大統領(デア・アルテ)
ニコル・ティボドー………同ファーストレディ
レオノーレ…………………ニコルの秘書
ジャネット・レイマー……ホワイトハウスのタレントスカウト
バック・エプスタイン……司法長官
ガース・マクレー…………国務次官補
ワイルダー・ペンブローク……国家警察(NP)長官

1

エレクトロニック・ミュージカル・エンタープライズのアーティスト&レパートリー部のオフィスで、ナット・フリーガーはオフィス間メモを聞きながら、どこかぞっとするものを感じた。どうしてそんなふうに感じたのかはわからなかった。用件自体は、EMEにとって絶好のチャンスを知らせるものだったからだ。リヒャルト・コングロシアン——直接鍵盤に触れることなく、念動力でブラームスやシューマンを演奏する、高名なソ連のピアニスト——が、カリフォルニア州ジェンナーの夏の別荘にいることが突きとめられ、うまくいけば、そこで、EMEとの連続レコーディング・セッションに応じてもらえるかもしれないという。

それでも——。

ジェンナーのあるカリフォルニア最北端の海岸地域は暗く湿った多雨林地帯だ。たぶん、これが拒否反応を起こさせたのだろう。ナットは、ここ、EMEが複数の拠点オフィスを置いているティファアナ近辺の乾いた南の地域が好きだった。メモによれば、コングロシアンが夏の別荘から出てくることはまずない。コングロシアンはすでになかば引退した状態にあって、そうなった要因はおそらく、誰も明確には知らない家庭の事情に――それとなくほのめかされているところでは夫人か子供が関与している悲劇的な出来事にあり、その出来事が起こったのは何年も前のことらしいと、メモは暗に伝えていた。

午前九時。ナット・フリーガーは反射的にコップに水を入れ、オフィスに置いてある自分の録音装置に組みこんだ原形質生物アンペクF‐a2に与えた。このガニメデの生命体は痛みは感じないし、これまでのところ、電子システムの一部にされているのを嫌がるようすも見せていない。神経学的には原始的なレベルであるにもかかわらず、アンペクF‐a2は音響受容体として飛び抜けた能力を持っていた。

水はゆっくりとアンペクF‐a2の膜組織に浸みこんでいった。ガニメデの生命体が嬉しそうに水を吸収していくとともに、その導管が脈打った。よし、おまえを連れていこう。フリーガーは決めた。この録音装置はポータブルで、彼は、最新の高度な機器よりも、この装置のやわらかな曲線の形状が気に入っていた。デリカドに火をつけると、窓辺に歩み寄り、ブラインドのスイッチをオフにした。あたたかいメキシコの光がいっきにオフィスにあふれ、フリーガーは目を瞬（しばた）かせた。アンペクF‐a2は最高度の活性状態に入り、陽光と水を使って代謝系を活発化させた。フリーガーはいつものように、アンペクF‐a2が活動するのを見つめていたが、しかし、心は依然としてメモにあった。

いま一度メモマシンを取り上げてぎゅっと握ると、即座にEMEの社主レオ・ドンドルドの鼻にかかった声が聞こえてきた。「……これはＥＭＥにとって決定的なチャレンジのチャンスだ、ナット。コングロシアンは公の場で演奏するのを拒否しているが、わが社はベルリンの関連会社アート・コーポを介して契約を結んでいる。法的には、ＥＭＥの録音用に演奏させることは可能なんだ。少なくとも、それに必要な時間、彼をつかまえておくことさえできれば。だろう？　ナット」

「ええ」ナット・フリーガーは上の空でうなずきながら、ドンドルドの問いかけに答えた。

そもそも、あの有名なソ連のピアニストがなぜ北カリフォルニアに夏の別荘を構えたのか。これ自体、ワルシャワの中央政府が顔をしかめる過激な行動であることは言うまでもない。そして、彼が共産党最高本部の勅令に逆らうことを学んだのであれば、ＥＭＥとの対決にひるむようなこともまずありえないだろう。コングロシアンはもう六十代――共産主義エリアであれ、ヨーロッパ・アメリカ合衆国（USEA）であれ、今日の社会生活における法的な問題を無視することにかけてはプロフェッショナルだと言っていい。アーティストの多くがそうであるように、コングロシアンは、強大な二つの社会的現実のあいだを、自分の望む形で行き来しているのだ。

　こうした企画には、通常、相当のプロモーションを行なわなければならない。多くのアーティストがあっというまに忘れ去られていくのは誰もが知っている。コングロシアンの存在と、念動力を含めての彼の音楽の才能を、改めて一般大衆に思い起こさせる必要がある。とはいえ、そのあたりは、ＥＭＥの宣伝部はたやすくやってのけるだろう。なんと言っても、連中はこれまで大勢の無名アーティストを売り出すのに成功しているわけだし、コングロシアンも、一時的に忘れられているとしても、無名アーティストとはまったく違う存在なのだから。ただ、現在のコングロシアンはどうなのだろう。ナット・フリーガーは考えた。今も変わらぬすばらしい演奏をするのだろうか。

ドンドルドはこの点でも彼を納得させようとしていた。「……コングロシアンがつい最近まで、内輪の集まりで演奏していたことは誰もが知っている」その声には熱がこもっていた。「ポーランドとキューバではお偉がたのために、ニューヨークではプエルトリコのエリートの前で演奏した。バーミングハムでの慈善目的の演奏会で五十人の黒人の大富豪の前に姿を現わしたこともある。この時に集まった募金はアフリカのイスラム教徒たちのための月植民を援助するために使われた。この慈善演奏会に参加した何人かの現代作曲家と話をしたんだが、全員が、コングロシアンの表現力はまったく衰えていないと断言していた。あれは、と……二〇四〇年だったな。当時、彼は五十二歳だった。そして、言うまでもなく彼はずっとホワイトハウスで演奏をしている。ニコルと、あの実体のない大統領(デア・アルテ)のために」

アンペクF－a2をジェンナーまで運んでいって、オキシテープにコングロシアンの演奏を収めたほうがよさそうだ。ナット・フリーガーは思った。これが最後のチャンスになるかもしれない。コングロシアンのように芸術的才能を持った超能力者は長生きしないものと決まっている。

ナットはメモマシンに言った。「やってみます、ミスター・ドンドルド。ジェンナーに行って、彼と個人的に交渉してみます」それが彼の結論だった。

「いやっほー」ドンドルドは大喜びした。うまくいかないかもしれないのに——そう思ったナットは同情の念を禁じえなかった。


なにごとも見逃すことのない、うんざりするほどに執拗なレポーターマシンが騒々しく言った。「ドクター・エゴン・スパーブ、今日もオフィスに行くつもりだというのは本当ですか？」


なんとかしてレポーターマシンを家に入れないようにしておく方法はないものか。スパーブは思ったものの、それは不可能だった。「ああ。いま食べている朝食を食べ終えたら、すぐにホイールに乗って、サンフランシスコのダウンタウンに行って、ホイールを駐車場に停めて、ポストストリートのオフィスまで歩いていく。オフィスに入ったら、いつもどおり今日最初の患者の治療に取りかかる。たとえ、マクファーソン法という法律があろうとも」スパーブはコーヒーを飲んだ。

「あなたを支持している——」

「IAPPはわたしの行動を全面的に承認している」

実際、スパーブはつい十分前に国際精神分析治療医協会（IAPP）の理事会と話をしたところだった。

「きみがなぜわたしをインタビューの相手に選んだのかわからないな。IAPPの全会員が今朝もそれぞれのオフィスに行くはずなんだから」USEAのIAPP会員は一万人以上、北アメリカにもヨーロッパにもいる。

レポーターマシンは親しげな口調で言った。「マクファーソン法が議会を通過して大統領（デア・アルテ）も進んで署名をして法律が成立したわけですが、この最大の推進者は誰だとお考えですか？」

「きみにはわかっているはずだ」スパーブは言った。「もちろん、わたしにもわかっている。軍ではないし、ニコルでもない。国家警察（NP）でもない。医療用の合成化学薬剤を製造しているベルリンのAG製薬だ」そんなことは誰もが知っている。今さらニュースでもなんでもない。多大な力を持つあのドイツの巨大カルテルは、〝精神病には薬物治療を〟という考えを世界じゅうの人々に受け入れさせた。言うまでもなく、巨額の儲けが転がりこんでくるからだ。この結果、精神分析医は、オルゴンボックスや健康食品を使う治療師たちと同等の怪しげな医療者ということになってしまった。もう昔のような日々ではないのだ。精神分析医が確固たる地位を確立していた前世紀のような日々では。スパーブはため息をついた。

「とってもつらいんじゃありませんか？」レポーターマシンがぐさりと突き刺すように言う。「外部から強制されて自分の専門職を放棄するというのは？　いかがです？」

「視聴者に伝えてくれたまえ」スパーブはゆっくりと言った。「わたしたちは仕事を続けるつもりだ。法律があろうとなかろうと。わたしたちは薬物治療が有用であるのとまったく同様に、患者を助けることができる。人格障害の場合は特に――これには患者の生活史の全体が関与しているからだ」ここでスパーブは、いま目の前にいるのが主要テレビネットワークのひとつのレポーターマシンであることに気づいた。このネットワークを視聴している者は五千万人に及ぶだろう。不意にドクター・スパーブは舌が固まるのを感じた。

朝食を終え、ホイールに乗るために外に出たところで、第二のレポーターマシンが待ち構えているのを発見した。

「視聴者のみなさん、こちらがウィーン学派精神分析医の最後のひとりです。傑出した分析医であったドクター・スパーブは、たぶんわたしたちにひとことくださるでしょう。ドクター?」マシンはスパーブに近づいてきて行く手をふさいだ。「どんなご気分ですか?」

「ひどい気分だ」スパーブは言った。「そこをどいてくれないかね」

「オフィスに行く最後の日となる今日」と言いながら、マシンはするりと横によけた。「ドクター・スパーブは、有罪判決を受けた人間の重い雰囲気を漂わせつつ、しかし、その実、これまで自己の見識に従って仕事を行なってきたことにひそかな誇りを抱いていると見受けられます。しかし、時代はすでにドクター・スパーブのもとを過ぎていってしまいました……これが良きことなのかどうかを教えてくれるのは、唯一、未来のみでありましょう。瀉血(しゃけつ)療法と同様、精神分析は繁栄の時代を経て衰退の道をたどり、そして今、新たな治療法に取って代わられたのです」

ホイールに乗りこんだドクター・スパーブは、支線道路からサンフランシスコに向からアウトバーンに入ったが、依然としてひどい気分のままだった。避けられないとわかっている事態——行く手に待ち受けている当局との衝突が怖かった。

自分はもう若くはない。胴まわりにはいやというほど贅肉がついている。まさに中年の体形で、こうした出来事に立ち向かえる体力はとうていない。髪も抜けはじめている。毎朝、バスルームの鏡を見るのがつらい。スパーブは五年前に三人目の妻リヴィアと離婚し、以後、独り身を通していた。彼にとっては仕事が人生であり家族だった。そして今は？　そう、レポーターマシンが言ったとおり、今日がオフィスに行く最後の日になることは確実だ。北アメリカとヨーロッパの五千万人の人が注視している。これが、新たな天命を与えてくれるというのか？　昔の目標に代わる新しい崇高なゴールをもたらしてくれるのか？　いいや、絶対にそんなことはない。

なんとか自分を元気づけようと、スパーブはホイールの電話を取り、教会の説教サービスの番号をダイヤルした。

ポストストリートの駐車場にホイールを停めて歩いていくと、オフィスの前に小さな人だかりができているのが見えた。そして、数台のレポーターマシンと、青い制服を着た数人のサンフランシスコ市警の警官が待っていた。

「おはよう」ドクター・スパーブはためらいがちに言った。人々は彼のために道を開けた。スパーブは階段をのぼっていった。ドアを押し開くと、朝の陽光が廊下いっぱいにあふれ、パウル・クレーとカンディンスキーの版画を明るく浮かび上がらせた。七年前、彼とドクター・バックルマンが、このかなりくたびれた建物を飾ろうと廊下にかけたものだ。

レポーターマシンのひとつが高らかに言った。「まもなく試練の時がやってきます、視聴者のみなさん、ドクター・スパーブの今日最初の患者がやってきた時に！」

警官は休めの姿勢を取って静かに待機している。

オフィスに向かう前に、ドクター・スパーブは入口で足を止め、集まった人々のほうに振り返って言った。「気持ちのいい日だ。十月にしては」そして、続けて言うべき言葉を探した。今の感情と立場の高潔さを伝えるヒロイックなフレーズを。だが、そんな言葉はなにも浮かんでこなかった。

要するに、ここには高潔さなどいっさい関与していないからだ。スパーブは思った。何年ものあいだ一週間に五日続けてきたことがいま終わるというだけのことであり、このルーティーンをいま一度実行するのに特別な勇気を奮い起こす必要などいっさいない。もちろん、このロバのような愚直さが逮捕という結果をもたらすことは目に見えている。頭の中では、それはわかっている。それでも体は——下位の神経系はそうではなかった。彼は建物の中へと入った。

ビルの前に集まっていた人垣の中から女性の声が上がった。「わたしたちはあなたとともにいます、ドクター。幸運を」ほかの何人かが笑みを投げ、つかのま、まばらな歓声が上がった。警官は退屈しているようだった。スパーブは扉を閉めて歩きつづけた。

フロントルームのデスクの前に来ると、受付のアマンダ・コナーズが顔を上げて言った。

「おはようございます、ドクター」

リボンで束ねられた明るい赤毛が輝き、襟ぐりの深いモヘアのセーターの奥から見事な胸が神々（こうごう）しく突き出している。

「おはよう」ドクター・スパーブは、今日もここで彼女の姿を見られたことが嬉しく、しゃっきりとした気持ちになった。コートをぬいで差し出すと、アマンダが受け取ってクローゼットにかけた。「さて、最初の患者は？」そう言って、スパーブはマイルドなフロリダ葉巻に火をつけた。

予約帳を繰りながら、アマンダが言った。「ルッゲさんです、ドクター。時間は九時。コーヒーを一杯飲まれる時間はありますね。いれてきます」アマンダは隅のコーヒーメーカーのほうに向かいかけた。

「もう少ししたらここでなにが起こることになるか、わかっているね？」スパーブは言った。

「ええ、もちろんです。でも、IAPPが絶対に釈放させてくれるはずです。違いますか？」アマンダは小さな紙コップを持ってきて、震える手でスパーブに渡した。

「わたしが心配しているのは、それが、きみの仕事が終わるのを意味しているということだ」

「はい」——アマンダはうなずいた。その顔にもはや笑みはなく、大きな目は暗くなっていた。

「大統領（デア・アルテ）があの法案をどうして却下しなかったのか理解できません。ニコルは反対していたし、絶対に大統領（デア・アルテ）もそうだろうと、わたし、最後の最後まで確信していたんです。そうだわ、政府はタイムトラベル装置を持っているんですよ。未来に行って、今度のことがどんなひどい事態をもたらすことになるか確かめられるじゃありませんか。社会全体が鬱（うつ）の底に落ちこんでいるに違いありません」

「実際に未来に行ってみたかもしれない」そして、とスパーブは思った。まったく落ちこんでなどいなかったんだ。

オフィスのドアが開いた。今日最初の患者ゴードン・ルッゲが不安に青ざめた顔で立っていた。

「おお、もう来たのかね」スパーブは言った。実際、予約時間よりも早かった。

「くそ野郎ども」ルッゲは言った。三十代なかば、立派な身なりの長身痩軀の男性で、モントゴメリーストリートで株の仲介に携わっている。

ルッゲの後ろから、サンフランシスコ市警の私服警官が二人現われた。二人はドクターに鋭い視線を向けた。

レポーターマシンの群れが我先にホース状のレセプターを伸ばし、すばやくデータを吸いこんでいく。しばしのあいだ、誰ひとり動かず、言葉も発しなかった。

「奥に行って、先週の金曜に中断したところから再開することにしよう」ドクター・スパーブはルッゲに言った。

「あなたを逮捕します」私服のひとりが間髪をいれずに言うと、前に進み出て、折りたたんだ令状をスパーブに渡した。「一緒に来てください」警官はスパーブの腕を取り、ドアのほうに導いた。もうひとりは反対側に移動し、スパーブは二人にはさまれる格好になった。すべてがスムーズになされ、騒ぎはいっさい起こらなかった。

スパーブはルッゲに言った。「すまない、ゴードン。あなたの治療を続けるためにわたしにできることがなにもないのは明らかだ」

「あのドブネズミ野郎どもは、わたしに薬を飲ませたがっている」ルッゲが苦々しく言った。「薬を飲んだら具合が悪くなるのを承知の上で。わたしの特定の神経系にとって、薬は毒なんだ」

「興味深いことです」とレポーターマシンのひとつが、テレビ視聴者のために低い声でしゃべっている。「患者は分析医への忠誠心をはっきりと示しています。ですが、忠誠心を示すのも当然ではないでしょうか。この人物は、もう何年も精神分析に信頼を置きつづけてきたのですから」

「六年だよ」ルッゲはマシンに言った。「必要とあれば、あと六年でも治療を受けるつもりだ」

アマンダ・コナーズがハンカチを顔に当てて静かに泣きはじめた。

ドクター・スパーブは、サンフランシスコ市警の私服と制服の警官たちにエスコートされて、待機していたパトロールカーに連行されていった。人々が再び、ぱらぱらとながら激励の声をかけた。だが、スパーブの見るところ、その大半は年配者だった。精神分析医が尊敬されていた時代の生き残り——スパーブ自身と同様、別の時代に属する人間ばかりだ。わずかでもいいから若い世代の人間がいてくれればと思ったスパーブだったが、しかし、若者の姿を見つけることはできなかった。

警察署で、分厚いオーバーを着た細面の人物が、手巻きのフィリピン葉巻ベラ・キングを吹かしながら、感情のない冷たい視線を窓の外に向け、腕時計を確認したのち、せわしなく室内を行き来しはじめた。

葉巻をもみ消し、新たな一本に火をつけようとしたその時、パトカーがやってくるのに気づいた男は、急いで屋外の乗降場に出ていった。警官たちが問題の人物の勾留手続きにかかろうとしているところだった。男は「ドクター、ワイルダー・ペンブロークです。少しお話がしたい」と言って警官たちにうなずいた。警官たちはドクター・スパーブを男の前に残して引き下がった。「中へ――二階の部屋を一時的に使わせてもらっています。長くはかかりません」

「市警の人間ではないな」ドクター・スパーブは鋭い視線を向けた。「たぶんNP――」スパーブの顔が不安げになった。「そうだ、そうに違いない」

ペンブロークはエレベーターに向かいながら、こう言った。「わたしのことは単に関係者とだけ考えてください」一団の警察官とすれ違い、男は声を落とした。「あなたがオフィスに戻って患者の治療を続けられるようにしたいと思っています」

「そうする権限があなたにはある、と?」スパーブはたずねた。

「おそらく」エレベーターがやってきて二人は乗りこんだ。「ただ、オフィスに戻っていただく前に一時間ほど時間が必要です。少しばかりご辛抱いただきたい」ペンブロークは新しい葉巻に火をつけた。

スパーブには勧めなかった。

「きいていいだろうか——いったいどの機関に所属しているのか」

「いま言ったとおり」ペンブロークは苛立ちを感じた。「単に〝関係者〟とだけ考えてもらえればいいんです。わかりませんか？」ペンブロークはじろりとスパーブをにらみつけ、それから二階に着くまでどちらも口を開かなかった。「突然のことで申しわけなく思っています」廊下を歩いていく途中で、ペンブロークは言った。「だが、あなたの逮捕については心から案じています。たいへん心配しています」彼は開いたドアを押さえ、スパーブは恐る恐る二〇九号室に入った。「もちろん、わたしはすぐに心配するんですよ。多かれ少なかれ、それがわたしの仕事なんです。あなたの仕事が、自分を感情的に関与させるのを許さないのとまったく同様にね」そう言って、ペンブロークは笑みを向けた。しかし、スパーブは笑い返さなかった。極度に緊張していると、ペンブロークは見て取った。調査書にあるプロファイルどおりの反応だ。

二人はともに油断なく椅子に腰をおろして向き合った。

ペンブロークが言った。「あなたのところに相談にやってくる人物がいます。それほど遠くない将来、あなたの患者になります。おわかりですか？　だから、われわれはあなたにオフィスに戻ってもらいたい。オフィスが開いていれば、その人物を迎えて治療することができます」

ドクター・スパーブはうなずき、硬い顔で言った。「わかった」

「そのほかの――あなたが治療をしているほかの患者については、われわれは気にしません。彼らの病状が悪くなろうが良くなろうが、大金を支払おうが治療費を踏み倒そうが、どうでもいい。われわれの関心対象は、そのひとりの人物だけです」

「その人物の治療がすんだら、オフィスも終わりということになるのだろうか？　ほかのすべての分析医と同様に」

「それはまたその時になったら話し合うことにしましょう。今すぐにではなく」

「その人物とは誰だ？」

ペンブロークは言った。「教えるつもりはありません」

「思うに」と、しばしの間を置いてスパーブは言った。「フォン・レッシンガーのタイムトラベル装置を使って、その人物の治療結果を偵察したんだな」

「そのとおり」とペンブローク。

「それで、わたしがその人物を治療できるということに確信を持った、と」

「そうではありません」ペンブロークは言った。「逆に、あなたはその人物を治すことができなかった。あなたにオフィスを続けてほしいという理由はまさにそれです。薬物治療を受けたなら、彼は精神のバランスを完全に取り戻してしまう。そして、われわれにとっては、彼が今のままの状態でありつづけるのが、このうえなく重要なことなのです。おわかりですね、ドクター、われわれにはこれからも仕事を続けてくれる医者、精神分析医が必要なのです」ペンブロークは消えてしまった葉巻に改めて注意深く火をつけた。「したがって、あなたへの第一の指示は——新しい患者はひとりたりと断ってはならない。おわかりですね？　どれほど狂っていようと——あるいは、どれほど正常なのが明らかであろうと」ペンブロークは笑みを浮かべた。ドクターがいかにも不愉快そうにしているのが、ペンブロークには愉快でならなかった。

2

エイブラハム・リンカーン自治共同住宅では、夜になっても明々と明かりが灯っていた。住民総会が開かれる夜、六百人の居住者全員が、住宅憲章に従って、中央の大ホールに集まるよう求められていた。ホール前には居住者の男性・女性・子供が列を作り、入口で、ヴィンス・ストライクロック――ビジネスライクでクールな役人然とした堅物人間――が、新しい身分証読み取り装置を操作してひとりひとりを順番にチェックしながら、外部の者がいないか、ほかの自治共同住宅の者はいないかを確認していた。居住者はみな粛々と従い、確認作業はきわめてスムーズに進んでいった。

「ヴィンス、その機械にはどれくらいの費用がかかったんだね?」ジョー・パード老人がたずねた。この共同住宅一の古株で、彼とその妻は、一九九二年五月、この建物が竣工した日に入居していた。妻はすでに他界し、子供たちはみな成長して出ていってしまっていたが、ジョーはひとりエイブラハム・リンカーンにとどまっていた。

「相当な額です」ヴィンスは静かに言った。「でも、これならミスを犯しようがありません。主観的な記憶だけで判断するわけじゃありませんからね」この共同住宅のセキュリティ担当の一員として、ヴィンスは、これまで住人のひとりひとりを認知する能力だけに頼って確認作業を行なってきたのだが、先立って（せんだって）ロビン・ヒル・マナーの住人二人が入りこむのを見逃してしまった。総会屋まがいのよそ者二人は立て続けに質問やコメントを発して集会をめちゃくちゃにしてしまい、ヴィンスは自分とほかの居住者たちに対して、こんなことは絶対に二度と起こさないと誓ったのだった。

身分証チェックが終わった先では、ミセス・ウェルズが笑みを顔に張りつけたまま、今日の議題を記したコピーを渡しながら、こう繰り返していた。「項目3A、屋上修理の予算の割り当ては、4Aになりました。メモしておいてください」

住人たちはコピーを受け取ると、二手に分かれてホールの両側の席に向かった。リベラル派は舞台に向かって右、保守派は左の席で、どちらも明白に相手の存在を無視している。いずれの派にも属さない少数の住人——新しい入居者か変わり者——は後ろの席につき、ホール全体がいくつもの小さな協議でざわつくなか、周囲を気にしつつ黙って座っていた。

人々の話しぶりやホール全体の雰囲気は穏やかなものだったが、今夜、やがて衝突が起こるであろうことは誰もが承知していた。リベラル・保守のいずれの派も、おそらくその準備をしているものと思われ、あちこちで紙のガサつく音がしていた。両派の住人たちがそれぞれ、さまざまな文書や請願書や新聞の切り抜きを読み、交換し、前に後ろにまわしているのだ。

舞台上のテーブルには四人の自治会役員が座っていた。会長のドナルド・ティシュマンは胃がチクチクするのを感じた。平和を旨とするティシュマンは、暴力的な衝突ということを考えるだけで身がすくむ思いだった。住民席にいてさえ耐えられない気分になるのに、今日はこの壇上で主導的な役割を果たさなければならないのだ。役員と会長の座は、歳月とともに、どの住民にも順番にめぐってくる。それが今はティシュマンのもとにまわってきていた。そして、言うまでもなく、今日は、例の学校の問題がクライマックスに達する、その日だった。

ホールはほぼいっぱいになっていた。エイブラハム・リンカーン自治共同住宅の現在の専属牧師であるパトリック・ドイルが両手を上げて一同を静まらせた。長い白のローブを着たドイルに、楽しそうなようすはこれっぽっちも見られなかった。「開会の祈りを捧げます」その声はかすれていた。ドイルは咳払いをして小さなカードを取り出した。「みなさん、目を閉じて、頭を垂れて」そこでドイルはティシュマンとそのほかの役員のほうをちらりと見た。ティシュマンはうなずいて、続けるように促した。「天なる父よ」と、ドイルはカードを読み上げていった。「われら自治共同住宅エイブラハム・リンカーンの居住者は、今宵の集会に神のご加護をたまわらんことを切に願っております。エヘン、神のご慈悲のもと、緊急を要すると思われる屋上の修理のための募金を集めることができますよう、お願いいたします。われらの病気が癒(いや)され、われらとともに暮らしたいと思っている申請者の審査において、誰を受け入れ誰を却下するか、的確な判断をくだせるよう、お願いいたします。さらには、よそ者が入りこんできて、法にかなった秩序あるわれらの生活を破壊したりすることのないよう、お願いいたします。最後に、特別に、神がそうあることをお望みであるならば、ニコル・ティボドーが最近テレビを通してわれらの前に姿を見せなくなった原因である副鼻腔性頭痛から彼女を解放してくださることを、そして、彼女の頭痛が、二年前のあの出来事――思い起こせば、ステージ係が錘(おもり)をおろす指示を出して、それがニコルの頭に当たり、結果、ニコルは病院に運ばれて数日間入院するに至ったわけでありますが、あの時のこととはまったく無関係であることを願ってやみません。なにはともあれ、アーメン」

一同が唱和した。「アーメン」

ティシュマンが椅子から立ち上がった。「さて、本題の協議に入る前に、少しばかり、われら自治住宅独自のタレントショーを楽しんでいただきたいと思います。最初は、二〇五号室のフェータースメーラー家の三人のお嬢さんたちによるソフトシューダンス。《星への階段を作ろう》に合わせてダンスを踊ります」ティシュマンが着席すると、三人のブロンドの女の子がステージに出てきた。以前のタレントショーでもお馴染みの三人だ。縞模様のズボンとギラギラ光る銀色のジャケットを着たフェータースメーラー三姉妹が、笑みを浮かべてすり足のダンスを披露しているさなか、外の通路につながるドアが開いて、遅刻者が現われた。エドガー・ストーンだった。

ストーンが遅れたのは、隣室の住人イアン・ダンカンの試験の答案の採点をしていたからだった。ホールの入口で足を止めたストーンは依然として、この試験とダンカンの答案の出来のひどさに思いをめぐらせていた。ダンカンのことはほとんど知らなかったが、彼がこの試験に失敗したことは、採点を終えるまでもなくわかった。

壇上ではフェーターースメーラー家の女の子たちがキーキー声で歌を歌っている。ストーンは、なぜ集会に来たのだろうと思った。たぶん、罰金を払わないでおくためという以上の理由はない。集会への出席は居住者の義務だったが、しょっちゅう行なわれているこの素人のタレントショーは、ストーンにはなんの意味もなかった。彼は、テレビがエンタテインメント番組を放送していた時代のことを思い出した。あのころ、テレビではプロのすばらしいショーを見ることができたものだ。それが今では、言うまでもなく、プロと呼べる者はみなホワイトハウスとの契約下に入り、テレビは、視聴者を楽しませるのではなく、教育するものになってしまった。ストーンは、すでに消えてしまって久しい、あの輝かしき古き黄金時代に思いを馳せた。ジャック・レモンやシャーリー・マクレーンが出ていた、あの偉大な古きコメディ映画の数々……。次いで、フェーターースメーラー姉妹に目を戻したストーンはうめき声を上げた。

入口でチェックを続けていたヴィンス・ストライクロックが、ストーンのうめき声に厳しい視線を向けた。

少なくとも開会の祈りにはまにあわなかった。ストーンは身分証をヴィンスの真新しい高額の装置の前にかざした。マシンはストーンが入るのを許可してくれ――なんたる幸運！――、彼は空いている席に向かって通路を歩いていった。ニコルは今夜、このショーを見ているのだろうか？　この今、ここに集まっている者たちのあいだにタレントスカウトがいるのだろうか？　見知らぬ顔は見当たらなかった。フェータースメーラー姉妹の努力は無駄に終わるということだ。席に着いたストーンは目を閉じて歌だけを聞いた。見ているのは耐えられなかった。この子たちが成功することは絶対にない。三人はいずれ、その事実を直視しなければならない。野心に燃える両親も同じく。この子たちに才能はない。この共同住宅に住むほかの全員も同様に……。これまで、断固たる決意をもって奮闘努力してきたにもかかわらず、エイブラハム・リンカーンがヨーロッパ・アメリカ合衆国（USEA）の文化リストに付け加えたものは皆無に等しい。この現状を変えることはできないのだ。

　フェータースメーラー姉妹の将来が絶望的だという明瞭な事実に、ストーンはいま一度、イアン・ダンカンの答案のことを思い出した。ダンカンが今朝早く、蠟のように真っ白な顔で震えながら、ストーンの手に押しこんだ答案。この試験に合格しなければ、ダンカンはフェータースメーラー姉妹よりもはるかに困難な状況に陥ることになる。エイブラハム・リンカーンに住みつづけることさえできなくなるからだ。ダンカンは消えてしまう——とにもかくにも、この共同住宅の住人たちの視界からは消え、以前の軽蔑される以外にない立場へと戻ってしまう。なにか特別のスキルを持っていないかぎり、彼は十中八九、大部屋で寝泊まりし、肉体労働者集団の一員として働くしかないだろう。われわれの誰もが十代のころにやっていたように。

　ただ、この共同住宅に入るために払った保証金は払い戻してもらえるはずだ。かなりのまとまった金。あの男が生涯でただ一度投下した大金。ひとつの観点から見ると、ストーンはダンカンがうらやましかった。自分ならどうするだろう？　ストーンは目を閉じたままで考えた。あの保証金を、いま返してもらえるとしたら？　たぶん火星に移住する。あちこちの展示販売ロットで売られている、あの激安の超小型違法宇宙船ジャロピーを一台買って……。

　拍手が起こって、ストーンは目を開けた。三姉妹のショーが終わっていた。彼も拍手に加わった。壇上でティシュマンが手を振って静粛を求めた。「みなさん、楽しんでもらえたようでなによりですが、今夜はほかにもまだたくさん用意されています。集会のビジネスパートはそのあとになるので、お忘れなく」そう言って、ティシュマンはにっこりと笑った。

　そうとも、たいへんな騒動になるはずの〝議題（ビーズネス）〟だ。ストーンは全身に緊張が走るのを感じた。彼はエイブラハム・リンカーンでは急進派のひとりで、共同住宅内の中学校を廃止し、子供たちを公立の中学校に送りたい――そうすれば、あらゆる面で、ほかの自治共同住宅の子供たちと交流できるようになる――という考えに賛同していた。

　このたぐいの考えはたいへんな反対に遭うのが常だったが、しかし、この数週間、議論を重ねるなかで、それなりの支持を得られるようになってきていた。もしかしたら、これまでとは異なる時代に入りつつあるということかもしれない。いずれにしても、公立中学に行くのが経験の幅を著しく広げることは間違いない。エイブラハム・リンカーン共同住宅の子供たちは、ほかの共同住宅に住む人々も自分たちとまったく異なっていないことを発見する。すべての自治共同住宅の住人たちのあいだにある障壁が突き崩され、新たな相互理解が生まれてくるだろう。

少なくとも、ストーンにとって、これは革新的な考えだった。しかし、保守派の人たちはそうは考えていない。そうした交流はまだ早すぎると彼らは言う。どの共同住宅が優れているかをめぐって、子供たちのあいだに衝突が起こり、たいへんな抗争が引き起こされるはずだ。いずれは、公立中学に行けるような状況が生まれるかもしれない……だが、今はだめだ。こんなに早くはだめだ。

イアン・ダンカンは、高額の罰金が科せられるリスクを冒して住民総会に出席せず、自室にとどまって、政府刊行のヨーロッパ・アメリカ合衆国（USEA）の政治史の公式教科書を読んでいた。小柄なダンカンの顔は青ざめ、見るからにナーバスなようすだった。ダンカンは政治史が苦手だった。経済的なファクターはほとんど理解できなかったし、まして、宗教と政治をめぐる錯綜したイデオロギーとなると、もうお手上げと言うほかはなかった。二十世紀にさまざまなイデオロギーが入れ代わり立ち代わり登場し、交錯と変容を重ねていった過程は、ダイレクトに現在の状況につながっているという。たとえば、民主‐共和党の台頭。以前、別々だった二つの（三つだったか？）政党が繰り広げた無益な戦い。その権力闘争は、まさに今日、自治共同住宅間に見られる衝突そのものだった。二つ――ないし三つ――の政党は、一九九四年ごろ、ドイツがＵＳＥＡに参入する寸前に統合された。今はただひとつの政党しかない。この民主‐共和党が安定した平和な社会を統治しており、すべての人が法のもと、この社会に帰属している。すべての人が税金を払い、党大会に出席して、四年に一度、新しい大統領（デア・アルテ）を選ぶ選挙に参加し、ニコルが一番気に入るだろうと考える人物に一票を投じる。
　四年ごとにニコルの新しい夫となる人物を決定する権利が自分たち市民にあるというのは、すばらしいことだ。ある意味で、有権者に至上の権力を、ニコルその人をも超える力を与えてくれているわけだから。たとえば、今の大統領（デア・アルテ）ルドルフ・カルプフライシュ——彼とファーストレディの関係はきわめて冷めたもので、彼女が、この市民たちの最新の選択をあまり気に入っていないことを示唆している。ただ、もちろん、ファーストレディとして、ニコルがそれを口にすることはない。
　教科書の練習問題の設問：ファーストレディの地位が大統領（プレジデント）よりも高くなったのはいつのことか？　別の言葉で言えば、われわれの社会が母権制になったのはいつかということだ。ダンカンは自分に言った。この答えは知っている。一九九〇年ごろ。それ以前にもいろいろと兆（きざ）しはあった。この変化は徐々に進んできた。年を重ねるごとに大統領（デア・アルテ）の存在感は薄れていき、一方で、ファーストレディのほうがより有名に、より好かれるようになっていった。この状況をもたらしたのは一般大衆だ。これは〝母〟を求める心性だったのか？　母、妻、愛人——あるいはそのすべてを求める心性。とにもかくにも、市民は自分たちの求めるものを得た。ニコルを得た。ニコルは間違いなく母と妻と愛人が一体化した形象であり、それ以上の存在だった。
　居間の隅にあるテレビが**タアアアアアアングググ**という音を発して、まもなく政府の放送が始まることを知らせた。ダンカンはため息をついて、政治史の公式教科書を閉じ、テレビ画面に注意を向けた。ホワイトハウスでの活動に関する特集番組だろう。たぶん新しいガイドツアーか、でなければ、ニコルの新しい趣味、新しいパッションの対象をめぐる徹底的な（とてつもなく詳しく突っこんだ）話。ニコルはボーンチャイナのカップの収集でも始めたのだろうか？　だとしたら、くそったれなカップの一個一個を延々と見せられるはめになる。

はたして、画面に、ホワイトハウス報道官マックスウェル・W・ジェイミソンの、重たげに肉の垂れた顔が現われた。

「こんばんは、われらが国のみなさん」ジェイミソンは重々しく言った。「みなさんは、太平洋の海底はどのようになっているのだろうと思ったことはありませんか？　ニコルは太平洋の深海に興味を抱き、さまざまな疑問に答えてもらうため、世界で最も著名な海洋学者三人に、ホワイトハウスのチューリップ・ルームに集まっていただき、それぞれの話をしてもらうよう求めました。みなさんもぜひ一緒にお聞きください。この模様はほんの少し前に、統合三大ネットワーク広報局の機器を介してライブ録画されたものです」

これからホワイトハウスに行くのだ。ダンカンはひとりごちた。少なくとも、映像を通しての疑似体験として。実際にホワイトハウスに行く方法が見つけられないおれたち、たったひと晩たりとニコルの関心を引く才能を持っていないおれたちが、とにもかくにもホワイトハウスに入れるのだ。入念に調整されたテレビの窓を通して。

今晩は本当はテレビなど見たくなかった。だが、同時に、見ておいたほうがいいような気もした。番組の最後に抜き打ちテストがあるかもしれない。そのテストでいい点を取れば、今、隣室のエドガー・ストーンがチェックしている最新の宗政試験の結果——ひどい出来であることには確信があった——を帳消しにできるかもしれない。

ジェイミソンに代わって、美しく静謐（せいひつ）な顔が画面いっぱいに広がった。白い肌、黒く知性あふれる目、賢く、それでいて愛らしさを感じさせる顔。視聴者の関心を独占するに至った女性。全国民が、この惑星上のほとんどすべての人が、偏執的なまでに彼女に思いを寄せつづけている。その姿をまのあたりにしたとたん、イアン・ダンカンは不安のあまり吐き気が湧き上がってくるのを感じた。おれは彼女を失望させたんだ。あのひどい試験の結果を、なぜか彼女は知っている。なにも言わなくても、彼女の目には落胆の色がある。

「こんばんは」ニコルはやわらかな、ほんの少しハスキーな声で言った。

「この道しかない」気づいてみると、ダンカンはひとりぶつぶつとつぶやいていた。「おれには抽象的な頭はない。この宗教‐政治哲学のいっさいがちんぷんかんぷんだ。具体的な現実だけに専念するというわけにはいかないのか？　おれはレンガを焼くとか靴を作るとかしているべきなんだ」おれは火星に行くべきなんだ。フロンティアに。まもなく、ここから追い出される。三十五歳でおれは終わりなんだ。そして、彼女はそれを知っている。おれを行かせてくれ、ニコル。ダンカンは絶望的に思った。もうこれ以上、試験を受けさせないでくれ。なぜって、合格する見こみはまるでないんだから。この海の底の番組にしたって、終わるころにはすっかり忘れてるに決まっている。民主‐共和党にとって、おれはなんの役にも立ちやしない。

その時、ダンカンはアルのことを思い出した。昔の相棒、アル・ミラー。アルなら助けてくれるかもしれない。アルはルーニー・ルークのところで働いている。ブリキと段ボールでできているとしか思えない、あのちっぽけな宇宙船、落ちこぼれた人間にも買える激安の宇宙船を売っているジャロピー・ジャングルのひとつで働いている。運がよければ、首尾よく火星までの片道旅行をやってのける宇宙船。アルなら、ジャロピーを卸値で売ってくれるだろう。

画面上ではニコルが話しつづけていた。「そして本当に、深海は多大な魅惑に満ちた世界です。無数の発光生物は、その種類といい、息をのむほどに不思議な形状といい、ほかの惑星で発見されたいかなる生物をもはるかにしのいでいます。科学者たちが計算したところでは、海洋にはさらに多くの生物がいて――」

ニコルの顔がフェードアウトし、代わって、自然のものとはとうてい思えないグロテスクな魚のシーンが現われた。これは意図的なプロパガンダの一環なんだ。ダンカンは思った。われわれの意識を火星から、党とニコルから逃れるという考えから、そらせておくための。画面上で、球根のような目をした魚がダンカンのほうに向けて大きく口を開いた。頭の中の思いとは裏腹に、ダンカンは思わず目を奪われてしまった。すごい。海の底にはなんて不思議な世界があるんだろう。ニコル、おれはあなたにとらえられてしまったんだ。アルとおれがオーディションに合格していさえすれば、この今、おれたちはあなたのためにジャグを吹き、幸せになっていたかもしれない。あなたが世界的な海洋学者にインタビューしているあいだに、アルとおれはつつましくバックで演奏していたかもしれない。たぶん、バッハの《二声のインヴェンション》の一曲を。

ダンカンはクローゼットの前に行き、上体を屈めると、布に包んだものを注意深く取り上げ、明かりのもとに運んでいった。これにどれだけ熱い青春の思いを捧げていたことか。ダンカンは昔を思い起こした。

彼はそっと布を取ってジャグを取り出した。そして、深呼吸をして静かに息を吹きこみ、意味のない音をひとつ二つ鳴らしてみた。ダンカン&ミラーと二人のジャグバンド。イアン・ダンカンとアル・ミラーはかつて、二本のジャグのために独自に編曲したバッハやモーツァルトやストラヴィンスキーを演奏していた。だが、ホワイトハウスのタレントスカウトは――どうしようもないやつだった。二人はちゃんとしたオーディションの機会さえ与えてもらえなかった。あのスカウト野郎は、ジャグならもうやったからと言った。ホワイトハウスに最初に行ったジャグプレイヤーは、アラバマの伝説的なアーティスト、ジェシー・ピッグで、彼は《ダービー・ラム》や《ジョン・ヘンリー》といった曲のジャグヴァージョンで、ホワイトハウスに集まった十三人のティボドー・ファミリーを楽しませ、喜ばせた。

「でも、われわれのはクラシックのジャグなんです」イアン・ダンカンはタレントスカウトに抗議した。「われわれはベートーヴェンの後期ソナタを演奏します」

「また連絡する」と、タレントスカウトは素っ気なく言った。「将来、ニッキーがちょっとでも興味を示すようだったらな」

ニッキー！　イアンは青ざめていた。ファーストファミリーとそれほどにも親密な間柄になれるのか。イアンとアルは意味のないことをもぐもぐとつぶやきながら壇をおり、彼らのジャグ演奏は、次の演目——エリザベス朝の衣装を着けた一団の犬が『ハムレット』の登場人物たちを真似てみせるという代物——にあとを譲った。犬たちも当然のように合格しなかったが、それはなんら慰めにはならなかった。

「こういう話を聞きました」ニコルが話している。「深海には光はほとんど届かないそうです。そこには、こんな不思議な生き物がいます」頭の前に輝くランタンをこれ見よがしに吊り下げた魚が画面を横切っていった。

ドアをノックする音がした。ダンカンは跳び上がった。

用心深くドアを開けると、そこには隣の部屋のストーンが立っていた。ナーバスな面持ちだった。

「総会に出なかったんだな？」エドガー・ストーンは言った。「欠席者のチェックでわかってしまうぞ」ストーンの手には、イアン・ダンカンの採点ずみの答案があった。

ダンカンは「結果を教えてくれ」と言って心の準備をした。

部屋に入ってくると、ストーンはドアを閉めた。テレビに目をやり、海洋学者たちと一緒に座っているニコルに気づくと、しばし彼女の話に聞き入り、次いで突然、しわがれた声で「オーケーだ」と言って答案を差し出した。

「合格したのか？」信じられなかった。答案を受け取ると、不信の色もあらわに答案を調べた。そして、なにが起こったのかを理解した。

ストーンが、ダンカンが合格するように計らったのだ。点数が改竄されていた。なぜこんなことをしたのか──たぶん人道的な動機からだ。ダンカンは頭を上げ、二人はたがいに見つめ合った。どちらもなにも言わなかった。なんということだ。おれはどうすればいいんだ。

ダンカンは自分の反応に驚いたが、それは確然としていた。

ダンカンは気づいた。おれは不合格になることを願っていたんだ。なぜだ？　不合格になれば、ここから出ていけるからだ。今の生活のすべて、部屋も仕事も放り出し、なにもかもくたばれと言って地球からおさらばする理由ができるからだ。着替えのシャツ一枚も持たずに移住する──火星の荒野に到着した瞬間にバラバラになってしまうジャロピーに乗って。

「ありがとう」ダンカンは暗い声で言った。

ストーンが早口で言った。「いつかきみもわたしに同じことをしてくれればいい」

「ああ、もちろん、喜んで」ダンカンは言った。

ストーンは足早に部屋を出ていった。ダンカンは、テレビとジャグと改竄された答案用紙、そして、さまざまな思いとともに、部屋にひとり残された。

3

翌日の朝、ヴィンス・ストライクロックは髭を剃りながら、テレビから流れてくる大統領（デア・アルテ）のスピーチを聞いていた。アメリカ市民でありエイブラハム・リンカーン自治共同住宅の住人であるヴィンスが、なぜ、ドイツ人の大統領（デア・アルテ）の話を聞いているのか。これを理解するには一九九四年までさかのぼる必要がある。要するに、その年、西ドイツが合衆国の五十三番目の州として連邦に加わり、ヨーロッパ・アメリカ合衆国（EUSA）が誕生したのだった。現在の大統領（デア・アルテ）ルドルフ・カルプフライシュには、常にヴィンスを苛立たせるなにかがあった。カルプフライシュが二年後に任期満了を迎え、法律に従って大統領（デア・アルテ）の地位を去るのは実に喜ばしい。法が大統領（デア・アルテ）を執務室から追い出すのは常に喜ばしく、その日は良き日だった。大統領（デア・アルテ）の退任の日が来るといつも、ヴィンスは、これは祝賀に値することだという認識を新たにした。

だが、たとえ在任期間中であっても、自分にできることはなんでもやってみるべきだ。そう思ったヴィンスは剃刀（かみそり）を置いて居間に行き、テレビのｎとｒとｂノブを調整すると、期待をこめて、ダラダラと続くおぞましいスピーチがもう少しましな番組に変わるのを待った……

……が、なにも起こらなかった。視聴者は大勢いる。みな、大統領（デア・アルテ）がしゃべるべきことに関して、それぞれの見解を持っている。つまるところ、この共同住宅だけでも、大統領（デア・アルテ）のスピーチを聞きたいと思っている住人が多数を占めているということだ。ヴィンスひとりが自宅のテレビから圧力をかけても効果はない。だが、いずれにしても、それが民主主義というものだ。ヴィンスはため息をついた。政府は人々が言うことに耳を傾け、それを受け入れる。この状況は大多数の人が望んできたことなのだ。ヴィンスはバスルームに戻り、髭剃りを続けた。

「ジュリー！」彼は妻に呼びかけた。「朝食はできたのか？」キッチンは静まり返っていた。ジュリーが動きまわっている物音はいっさい聞こえてこない。ヴィンスはちょっと考えた。今朝、朦朧（もうろう）とした状態で目を覚ました時、すでにベッドにジュリーの姿はなかった……。

不意に記憶がよみがえった。昨夜、住民総会のあとで、いつになく激しい喧嘩になり、二人はそのまままっすぐに自治共同住宅結婚離婚委員のもとに行って、離婚書類に必要事項を書きこんで提出したのだった。ジュリーは即座に荷物をまとめて出ていった。今、部屋にはヴィンスしかいない——朝食を作ってくれる者はいない。自分でやらないかぎり、永久に朝食は出てこない。

ヴィンスは愕然とした。今回の結婚はもう丸六カ月続いていて、朝、彼女の姿があることに、ヴィンスはすっかり慣れきっていた。ジュリーには、ヴィンスがどの程度火を通した卵が好みか完璧にわかっていた（マイルドなマンステルチーズをちょっぴり載せて焼く）。ちくしょう、あの規制緩和新離婚法め！　あれも老いぼれ大統領（デア・アルテ）カルプフライシュが導入したものだ。なにからなにまでくそったれなカルプフライシュ——あの名高い午後二時の昼寝のあいだにベッドから落ちて、さっさと死んでしまえばいいのに。だが、そうなったとしても、単に新たな大統領(デア・アルテ)があとを引き継ぐだけのことでしかなく、あの老いぼれ大統領(デア・アルテ)が死んでも、ジュリーが戻ってくるわけではない。この問題はUSEAの役所が管轄する領域——実際、これはとんでもなく広大な領域だが——の外にある。

ヴィンスは猛々(たけだけ)しくテレビの前に行き、sノブを押した。充分な数の市民がsノブを押せば、スピーチはそこでストップする——ストップノブは、ダラダラと続く聞き取りにくい老いぼれ大統領(デア・アルテ)のスピーチをすっぱりと終わらせてくれる。ヴィンスは待った。だが、スピーチは続き、停止する気配はなかった。

その時、こんな朝早くにスピーチが放送されているのは妙だという思いが浮かんだ。まだ八時じゃないか。月のコロニーの燃料貯蔵庫が大爆発を起こして、コロニーが丸ごと吹っ飛んだのだろうか。これを補塡(ほてん)する宇宙計画を進めるために、国民には、よりいっそうの耐乏生活が求められる、このほかにもまださまざまな想像を絶する災害が起こることを想定しておかねばならない、云々(うんぬん)。老いぼれ大統領(デア・アルテ)はそんなことを話しているのかもしれない。あるいは、太陽系第四惑星でついに、知覚力のある生物の本物の化石が発掘されたのか。望むらくは、フランス地域でではなく、大統領(デア・アルテ)が好んで使う用語によれば、〝自分たちの〟地区で。くそったれのプロシア人どもめ。われわれが好んで使う用語は〝われらが天幕〟だ。この天幕——合衆国連邦に、おまえたちが参入するのを認めるなんてことは、決してしてはならなかったんだ。連邦は西半球だけに限定しておくべきだった。しかし、世界はどんどん小さくなっている。何千万キロも離れた別の惑星や別の衛星にコロニーを建造しているこの今、ニューヨークとベルリン間の六千キロに意味があるようには思えない。ベルリンのドイツ人どもがなにをやろうとしても、神はすべてお見通しだ。

受話器を上げると、ヴィンスは共同住宅の管理者に電話した。「妻のジュリー、いや、元妻ですが、彼女は昨夜、別の部屋に移ったんでしょうか？」ジュリーの居場所を突きとめられれば、朝食を一緒に食べられるし、そうすれば元気も出るだろう。ヴィンスは期待をこめて返事を待った。

「いいえ、ストライクロックさん」しばしの間（ま）があって、「別の部屋に移ったという記録はこちらにはありません」

ちくしょう。心の中でそう言って、ヴィンスは電話を切った。

そもそも結婚とはなんだ？　共同して事（こと）に当たるという取り決めだ。この今に関して言えば、相手がいれば、午前八時に大統領（デア・アルテ）がスピーチをする意味について話し合うことができるし、カープ・ウント・ゾーネン・ヴェルケ・デトロイト支社に仕事に出かける準備をしているあいだに、相手に——妻に——朝食を作らせることができる。そう、結婚とは、自分がやりたくないことを別の人間にやらせることができる、そういう取り決めなんだ。自分のやりたくないこと——たとえば食事の用意をすること。ヴィンスは、自分で作った料理を食べなければならないのが嫌でたまらなかった。独身の時はいつも住宅内のカフェテリアで食事をしていたし、過去の経験に照らして、またもその状況になるのは確実だった。メアリー、ジーン、ローラ、そしてジュリー。四回の結婚。ジュリーとの結婚が一番短かった。ぼくは下り坂を転がり落ちている。もしかしたら、ぼくは潜在的なホモなのかもしれない。

大統領（デア・アルテ）はぶつぶつとしゃべりつづけている。「……軍隊に準じる活動は〈蛮行の時代〉を想起させ、それゆえに、二重の意味で排斥されねばならない」

〈蛮行の時代〉とは、前世紀なかばのナチの時代を指す婉曲（えんきょく）表現だ。すでに一世紀以上も前のことになるが、それでも今なお鮮明に――たとえ歪（ゆが）められたものであるにせよ――思い出される時代。ということは、大統領（デア・アルテ）はテレビ電波を使って〈ヨブの息子たち〉を公然と非難することにしたというわけだ。〈ヨブの息子たち〉――このなかば宗教的な性格を持った、頭のおかしな連中の集団は、街なかを練り歩き、国家的な民族の浄化とかなんとかといった主張を声高に繰り返している。言い換えると、異質と見なされる者たちを市民生活の場から排除する厳格な法を制定せよと主張しているのだ。異質と見なされる人々――核実験、とりわけ悪辣（あくらつ）な人民中国の核攻撃による長年にわたる放射性降下物のせいで、特殊な体に生まれついた者たち。

これはジュリーにも当てはまるのだろうか。ヴィンスは思った。ジュリーは妊娠できない。子供を産むことができないという理由で、ジュリーが投票を認められなくなるとしたら……。こんな異様な論理が成立するのは、ドイツ人のような中央ヨーロッパ人の頭の中だけでしかありえない。尻尾が犬を振りまわしている――ヴィンスは顔を拭きながら、そうつぶやいた。

北米（ノルト・アメリカ）にいるわれわれが犬で、帝国（ライヒ）が尻尾なのに。まったくなんという暮らしだろう。これならコロニーに移住したほうがずっといい。弱くて安定していない白っぽい太陽の光のもとでのコロニーの暮らし。あそこでなら、八本脚であろうと毒針を持った生き物であろうと、投票することができる……火星には〈ヨブの息子たち〉はいない。あの特殊な人々の全部が全部、そんなに特殊だというわけではないが、それでも、彼らの大多数が移住に適していると考えられてきた（これにはもっともな理由もある）。しかし、それは、さらに多くの特殊でもなんでもない一般人も同じだ。人口過密に喘ぎ、なにからなにまで官僚制度にコントロールされている今の地球（テラ）の生活に単にうんざりしたというだけの人たちも、明らかに移住に適している。USEAでもフランス帝国でも人民アジアでも自由（つまり、ブラック）アフリカでも、それは変わらない。

　ヴィンスはキッチンに行って、ベーコンエッグを作りはじめた。ベーコンを焼いているあいだに、この共同住宅で飼うのを許されている一匹きりのペットに餌をやった。ジョージ三世、小型のミドリガメだ。

　ジョージ三世は、干したハエ（二十五パーセントがタンパク質で、人間の食べ物より栄養価が高い）とハンバーガーとアリの卵を食べた。ジョージ三世の朝食を見ながら、ヴィンスは“de gustibus non disputandum est”という格言をじっくり考えてみた——〝蓼食（たでく）う虫も好き好き〟。午前八時には格別にしっくりと当てはまる格言だ。

　つい五年前までは、エイブラハム・リンカーン自治共同住宅でもペットに鳥を飼うことが許されていた。だが、今は禁止されている。確かに鳥はうるさすぎる。共同住宅規約s二〇五：甲高い声を上げたり、歌ったり、さえずったり、チーチーと鳴いたりする生き物は不可。カメは鳴かない。キリンと同様に。だが、キリンもまた禁止されている。かつて人間の友であった犬と猫ともども。犬と猫が消えたのは大統領（デア・アルテ）フリードリヒ・ヘンペルの時代だった。ヘンペルのことはほとんど憶えていない。結局のところ、鳴く鳴かないの問題ではないのだ。だが、党の官僚たちの論拠に関しては、これまでもしばしばそうだったように、推測に任せるしかなく、そして、ヴィンスには彼らの動機は推し量ることさえできなかった。ある意味でこれは喜ばしいことだった。少なくとも、それはヴィンスが精神的に党の官僚制度の一部に組みこまれていないことを示していた。

テレビ画面からはすでに、大統領（デア・アルテ）の顔――細長くしなびた、耄碌（もうろく）しきっていると言っても過言ではない顔――は消え、音楽だけが流れていた。パーシー・グレインジャーの《ストランド通りのヘンデル》、これ以上陳腐なものはないという代物……スピーチを締めくくるにはぴったりの曲だ。ヴィンスは不意に踵（かかと）を打ち鳴らして直立不動の姿勢を取った。しゃちほこばったドイツ軍のパロディ。顎（あご）を上げ、腕をピンと伸ばして。テレビのスピーカーから流れてくるメロディに合わせて。当局――いわゆるＧｅどもがよしとするこの子供向けの曲に合わせて、ヴィンス・ストライクロックは気をつけをしたまま、自分に向けて言った。ハイル。そしてさっと腕を上げ、大昔のナチ式の敬礼をした。

ティンクルティンクルと《ストランド通りのヘンデル》が続く。

ヴィンスはチャンネルを変えた。

画面の人垣のあいだに一瞬、〝追われている〟といった風情の人物が現われた。群衆は男に声援を送っているようすだった。明らかに警官だと思われる者たちに両側を固められて、男は停まっていた車の中に姿を消した。その瞬間、ニュースキャスターが高らかに言った。

「……USEAの数千の都市と同じく、ここボンでも、ウィーン学派精神分析医の筆頭にあったドクター・ジャック・ダウリングが今、大統領の署名を受けて成立したばかりのマクファーソン法に違反したかどで拘束されました……」

警察のマークがついた車はあっというまに画面から走り去った。

なんてことだ。ヴィンスは暗い気持ちで思った。時代を物語るもの。支配者たちによって、より抑圧的な恐ろしい法律が作られていく。ぼくはいったい誰に助けを求めればいいんだろう？　ジュリーが出ていったおかげで精神状態がおかしくなってしまったら。そうなる可能性は大いにある。これまで分析医に相談したことはない——これまでの人生では一度たりと分析医を必要としたことはない。

だが、今度ばかりは……こんなことは初めてだ。こんなひどいことはいまだかつて経験したことがない。ジュリー。ヴィンスは思う。いったいどこにいるんだ？　テレビでは別のシーンになっていた。が、前のシーンとほとんど同じように見えた。別の人垣と別の警官たちに囲まれた、別の精神分析医が連行されていくところだった。ここでも抵抗心を持つ者が勾留されている。

「興味深いことです」テレビがつぶやいている。「患者は分析医への忠誠心をはっきりと示しています。ですが、忠誠心を示すのも当然ではないでしょうか。この人物は、もう何年も精神分析に信頼を置きつづけてきたのですから」

この患者はこれからどうなるんだろう？

ジュリー。ヴィンスはつぶやいた。おまえが誰かと、この今、誰かほかの男と一緒にいるのなら、とんでもないことになる。ぼくはばったり死んでしまうか――そんな現場を目にしたら心臓発作を起こしてもおかしくない――、でなければ、おまえとその相手を徹底的に痛めつけてやる。相手が誰であろうと。たとえ友達であったとしても。その場合は特に。

絶対におまえを取り戻す。ヴィンスは決意した。おまえとの関係は特別なものだ。メアリーやジーンやローラとは違う。ぼくはおまえを愛してるんだ。ヴィンスはハッとした。なんてことだ、恋をしているなんて！　それも、この時代に、この歳で。信じられない。そんなことを彼女に言ったら、彼女がこのことを知ったら、狂ったように大笑いするだろう。それがジュリーだ。

分析医に診てもらわなくちゃならない。こんな状態にあるんだから。ジュリーのように冷たくて自分勝手な生き物に心理的に完全に依存しているんだから。存在そのものを預けているのだから。くそっ、これはあまりに異常だ。あまりに愚かだ。

ドイツのボンのウィーン学派精神分析医の筆頭にあるというドクター・ジャック・ダウリングは、ぼくを助けることができるだろうか？　こんな状態からぼくを解放してくれるだろうか？　あるいは、今、画面に出ているこの人物は――。ヴィンスはニュースキャスターの話に耳を傾けた。キャスターがしゃべりつづけるなか、警察の車は走り去っていき、連行された人物の名がわかった。エゴン・スパーブ。スパーブは知的で思いやりがあり、患者の訴えを親身に理解してくれ、苦しみを軽減してくれる能力を持った人物のように見えた。聞いてくれ、エゴン・スパーブ。ぼくは深刻な事態に陥っている。今朝、目を覚ました時に、ぼくのささやかな世界が崩壊した。ぼくは、たぶん二度と再会することのない女性を必要としている。ＡＧ製薬の薬はぼくを助けることはできない……過剰摂取で死んでしまう場合を除いて。そして、それはぼくが求めている助けではない。

その時、不意にこんな考えが浮かんだ。チックと二人して〈ヨブの息子たち〉に加わったらどうだろう。兄さんとぼくとでベルトルト・ゴルッに忠誠を誓う。そうしている者は大勢いる。不平不満を持つ者、惨めな敗残者たち、ぼくみたいに私生活で失敗した者もいれば、ビジネスで失敗した者、ＢｅからＧｅに社会的地位を上げるのに失敗した者もいる。

ヴィンスは〈ヨブの息子たち〉になった兄と自分の姿を想像した。異様な制服に身を包み、通りを行進していく彼ら。嘲りの声を浴びながら。それでも、彼らは信じている――なにを？　究極の勝利か？　ゴルッか？　ゴルッはまるで動画ヴァージョンのハーメルンの笛吹き男みたいだ。そう思った瞬間、ヴィンスはすくみ上がった。そのイメージはヴィンスを心底怯えさせた。

それでも、〈ヨブの息子たち〉の一員になるという考えは、意識の奥にがっちりと根をおろした。

エイブラハム・リンカーン自治共同住宅の最上階に住むチック・ストライクロック――痩せて額が後退しはじめている、ヴィンスの兄――は、目を覚ますと、もう少しベッドにいられないものかと、目を細めて時計を見た。言いわけは無用だった。八時十五分。起きる時間だ。実のところ、ありがたいことに、建物の外で騒々しく今日のニュースを売ってまわっているニュースマシンの声が目を覚まさせてくれたのだった。次の瞬間、チックはショックに襲われた。ベッドに誰かほかの人間がいる！　チックは目をいっぱいに見開き、体を硬くして、上掛けにくるまった人間の輪郭をチェックした。大きく広がった茶色の髪から、それが若い女性であることはすぐにわかった。しかも、それはチックがよく知っている女性だった（瞬間、彼はほっとした――が、ほっとしていいのか？）。ジュリー！　義理の妹。弟ヴィンスの妻。なんてこった。チックは上体を起こした。

えーと――と、チックはすばやく記憶を探った。昨晩、住民総会のあとでここでなにがあったか。そう、ジュリーが取り乱したようすで現われた。スーツケースを一個、コートを二着手にしたジュリーはとりとめのない話をまくし立て、ヒートアップしたようすでしゃべりつづけた。そしてようやくシンプルな事実に行きついた。ヴィンスと法的に別れた。もう彼とのあいだには公的な関係はいっさいない。どこに行くのも自由だ。その結果、彼女は今ここにいる。しかし、なぜ？　この部分は思い出せなかった。チックは以前からずっとジュリーが好きだったが、しかし、それはなんら彼女がここに来た説明にはならない。彼女の行動は、彼女自身の秘密に、彼女の内的な世界の価値観と姿勢にかかわっている。彼の、ではなく。そこには、客観的な――リアルな――ものはなにも関与していない。

だが、とにもかくにも、彼女は今ここにいる。まだぐっすりと眠っている。物理的にはここにいるけれど、意識は自分の内に引きこもっている。体を丸めて、軟体動物のように首を引っこめて。これは、彼にとってはありがたかった。というのも、法的にまったく問題がないことは明白であるにもかかわらず、チックにはこのシチュエーションのいっさいが近親相姦的なものであるように思えたからだ。彼にとって、ジュリーは家族も同然だった。これまで、彼女を恋愛の対象として見たことは一度もない。しかし、昨晩、何杯か飲んだあと――それだけだ、それ以上飲めるわけがないのだから――いや、本当はもっと飲めて、実際にもっと飲んだら、あの時、こうしたほうがいいと思えていたことが、あっというまに変わってしまったのだ。彼はむっつりと黙りこむのではなく、陽気に、大胆に、積極的になってしまったのだ。その結果がこれだ。自分がどんな事態に巻きこまれてしまったか、よく見るがい い。

そう思いつつ、しかし、心の奥深く、自分だけのひそかなレベルでは、実際、そんなに異を唱えるべき事態だとは考えていなかった。少なくともジュリーがここにやってきたことは、チックにとって一種の賛辞だった。

とはいえ、今度、ヴィンスが正面入口で居住者全員の身分証をチェックしているところに行き合わせたら、やっかいなことになるのは目に見えている。あいつは、この事態について、哲学的に、生真面目かつ徹底的に議論しようとするだろう。根本にある動機を分析して延々と空論を繰り広げる――ジュリーが彼と別れてここに来た本当の目的はなんなのか？　原因は？　アリストテレスが大喜びしそうな存在論的な問い、かつて〝目的因〟と呼ばれていたものをめぐる神学的な問題のたぐい。あいつは完全に時代からずれている。そんな議論はとうの昔に無意味になってしまっている。

ボスに連絡しておいたほうがいい。チックは思った。電話して、少し遅れると伝える。遅れてもいいかときく。まずは、ジュリーと話し合わなければ。なにがあったのか、その他もろもろ。ここにどれくらいいるつもりなのか。いるとしたら、光熱費などを負担するつもりはあるのか。実際問題に関する非哲学的で基本的なあれこれ。

チックはパジャマのままキッチンに行き、コーヒーをいれて飲むと、電話をオンにし、ボス、モーリイ・フラウエンツィンマーの番号を入力した。画面が薄いグレーから白になり、ほどなくピントが合っていないモーリイの体の一部がぼんやりと浮かんできた。モーリイは髭を剃っているところだった。「やあ、チック、なんだね？」

「実は」と言ったチックの声には誇らしげな響きがあった。「うちに若い娘が来たんです、モーリイ。なので今朝は少し遅れます」

これは男と男の話だ。若い娘が誰なのかは問題ではない。そこまで言う必要はない。モーリイもきこうとはしなかった。その顔にまず純然たる感嘆の表情が、次いで非難の色が浮かんだ。感嘆が先だ！　チックはにっこりした。非難のほうはどうでもよかった。

「馬鹿もん」とモーリィは言った。「オフィスに入るのが九時以降になるのは許さん」その口調はこう告げていた。おまえと代わりたいよ。おまえがうらやましい。この果報者。

「あ、はい。できるだけ早く行くようにします」チックは言って、寝室にちらりと目を向けた。ジュリーが起き上がろうとしていた。モーリィの目に入っただろうか。入っていないだろう。いずれにしても切り上げる頃合いだ。「それじゃ、モーリィ」と言って、チックは電話を切った。

「今の、誰？」ジュリーが眠そうな声で言った。「ヴィンス？」

「いいや。うちの社長だ」チックはジュリーのためにコーヒーメーカーに水を入れ、スイッチを押した。

「さあて」彼は寝室に戻り、ベッドの上、ジュリーのかたわらに腰をおろした。「気分はどうだい？」

「櫛(くし)を忘れてきたわ」ジュリーはプラグマティックに言った。

「ホールの自販機で買ってあげるよ」

「あんな安っぽいプラスチックの代物」

「うむ」彼女が好きだという気持ちが湧き上がってきた。センチメンタルな感情。このシチュエーション――彼女がベッドにいて、彼はパジャマ姿でその横に座っている――このほろ苦いシチュエーションは、四カ月前に終わった自身の最新の結婚生活を思い起こさせた。

「なあ」と言って、チックは彼女の太ももを軽くたたいた。

「やめてよ」ジュリーは言った。「わたし、死んでしまいたい」非難の口調ではなかった。彼の勘違いだとでもいうかのような、あるいは、心底そう思っているのだというかのような口調。まるで、昨夜の会話を再開しようとしているかのような。「どういうつもり、チック?」ジュリーは言った。「わたしはヴィンスが好きなの。でも彼って、ほんとにどうしようもないの。まるで成長しないし、生きることに本気で立ち向かおうともしない。いつもゲームをやっているのよ。自分はきちんとオーガナイズされたモダンな社会生活を体現している、社会的な信用を確立した人間のピュアでシンプルな生活を実践しているって。現実にはそうじゃないのに。子供なのよ」ジュリーは深いため息をついた。そのため息に、チックはぞっとするものを感じた。冷たく、残酷で、完全に見かぎったというため息だった。ジュリーはひとりの人間を捨て去ろうとしている。ほんの少しあふれ出した感情によって、ヴィンスとの関係を断ち切ろうとしている。まるで、共同住宅の図書館に借りた本を返そうとしているみたいに。

やれやれ。その人物はきみの夫だったんだよ。きみは彼に恋したんだ。彼と寝て、彼と暮らして、彼について知るべきことをすべて知っている。実際、ぼくよりもよく知っている。ヴィンスは、きみが生きてきたよりも長いあいだ、ぼくの弟でありつづけているというのに。女性は底の底までタフだ。チックは思った。恐ろしくタフだ。

「そろそろ仕事に行かないと……」チックは落ち着かない口調で言った。

「いまいれているコーヒー、わたしのじゃないの？」

「あ、ああ。そうとも！」

「それじゃ、持ってきてくれない？」

チックはコーヒーを取りにキッチンに行き、その間にジュリーは服を着た。

「カルプフライシュは今朝、スピーチをした？」彼女がたずねた。

「さあ」昨晩、新聞で、今朝スピーチが行なわれるという記事を読んではいたのだが、テレビをつけるという考えはまったく浮かばなかった。あの老人がなにをしゃべるにせよ、その内容にいっさい関心はなかった。

「本当に急いで行かなくちゃならないの？　あのちっちゃな会社に――仕事をしに」彼女はチックに揺るぎないまなざしを向けた。そして、チックは、おそらく生まれて初めてのことだと言っていいだろう、彼女の目にとても美しい自然の色があることに気づいた。自然の陽光を反射するのに必要な、磨かれた石板のような、なめらかな風合いと輝き。さらに、どこか変わった角張った顎と、下がり気味のほんの少し大きすぎる口――その不自然なほどに赤く、みずみずしい唇が、どちらかというと冴えない色の髪から見る者の注意を奪う。ふっくらとして均整の取れた見事な体のライン。着こなしもすばらしい。つまり、なにを着てもすてきに見えるということだ。服のほうが彼女にぴったりと合わせているように見える。たとえ量産品のコットンのドレスでさえ。ほかの女性ではこうはいかない。今、彼女が着ているのは、昨晩と同じ、丸い黒のボタンがついたオリーブ色の服で、事実、安物だが、それでもなおエレガントに見える。エレガント——これ以上にぴったりした言葉は見つからない。貴族的な身ごなしと骨格。顎と鼻、見事な歯に、それがはっきり現われている。彼女はドイツ人ではなく、北欧のどこか、たぶんスウェーデンかデンマーク系だろう。チックは、ジュリーを見ながら思った。それは間違いないように思える。歳を重ねても、この見事な体つきは変わらないだろう。それは本当にすてきだ。衰えることも壊れることもないように見える。しまりがなくなったり、脂肪がついたり、体形が崩れていったりするなど、想像もできない。

「おなかがすいたわ」ジュリーが言った。

「朝食を作ってほしいということかい？」チックはそう受け取った。絶対にそうだ。

「これまでずっと、わたしは他人のために朝食を作ってきた。相手が誰であれ——あなたであれ、あなたのどうしようもない弟であれ」ジュリーは言った。

チックは再び不安を感じた。ジュリーはすぐに、ぼくに対しても手厳しくなっていくだろう。あっというまに。ジュリーのことはよくわかっている。これが彼女の本性であることも。だけど、本性を隠しておくこともあるんじゃないだろうか？　少なくともしばらくのあいだは。彼女は、ヴィンス相手の最後の険悪なムードをぼくにも向けてくるだろうか？　ハネムーンに至る可能性はないのか？

本当にトラブルに巻きこまれてしまったようだ。チックは頭の中でつぶやいた。ぼくの手には負えない。ぼくがどうこうできるようなことではない。もしかしたら、ジュリーはさっさと出ていくかもしれない。そうあってほしい。それは子供じみた願望だった。このうえなく退行的で、大人の男の考えることではなかった。本物の男なら絶対にこんなふうには感じないはずだ。チックはそう思った。

「朝食を作るよ」チックは言って、キッチンに行き、朝食の準備にかかった。ジュリーは寝室の鏡の前で髪をとかしていた。

国務次官補ガース・マクレーが、いつものきびきびした口調で素っ気なく言った。「止めろ」

カルプフライシュのシミュラクラが止まった。いかめしく両腕を突き出した最後の仕草、しなびた虚ろな顔。言葉を失ったシミュラクラの正面で、テレビカメラの電源が自動的にひとつまたひとつと切られていった。放送すべきことはもうなにもない。カメラの後ろにいる技術者たち——全員がＧｅだ——にはわかっていた。彼らはマクレーのほうを見た。

「メッセージが充分に伝わるスピーチだった」マクレーがアントン・カープに言った。

「はい。いい内容でした」カープは言った。「このベルトルト・ゴルツという人物——〈ヨブの息子たち〉のリーダーにはどうしようもなく不安を感じるんです。論拠のない妄想ではありません。でも、このスピーチで、その不安は少しは晴れると思います」カープはおずおずとマクレーを見た。コントロール室にいるそのほかの者たち、カープ・ヴェルケのシミュラクラ技術者たちもそれにならった。

「今回のスピーチは単なるスタートにすぎない」マクレーが言った。

「確かに」カープは同意し、うなずいた。「しかし、いいスタートです」カルプフライシュのシミュラクラに歩み寄ると、彼はごくごく慎重にシミュラクラの肩に触れた。そっとついていたら、再度動き出すのを期待しているかのようだった。もちろん、シミュラクラは動かなかった。

マクレーが笑った。

「アドルフ・ヒトラーに言及してくれていたら、もっとよかったんですが」とカープは言った。「はっきりと、〈ヨブの息子たち〉をナチに、ゴルツをヒトラーになぞらえてくれていたら」

「そんなことをしてもなんの助けにもならない」マクレーが言う。「たとえ、それが真実であったとしても。きみは本質的に政治的な人間ではない、カープ。〝真実〟を伝えるのが最善の方法だという考えは、いったいどこから来たのかね？　われわれとしては、ベルトルト・ゴルツの活動を止めようとするのであれば、彼を新たなヒトラーなどとは絶対に言いたくない。理由は簡単、市民の五十一パーセントが、心の奥底で新たなヒトラーを見てみたいと思うかもしれないからだ」マクレーはカープに笑いかけた。カープの顔は不安げだった。事実、不安のあまり震え出しそうに見えた。

「わたしが知りたいのはこういうことです」とカープが言う。「カルプフライシュは〈ヨブの息子たち〉をコントロールできるのですか？　あなたがたは、フォン・レッシンガー装置をお持ちです。教えてください」

「彼にはコントロールできない」

カープはあんぐりとマクレーを見つめた。

「しかし、カルプフライシュはまもなくいなくなる。来月中にも」マクレーは、そこで言葉を切った。カープが、続けて言ってほしいと思っていることを言わなかった。フェリックスとアントンのカープ親子が、カープ・ヴェルケ社の全員が、本能的に知りたいと思っていること、反射運動さながらに即座に口に出して問いたいと思っている、最大級の重要度を持つ問い——次のシミュラクラもわれわれが作ることになるのでしょうか？　カープはきいてみるべきだった。勇気を出して、この質問をしてみるべきだった。だが、口に出すのが怖かった。マクレーが承知しているとおり、カープは臆病者だった。ドイツのビジネス界でうまく立ちまわれるようにという目的のもと、彼の気骨はとうの昔に解体してしまっていた。今日、精神的に——モラル的に——柔弱であることは、Ｇｅ階級、支配者たちのサークルに加わるための前提条件なのだ。

彼に教えてやることはできる。マクレーは思った。痛みをやわらげてやることはできる。だが、そんなことをしてやる必要がどこにある？　マクレーはカープが嫌いだった。カープは大統領(デア・アルテ)のシミュラクラを作り、今日もなお動かしつづけている。シミュラクラが機能しつづけねばならないがゆえに、機能させつづけている——わずかなつまずきも見せずに大統領(デア・アルテ)の職を果たさせつづけている。ミスがあれば、それはすなわち、Ｂｅ階級の人々にこの秘密が知られてしまうということを意味する。秘密（Geheimnis）こそが、ヨーロッパ・アメリ(USE)

カ合衆国のエリートたち、地位ある人たちを、Ｂｅと明確に弁別しているものだった。さまざまな秘密を保持しているからこそ、彼らはＧｅ＝Geheimnisträger（秘密の保持者）なのであり、Ｂｅ＝Befehalträger は、指示されたことを単に遂行するだけの存在でしかない。

しかし、マクレーに言わせれば、こうした物言いはすべてゲルマン特有の神秘主義でしかなかった。彼はシンプルで実際的な観点から物事をとらえるほうを好んだ。カープ・ウント・ゾーネン・ヴェルケはシミュラクラを作る能力を持っている。その一例であるカルプフライシュも見事な出来で、在任期間中、この大統領（デア・アルテ）を稼働させつづけておく仕事もまた立派に果たしている。しかし、次の大統領（デア・アルテ）を作るという点では、ほかにも同じくらい優れた能力を持っている企業がある。そして、ＵＳＥＡ政府は、カープとのつながりを絶つことによって、この巨大カルテルを、彼らが現在享受している――結果、政府に多大な損失をもたらしている――経済的特権の数々から切り離すことができる。ＵＳＥＡ政府のために次のシミュラクラを作るのは規模の小さな企業になる。当局が完全にコントロールできる企業に。

マクレーの頭にあるのはフラウエンツィンマー・アソシエーツだった。シムコン――惑星コロニー向けのシミュラクラ製造分野の片隅でかろうじて生き延びている、ごくごく小さな企業。

マクレーはこのことをカープには言わなかった。ただ、フラウエンツィンマー社の代表モーリイ・フラウエンツィンマーとは、近いうちにオープンに話し合うつもりだった。これはフラウエンツィンマーをも驚かせることになるだろう。彼もまた、現時点ではなにも知らされていない。

カープは思案するようにマクレーを見つめて言った。「ニコルがなんと言うと思います？」

マクレーは笑みを浮かべ、「喜ぶと思うね。老いぼれルディのことは心底嫌っていたから」

「ニコルはルディが気に入っていると思っていました」カープは無念そうだった。

「ファーストレディが気に入った大統領（デア・アルテ）は、これまでひとりとしていない」マクレーは辛辣（しんらつ）に言った。「どうして気に入るわけがある？　とどのつまり……ニコルは二十三で、カルプフライシュは、データ一覧によれば、七十八だ」

カープは愚痴っぽく言った。「しかし、ニコルと大統領（デア・アルテ）にいったいなんの関係があると言うんですか。なにもありません。ほんの時たま一緒にレセプションに出るというだけじゃありませんか。ほんの時たま！」

「思うに、ニコルは年寄りや時代遅れの者や役に立たない者は全部嫌いなんだよ」マクレーは容赦なく言った。アントン・カープに寛大に応対してやる気はなかった。中年のビジネスマンはたじろいだ。「これが、きみたちの主要な製品の簡明な特徴だな」

「しかし、仕様は――」

「きみたちはもうちょっと――」マクレーは言葉を探した。「魅力的なシミュラクラを作れたはずだ」

「もう結構です」カープの顔が赤くなった。マクレーが自分をいたぶっているだけだということが、ようやくわかった。これまでの話のすべてが、これほどまでに巨大な組織と力を持つカープ・ウント・ゾーネン・ヴェルケですら政府の従僕であり、単なる雇われ者でしかないことを、はっきりと知らしめるためだけのものだったのだ。カープ社が現実に政府に影響を与えることはない。そして、政府の側は、一介の国務次官補にすぎないマクレーでさえ、なんら咎(とが)められることなく、こういった態度を取ることができるのだ。

「もし、やりなおすことができるとしたら」マクレーは考えこむような口調でゆっくりと言った。「きみなら、どんなふうに過去を変えるかな？　二十世紀にクルップ社がやったように、強制収容所の囚人たちを従業員として使ってみるか？　きみなら、フォン・レッシンガー装置を手に入れて、そんなふうに使うこともできるだろう……まあ、彼らがカープの従業員になったら、ベルゲン－ベルゼン収容所でよりも早く死ぬことになるかもしれないが——

——」

カープはくるりと背を向け、急いで歩み去っていった。ぶるぶると震えていた。

マクレーは笑いながら葉巻に火をつけた。ドイツ－オランダ製ではなく、アメリカの葉巻だった。

4

エレクトロニック・ミュージカル・エンタープライズのトップ録音技師ジム・プランクは、ナット・フリーガーがアンペクF‐a2をヘリコプターに運びこむのを、愕然とした面持ちで見つめた。「そいつで彼の演奏を録(と)るつもりか?」プランクはうめいた。「まったく、アンペクF‐a2はとっくに使われなくなってる!」

「きみが操作できないと言うんだったら――」ナットは言った。

「できるさ」プランクはつぶやいた。「虫けら録音機は以前に使ったことがある。ただ――」彼はがっくりしたようすで手を振った。「そいつと一緒に、大昔のカーボンマイクを使うつもりじゃないかと思ってさ」

「それはない」ナットは言って、プランクの背中に親しみのこもった拳の一発を入れた。プランクとはもう何年来の付き合いだ。彼のことはよくわかっている。「心配するな。うまくやれるさ」

「なあ」プランクは声を落とし、あたりに目をやりながら言った。「レオ・ドンドルドの娘がおれたちと一緒に行くっていうのは、本当に本当なのか?」

「本当に本当だ」

「モリー・ドンドルドはいつだって事をややこしくする――おれがなにを言ってるか、わかってるな？　もちろん、おまえのことじゃない。ナット、おまえとモリーの関係が最近どうなのか、おれには全然わからないが、ただ――」

「きみは、リヒャルト・コングロシアンの録音のことだけを心配していればいい」ナットは素っ気なく言った。

「わかってる」フランクは肩をすくめた。「これはおまえの人生だし、おまえの仕事だし、おまえのプロジェクトだ、ナット。おれは一介のサラリーマンだし、言われたとおりのことをするまでだ」フランクはナーバスに震える手で、白いものが混じる薄くなりはじめた黒い髪をかき上げた。「準備はいいか？」

モリー・ドンドルドはすでにヘリコプターに乗っていた。座席に着き、二人のことは完全に無視して本を読んでいた。派手な色のコットンのブラウスにショートパンツ。なんとも場違いな格好だ。これから行くのは雨にどっぷりと濡れた森林地帯だ。ここことは徹底的に気候が違う。モリーは北部に一度も行ったことがないのではないかとナットは思った。オレゴン－北部カリフォルニア地域は、一九八〇年の軍事衝突の際に人口が大きく減った。共産主義中国による大量の誘導ミサイルの爆撃を受け、当然の結果として、それからの十年間、一帯は放射性降下物の雲に覆いつくされた。放射性物質は今も完全には消え去っていない。ただ、NASAの専門家が宣言したところでは、現在の放射能レベルは安全な範囲内まで下がっているという。

生い茂った植物、放射性降下物が生み出した突然変異種が無数にからまり合っている……。現地の植生が今ではほとんどジャングルの様相を呈していることを、ナットは知っていた。そして、雨は事実上やむことがない。一九九〇年以前から、一帯は激しい雨にしょっちゅう襲われるようになり、今では豪雨の日々が続いている。

「準備オーケーだ」彼はジム・プランクに言った。

プランクは、火をつけていないアルタ・カミーナ葉巻を歯のあいだから突き出して言った。「それじゃ、出発することにしよう。おれたちと、おまえのペットの虫けらで、今世紀最大の手のないピアノ演奏家の録音をしに。おっと、ジョークを思いついたぜ、ナット。ある日、リヒャルト・コングロシアンが公共移送機に乗っていて事故に遭う。彼は機体の残骸の中でぐちゃぐちゃになって見つかる。ところが、ぐるぐる巻きにした包帯がはずされた時――なんと手が生えていいたんだ」プランクはくっくっと笑った。「だから、彼は二度と演奏ができないというわけさ」

モリーが本をおろし、冷ややかに言った。「フライトのあいだじゅう、そんなＢｅ級エンタテインメントが続くことになるの？」

プランクは顔を赤らめると、上体を屈めて操縦機器をいじくり、機械的にチェックした。「すみません、ミス・ドンドルド」と言ったものの、その口調は謝っているようには聞こえなかった。怒りのあまり窒息寸前だというふうに聞こえた。

「ヘリを発進させて」モリーは言って本に戻った。それは、二十世紀の社会学者C・ライト・ミルズの発禁本だった。ナットは思った。モリー・ドンドルドは、ぼくやジム・プランクと同様、Geじゃない。それなのに、そんなことは気にかけるようすもなく、ぼくたちのクラスには禁じられている本を公然と読んでいる。いろいろな意味ですごい女性だ。彼は内心、称賛の念を抱いた。

「そんなにきつい言い方をしないでくれ、モリー」彼は言った。

モリーは目も上げずに言った。「Beのウィットにはうんざりなの」

エンジンが始動した。ジム・プランクの熟達した操作のもと、ヘリはすぐに空中に浮かび上がった。一行は、海岸道路の上空を一路、北に向かった。インペリアル峡谷と、それに交差する無数の運河が、目路（めじ）の届くかぎりどこまでも続いている。

「気持ちのいいフライトになるよ」ナットはモリーに言った。「保証する」

モリーが低い声で言った。「あなたの虫けらだかなんだかに水をかけてやらなくていいの？ よかったら、わたしのことは放っておいてもらいたいんだけど」

「コングロシアンの人生の個人的な悲劇について、なにか知っているか？」ナットはたずねた。

モリーはしばし無言だったが、ほどなく口を開いた。「放射性降下物に関係していることよ。わたしは、彼の子供のことだと思うけど、確かなことを知っている人は誰もいないわ。わたしは内部情報はなにも持っていない、ナット。ただ、彼の子供が怪物だという噂は聞いている」

　いま一度、ナットはどこかぞっとするものを感じた。コングロシアンの家を訪問するという話を聞いた時に感じたのと同じ感覚。

「そんなことで落ちこんだりしないで」モリーが続ける。「結局のところ、放射能が原因の異常児の出産はいくらでも起こっているんだから。そんな人たちが歩いているのを、あなた、一度も見たことがないの？　わたしは何度も目にしているわ。たぶん、あなたは見て見ぬふりをしているんでしょうけど」モリーは本を閉じ、読みかけのページの角を折った。「これは、わたしたちが、それ以外は傷のない生活を送るために払わなければならない代価なの。まったく、ナット、あなた、そいつにはちゃんと対応できてるじゃないの。そのアンペク録音機――わたしはどうしようもなく鳥肌が立つのよ。そんなふうにチラチラ光ってて、しかも生きているなんて。コングロシアンの子供の異常は放射能のせいではなくて、父親の念動能力に由来している可能性もあるわ。もしかしたら、コングロシアンはそのことで自分を責めているのかもしれない。向こうに着いたら直接きいてみて」

「直接きいてみる？」ナットは唖然として、同じ言葉を繰り返した。

「そうよ。きいちゃいけないわけでもある？」

「とんでもない話だ」ナットは言った。これまで付き合ってきたなかで、モリーがどうしようもなく辛辣（しんらつ）で攻撃的に思えたことは何度もある。ほとんど男みたいな女性。さらに、彼にはたいして響かないものの、彼女には無遠慮きわまりないところがある。そして、なによりも、そのあまり知的にすぎる志向性。父親レオのキャラクターや情緒的傾向は、モリーにはいっさい受け継がれていない。

「今回、どうして一緒に来たいと思ったんだ？」ナットはたずねた。コングロシアンの演奏を聞くためではない。それは明らかだ。たぶん、コングロシアンの息子、あの〝特別な〟子供に関係している。モリーは異常児に引かれているのだ。ナットは嫌悪感を覚えたが、表には出さず、なんとか笑みを浮かべてみせた。

「わたし、コングロシアンが好きなの」モリーは静かに言った。「個人的に直接会って演奏を聞けるなんて、これほど嬉しいことはないわ」

「今どき、念動演奏ヴァージョンのブラームスやシューマンのマーケットはまったくないってきみが言っているという話を聞いたことがある」

「ナット、あなたって人は、個人の生活と会社のビジネスを分けて考えることができないの？　わたし自身の嗜好はコングロシアンのスタイルの方向よ。でも、だからと言って、それが、コングロシアンが売れると考えているということにはならないわ。ナット、わたしたち、これまでの数年間に、あらゆるタイプのエスニックミュージックを世に出して、かなりの成功を収めたわよね。その意味では、わたしの見解は、ホワイトハウスでどれだけ喝采を浴びようとコングロシアンのような演奏家は時代錯誤だってこと。そんな人たちに経営破綻の道に連れこまれないよう、細心の注意を払わなくちゃ」モリーはにっこりと笑い、リラックスしたようすでナットの反応をうかがった。「一緒に来たいと思ったもうひとつの理由を言っておくわね。一緒に過ごせる時間がたっぷりあるからよ、おたがいをいたぶり合いながら。あなたとわたしと二人だけ、旅行中は……ジェンナーのモーテルに泊まればいいわ。どう思う？」

ナットは深々と、落ち着かない息をついた。

モリーの笑みが満面に広がっていく。実際に声を上げてぼくを笑っているかのようだ。モリーにはぼくを操作することができる。自分が望むことをぼくにやらせることができる。これは二人ともわかっている。それがモリーにはおもしろいのだ。

「わたしと結婚したい？」モリーが言う。「あなたの結婚の意思は高潔清廉なものなのかしら？　二十世紀的な意味で」

「きみのはどうなんだ？」ナットは返した。

モリーは肩をすくめた。「たぶん、わたしは怪物が好きなのよ。わたしはあなたが好き、ナット。あなたと、あなたが餌をやってかわいがっている、その虫みたいなF‐a2録音装置。そのマシンは奥さんかペットか、その両方みたいなものね」

「きみにも同じようにしてあげるよ」そう言った時、ナットは不意にジム・プランクが自分を見つめているのを感じ、眼下の風景に意識を戻した。モリーとのやりとりがジムを当惑させているのは明らかだった。プランクはエンジニアだ。自分の体を使って働く人間。モリーがかつて言ったところでは〝単なるＢｅ〟だが、しかし、いいやつであることは間違いない。この手の話はジムにはきついだろう。

それを言うなら、ぼくにもきつい。本当に楽しんでいるのはモリーだけだ。そして、彼女は実際に楽しんでいる——これは見せかけではない。

アウトバーンはいつもチック・ストライクロックを疲れさせた。中央制御された車とホイールの群れが密集隊列を形成して、目に見えないトンネルを疾走していく。自分の個人乗用車に乗っていながら、チックはまるで黒魔術の儀式に参加しているかのように感じていた。彼もほかの通勤者たちも、あえてその正体を追求したりしないほうがいい謎の力に自分たちの命を預けているかのような……。実際には、それは単純なホメオスタティックシステムでしかなかった。車から発せられる恒常性維持ビームが、ほかのすべての車と道路自体の誘導壁との距離を絶えまなくチェックし、それによって自分の位置を正しく保っているのだ。しかし、そうとわかっていても、チックにはとうてい楽しいものではなかった。彼は車の中に座って今朝のニューヨークタイムズを読んでいた。一時として止まることなく、車を今にもすりつぶさんばかりの勢いで背後に飛び去っていく周囲の状況は無視して、彼は新聞に意識を集中しつづけた。そして、ガニメデで新たに単細胞生物の化石が発見されたという記事についてあれこれと思考をめぐらせた。

大昔の文明が発見されるぞ。チックはつぶやいた。次の層で——この巨大惑星の複数の衛星のあいだ、大気のない、ほぼ無重力の宇宙空間で稼働しているロボット掘削機が、今まさに到達しようとしている地層で。

でも、それを知るチャンスは奪われる。次の層で見つかるのがコミックブックと避妊具とコークの空き瓶だったとしたら、当局は絶対にそのことを発表しない。二百万年にわたって太陽系の全域がコカコーラの支配下にあったなんて、いったい誰が知りたいと思うだろう？チックには、コークを発明しない文明など――どんな生命体の文明であれ――想像できなかった。コークがなければ、どうしてそれを〝文明〟だと断定できるのか……。そこで、チックはわれに返った。ぼくは現実から逃避しようとしている。こんな妄想にふけっているなんて。モーリイが、こんな状態を歓迎するわけもない。会社に着く前になんとか抑えつけなくては。仕事に妄想など論外だ。業務は平常どおり進めるべし。これが時代のモットーだ。世紀のモットーではないとしても。結局、ここがぼくとヴィンスの決定的な違いなんだろう。基本に立ち戻れる能力、外部の儀式の迷路に迷いこんでしまうことのない能力。ヴィンスにこれができれば、ぼくのようになれる。

そして、たぶん、妻を自分のもとに戻ってこさせることもできる。

チックは思った。たとえば、ヴィンスが、モーリイ・フラウエンツィンマーのあの計画の被験者であったとしたら……。二〇二三年、ニューヨークで開かれたシミュラクラ技術者たちの国際会議で、モーリイはゼップ・フォン・レッシンガーに、タイムトラベル実験を利用して精神分析医を一九二五年に送りこみ、ヒトラー総統のパラノイアの治療を試みてはどうかという計画を個人的に提案したのだった。実際に、フォン・レッシンガーはこの計画に基づいた実験を何度かやったらしい。ただ、Ｇｅたちが結果を公表することはなかった。当然だ。彼らは、特権的地位を守るため、その結果を自分たちだけの秘密にしたのだ。そして、フォン・レッシンガーはもう亡くなっている。

右のほうで妙な音がした。コマーシャルマシンだ。世界最悪の企業テオドルス・ニッツのコマーシャルが、いつのまにか車に貼りついていた。

「離れろ」チックは警告した。だが、ぴったりとくっついたコマーシャルは移動を開始し、恐ろしい風圧にさらされながらも、じりじりと車のドアの隙間に向けて進んできた。もうすぐ車内に入りこんで、辛気臭いゴミのような調子でニッツの広告を垂れ流しはじめる。入りこんできたら殺してやる。チックは思った。このマシンは簡単に死んでしまう。ただ、いくら死んでも影響がないように、広告代理店はこぞって大量のマシンを撒き散らしている。ハエの大きさのコマーシャルは車内に入りこんでくるや、即座にブンブンとメッセージを発しはじめた。「こんにちは！　こんなふうに思ったことはありませんか？　レストランでほかの人たちがわたしを見ている、間違いない！　どういうわけか人目を引いてしまうという、この深刻かつ不可解な事態にどう対処したらいいのか、特に——」

チックはコマーシャルをぐいと踏みつぶした。

ニコル・ティボドーが受け取ったカードには、イスラエルの首相がホワイトハウスに到着し、カメリア・ルームで待っていると記されてあった。細身で長身のイスラエルの首相エミール・シュタルクは、いつも最新のユダヤジョークを口にする（「ある日、神がイエスにお会いになった。イエスが着ていたのは――」この先はどう続くのだったか。ニコルは思い出せなかった。まだちゃんと目が覚めていなかった）。いずれにしても、今日、ニコルはシュタルクのために特別のジョークを用意していた。ヴォルフ委員会の報告書が届いていたのだ。

ニコルは、ガウンとスリッパの格好で、コーヒーを飲みながらタイムズの朝刊に目を通した。それから新聞を脇にやり、ヴォルフ委員会が提出した報告書を取り上げた。委員会が選んだのは――ヘルマン・ゲーリング。分厚い報告書をめくりながら、ニコルはヴォルフ大将を罷免できればどんなにいいことかと心から思っていた。あの軍の親玉が〈蛮行の時代〉の交渉相手としてゲーリングを選んだのだ。ヴォルフ大将が典型的なタイプの軍事バカであることは、ニコルにはわかっていた。しかし、ワシントンの当局は、それに気づかないままに、ヴォルフ大将の指名に従うことに同意してしまったのだった。近年、純然たる政治の領域内に軍のGHQの力が入りこんでいる。今回のことは、それを明瞭に示す一例だ。

ニコルは秘書のレオノーレを呼んだ。「エミール・シュタルクに来るように言って」会うのを遅らせても意味がない。どちらにしても、シュタルクは今回の決定を歓迎するのではないか。多くの人がそうだが、このイスラエル首相も、疑いの余地なく、ゲーリングはただの道化だと思っている。ニコルはとげとげしい笑い声を上げた。彼らは第二次世界大戦時の戦争犯罪裁判の記録がちゃんと理解できていないのだ。自分たちではわかっていると思っていたとしても。

「ミセス・ティボドー」シュタルクが笑みを浮かべて現われた。

「ゲーリングよ」ニコルは言った。

「もちろんです」シュタルクは笑みを浮かべつづけた。

「本当に愚かな人ね」ニコルは言う。「わたしたちの誰にとっても、彼は賢すぎる――それがわからないの？　ゲーリング相手に取引しようとするなど――」

「しかし、戦争が終結に向かうころには、彼の政治的な影響力は低下していきました」シュタルクは礼儀正しい口調で言って、テーブルをはさんでニコルと向き合う位置に腰をおろした。「彼が関与した軍事作戦は失敗し、その一方で、秘密国家警察（ゲシュタポ）や、ヒトラーに近いボルマン、ヒムラー、アイヒマンといった面々が権力を握りました。ゲーリングは、党の軍事部門の作戦の失敗がなにを意味するかわかっていたはずです。いや、間違いなくわかっていた」

　ニコルは無言だった。苛立ちを感じていた。

「これが心配なんですか？」シュタルクはさらりと言った。「実際、そう簡単でない状況になるのはわかっています。しかし、こちらから国家元帥に提示する計画はシンプルそのものです。そうでしょう？　たったひとつのフレーズで言えるんですから。彼は間違いなく理解します」

「それはそのとおりよ」ニコルは同意した。「ゲーリングは理解するわ。そして、この申し出を拒絶すれば、わたしたちの側が受け入れる余地も少なくなることも。そうやって、どんどん可能性が少なくなっていけば、最終的には――」ニコルは言葉を切った。「そうよ、これがわたしには心配なの。フォン・レッシンガーの最終弁論は正しかったと思う。誰も第三帝国に近づいてはならない。精神異常者たちを相手にすると、どんどん引きずりこまれていく。結局は自分自身の精神がおかしくなってしまう」

シュタルクは静かに言った。「救われるべきユダヤ人の命は六百万あります、ミセス・ティボドー」

ニコルはため息をついた。「わかってるわよ！」ニコルは怒りの色をたぎらせてイスラエルの首相をにらみつけた。だが、彼はその凝視をまっすぐ受けとめた。彼はニコルを恐れてはいなかった。誰かの前で畏縮するなど、彼の慣習にはなかった。彼は長い道のりを経て、現在の地位についた。これ以外の方法を取らされるようなことがあったなら、彼の今の成功はありえなかっただろう。イスラエルの首相という地位は臆病者に務まるものではない。イスラエルは建国当初から小国だった。いついかなる時でもその存在を抹消してしまえる複数の巨大勢力のあいだで、今日まで生きながらえてきた。シュタルクはニコルに向けて、かすかに笑みを返しさえした。それとも、これはニコルがそう思っただけだろうか？　怒りがつのっていった。彼女は無力感に包まれた。

「この問題に関しては、今すぐに決着させる必要はありません」ややあって、シュタルクが言った。「いろいろと考えることがおありなのはわかっています、ミセス・ティボドー。今晩のホワイトハウス・エンタテインメントの計画も練っておられることでしょうし。招待状をいただきました」と言って、シュタルクは上着のポケットを軽くたたいた。「もちろんご存じでしょうが。すばらしいタレントたちのパレードが見られそうですね。いつもそうであることは間違いありませんが」つぶやきのような低い声。やさしく、なだめるような。「タバコを吸ってもかまいませんか？」シュタルクは、ポケットから小型の平たい金のケースを取り出し、葉巻を一本抜き出した。「これを試してみるのは初めてなんですよ。イザベラの葉で作ったフィリピンの葉巻です。実のところ、手巻きでしてね」

「どうぞ」ニコルはむっつりと言った。

「ヘル・カルプフライシュはタバコを吸われますか？」シュタルクが言う。

「いいえ」

「彼は音楽の夕べも楽しまれてはおられないとか。これはよくないサインですね。シェイクスピアの『ジュリアス・シーザー』を思い起こしてください。〝わたしが彼を信用しないのは、彼には音楽がわからないからだ〟とかいうくだりです。憶えておられますか？　〝彼には音楽がわからない〟――現在の大統領（デア・アルテ）もそうなのでしょうか？　残念ながら、わたしはまだ大統領（デア・アルテ）にお目にかかる機会を得ていません。いずれにしても、あなたと協議できるのは喜ばしいことです、ミセス・ティボドー。嘘じゃありません」エミール・シュタルクの目は灰色で、極端に明るかった。

「それはうれしいこと」ニコルはほとんどうめくように言った。一刻も早くこの会談を打ち切りたかった。対話の主導権が彼に握られていると感じ、それが彼女に苛立ちと強い警戒心を抱かせていた。

「ご存じのとおり」とシュタルクは続けた。「われわれにとって――われわれイスラエル人にとって、ドイツ人を相手にするのはたいへん難しいことなのです。ヘル・カルプフライシュと協議しなければならないとしたら、困難な会談になることは疑いの余地がありません」

シュタルクが葉巻の煙を吐いた。その匂いに、ニコルは鼻にしわを寄せた。「今の大統領（デア・アルテ）は初代のヘル・アデナウアーに似ていますね。もちろん、小学生のころに見た歴史のテープからの連想ですが。初代大統領（デア・アルテ）が、第三帝国が支配者の地位にあった全期間よりも長く統治していたということを知るのは、なかなかに興味深いことです。第三帝国は……千年続く王国を意図していたんですからね」

「ええ」ニコルはぼんやりと言った。

「そして、われわれがフォン・レッシンガーのシステムを使って援助すれば、実際にそれを実現させることも可能かもしれない」シュタルクの視線が彼方に向けられた。

「本当にそう思っているの？　それならいったいどうして、今回の提案に進んで――」

「わたしの見解はこうです」エミール・シュタルクは言った。「必要とする武器を与えられれば、第三帝国は五年程度は存続しつづけるかもしれないが、しかし、そこまで長くない可能性のほうがはるかに高い。第三帝国は、その本性において破滅を運命づけられている。ナチ党には総統の後継者を作り出すメカニズムがまったく存在しない。ドイツは寸断され、紛争を繰り返す低劣な小国の寄せ集めになってしまう。ビスマルク以前の時代のように。わが国の政府はこれを確信しています、ミセス・ティボドー。ナチの第六回全国党大会でヘスがヒトラーを紹介した言葉を思い出してください。“Hitler ist Deutschland”――〃ヒトラーがドイツなのです〃。ヘスは正しかった。ヒトラーのあとは？ 破滅あるのみ。そして、ヒトラーにもこれはわかっていた。実のところ、ヒトラーが意図的にドイツ国民を敗北に導いたという可能性もないとは言えません。これはかなり入り組んだ精神分析上の理論です。個人的には、この考えは異様にすぎて、とうてい納得できるものではないと考えます」

ニコルは考えこむように言った。「ヘルマン・ゲーリングが彼の時代から、ここ、わたしたちのもとにやってきたら、あなたは彼の前に立ちたいと――わたしたちと一緒に協議に参加したいと思っている？」

「ええ」シュタルクは言う。「正確に言うと、わたしはそれを強く要請します」

ニコルはイスラエルの首相をまじまじと見つめた。「あなたのほうから要請すると？」

シュタルクはうなずいた。

「思うに」とニコルは言った。「それは、あなたが世界じゅうのユダヤ民族の精神的な代表者だからということね」

「単にイスラエル国の役人だからです」シュタルクは答えた。「正確には、最高位の役人ということになりますが」そこで、彼は口を閉ざした。

ニコルは話題を変えた。「イスラエルの人たちがまもなく火星に向けて探査機を打ち上げるというのは本当？」

「探査機ではなくて輸送船です。われわれは近いうちに、火星に最初のキブツを設立します。

火星は、言ってみれば巨大なネゲヴ砂漠です。いずれオレンジの果樹園を作るつもりですよ」

「幸運な人たち」ニコルはつぶやいた。

「なんです？」シュタルクは聞こえなかったらしく、耳に手を当てた。

「あなたたちはラッキーだって言ったの。あなたたちにはいろいろな野望がある。ここ、USEAのわたしたちが持っているものと言えば――」ニコルは考えこんだ。「規範。規準。ひどくつまらない日常的なものばかり。宇宙旅行に関係した冗談で言ってるんじゃないわよ。本当に、シュタルク――あなたにはいらいらさせられる。どうしてかはわからないけれど」

「イスラエルにぜひ一度いらしてみてください」シュタルクが言う。「絶対に興味を惹かれますよ。たとえば――」

「たとえば、改宗させられる可能性もあるわね。名前もレベッカに変えて。シュタルク、もう充分に話し合ったと思うけれど、わたしは、このヴォルフ報告書が気に入らないの――大々的なスケールで過去を改変するという考えは、あまりにもリスキーだと思うわ。たとえ、それが、六百万、八百万、一千万の命を救うことになるかもしれないとしても。わたしたちはこれまでに何度も、アドルフ・ヒトラーが政治活動に入った早い時期に暗殺者を送りこんで彼を殺そうとした。でも、その時になにが起こったか――その都度その都度、なにかが、もしくは誰かが、それを阻止した。七回もトライしたのに！　正確な正体はともかく、誰がやったかはわかっている。この時代より未来か、あるいは過去の工作員たちよ。絶対に。フォン・レッシンガーのシステムを扱える者がひとりいるのなら、もうひとりいても不思議ではないということね。ビアホールの爆弾、プロペラ機に仕掛けられた爆弾――」

「しかし、今回の試みはネオナチの面々も喜ばせるはずです。彼らの協力も得られるでしょう」

ニコルは苦々しく言った。「それで、わたしの不安が軽減されるとでも？　それがどれほど有害な前兆であるか、ほかの誰よりも、あなたにはよくわかっているはずよ」

しばし、シュタルクはなにも言わず、フィリピンの手巻き葉巻をふかしながら陰鬱なまなざしでニコルを見つめていたが、やがてふいと肩をすくめた。「そろそろ失礼します。今日はここまでとしておいたほうがよさそうです、ミセス・ティボドー。たぶん、あなたの言うとおりです。この件については改めてじっくり考えてみたい。閣僚たちにも意見を聞きたいと思います。今晩の音楽の夕べで――ここ、ホワイトハウスで、またお会いしましょう。ところで、バッハかヘンデルは今晩のプログラムに入っていますか？　二人ともお気に入りの作曲家なんですよ」

「今晩はオール・イスラエル・プログラムを予定しています。あなただけのためにね」ニコルは言った。「メンデルスゾーン、マーラー、ブロッホ、コープランド。よろしい？」ニコルはにっこりと笑った。シュタルクも笑みを返した。

「ヴォルフ大将の報告書ですが、コピーをいただけますか？」

「いいえ」ニコルは首を横に振った。「これはゲハイムニス――最高機密です」

シュタルクは眉を上げた。笑みが消えた。

「カルプフライシュも、この報告書を見ることはありません」ニコルは言った。

この姿勢を変えるつもりは毛頭なかった。エミール・シュタルクも、疑問の余地なく、それと察知するはずだ。なんと言ってもプロの洞察力を持った人物なのだから。ニコルは自分のデスクに移動し、シュタルクが出ていくのを待ちながら――もうすぐ出ていくだろうと思いながら――秘書のレオノーレが置いていったメモの束にざっと目を通していった。どうでもいいことばかり――でもない？ ニコルは改めて、一番上にあったメモを注意深く読みなおした。

その内容は――ホワイトハウスのタレントスカウト、ジャネット・レイマーは結局、神経症の大ピアニスト、リヒャルト・コングロシアンに、今晩のイベントの参加契約のサインをもらうことができなかった。コングロシアンが突然ジェンナーの夏の別荘を出て、電気痙攣（けいれん）ショック療法を受けるために自発的にどこかの精神病院に行ってしまったからだ。これは誰も知らないことになっている。

なんてこと。ニコルは頭の中で毒づいた。今日の音楽の夕べはもうおしまいね。ディナーがすんだら、さっさとベッドに行ってしまったほうがいいわ。コングロシアンは、ブラームスとショパンの最高の解釈者というだけではなくて、常軌を逸した閃光を放つ、とてつもない才覚の持ち主でもあるのだから。

エミール・シュタルクは葉巻を吹かしながら、なにごとだろうというまなざしでニコルを見つめていた。

「〝リヒャルト・コングロシアン〟という名前は、あなたにとってなにか意味がある？」ニコルは目を上げ、詰問口調で言った。

「ええ。何人かのロマン派の作曲家の――」

「またおかしくなったの。頭が。もう百回目。それとも、そのことは知らなかった？　噂ででも聞いたことはない？」ニコルは怒り心頭のようすでメモをはじき飛ばした。メモは床に落ちた。「何度か、自殺してしまえばいいのにと思ったこともあるわ。自殺でなければ、結腸穿孔(せんこう)だかなんだったかで死んでしまえばいいって。実際に穿孔があるのが見つかったのよ。最近」

「コングロシアンは本物の芸術家です」シュタルクはうなずいた。「ご心配はよくわかります。しかも、〈ヨブの息子たち〉のような集団が市内のいたるところを行進している、この混乱しきった時代、俗悪で凡庸な輩(やから)が、着々と反乱の準備を整えているように思える今、彼らが力を得て、再び幅をきかせるようになったら――」

「あんな連中は絶対に長続きしないわ」ニコルは静かに言った。「だから、心配するなら、もっとほかのことを心配なさい」

「それでは、あなたは、この状況は充分に把握していると思っておられるわけですね。完全にコントロールできていると」シュタルクは瞬時、冷ややかに顔をしかめてみせた。

「ベルトルト・ゴルツは、どこから見てもＢｅそのものよ。部外者、一介の人間、そしてＢ

e。この全部を引っくるめた存在。彼はジョークよ。道化よ」

「ゲーリングのように？」

ニコルはなにも言わなかったが、その視線が一瞬揺らいだ。シュタルクは、それが突発的な疑念の表われであることを見て取った。彼は再び顔をしかめた。今度は意図的なものではなく、思わず出てしまった懸念の表情だった。ニコルは身震いした。

5

超小型違法宇宙船ジャロピーの展示販売ロット、ジャロピー・ジャングル・ナンバー3の奥にある小さな建物で、アル・ミラーはデスクに脚をのせ、アップマン葉巻を吹かしながら、通行人や歩道、ネヴァダ州リノのダウンタウンに建ち並ぶ店々に目をこらしていた。ロットにずらりと並んだ真新しいぴかぴかのジャロピーと、機体から連続する滝のようになだれ落ち、はためいているバナーや幟（のぼり）の向こうに、〈ルーニー・ルーク〉と大書された巨大な看板がある。その看板の下に隠れて待機している〝物〟の姿を、ミラーは確認した。

その〝物〟に目をとめたのは彼ひとりではなかった。歩道の向こうからやってきた親子連れの先頭をちょこちょこと走っていた男の子が歓声を上げ、興奮したようすで跳びはねた。

「ねえ、パパ、見て！　あれ、なんだかわかる？　パプーラだよ！」

「なんとまあ」父親はにっこりと笑った。「そのとおりだ。おい、マリオン、あの火星の生物が一匹、看板の下に隠れてる。そばに行って、おしゃべりしてみようじゃないか」父親は息子を連れて看板のほうに歩き出した。しかし、母親は歩道を歩きつづけた。

「おいでよ、ママ！」男の子が促す。

オフィスの中で、アル・ミラーはシャツの下のコントローラーに軽く触れた。パプーラがよたと動かして歩道のほうに向かうように操作した。アルは、パプーラは、おかしな格好の丸いヘルメットをずらして一方の触角にかぶせ、目を内側に寄せたり外側に向けたりしながら、女性の姿をとらえた。そして、指向性が確定されると、彼女の後ろをてくてくと歩きはじめた。

それは父親と男の子を大喜びさせた。

「見て、パパ、ママのあとをついていってる！　ねえ、ママ！　ねえ、ママ、後ろを見てごらんよ！」

ちらりと背後を見た女性は、オレンジ色の昆虫の胴体を持つ長円形の大皿のような生き物を目にしたとたん、声を上げて笑い出した。みんなパプーラが大好きだ。アルはつぶやいた。この楽しい火星のパプーラを見たら、好きにならずにはいられない。しゃべってごらん、パプーラ。おまえを見て笑っているすてきなご婦人に〝こんにちは〟って言ってごらん。

女性に向けられたパプーラの思念がアルのもとにも届いた。パプーラは彼女に挨拶し、お会いできてとてもうれしいですと言い、やさしく誘うような言葉をかけた。彼女は歩道を引き返してきてパプーラに近づき、男の子と父親に合流した。今、三人は一緒に、火星の生物が発する精神波を受信している。地球にやってきたぼくは敵対的な計画などいっさい持っていません。トラブルを起こす能力もありません。みなさんがぼくを大好きなのと同じように、ぼくもみなさんが大好きです——パプーラは今、三人にそう告げている。故郷の惑星で慣れ親しんできたあたたかな思いやりの気持ち、やさしい気持ちを、思念で伝えている。

火星はすばらしい世界に違いない——父親と母親は疑いようもなくそう思いはじめている。パプーラは、故郷の思い出を、地球人に対する姿勢をたっぷりと伝えていく。火星は地球の社会のような冷たくて狂った世界じゃありません。ほかの人間をスパイするような人はいません。果てしない宗政試験で点数づけをして、毎週毎週、共同住宅のセキュリティ委員会に報告する人もいません。考えてみてください。パプーラが話しつづけるなか、三人は歩道に根が生えたように立ちつくし、動くこともできない。あなたは自分のボスなんです、火星では。自分の農地で自由に働き、自分の信念を信じ、〝自分自身〟になれるんです。今の自分を見てごらんなさい。ここに立って、ぼくの話を聞いていることとさえ、大丈夫なのかと不安になっている。恐れて——。

男性がナーバスな声で妻に言った。「ここから離れたほうが……よさそうだ」

「だめだよ」男の子が異議を申し立てた。「だって、パプーラと話ができるなんてめったにあることじゃないもの。このパプーラはきっと、あのジャロピー・ジャングルのだよ」男の子が展示ロットを指差した。アルは、父親の鋭い詮索の目が向けられたのを感じた。

父親は言った。「そうとも。あいつらがジャロピーを売るために、こいつを連れてきたんだ。こいつは、この今もぼくらに働きかけてジャロピーを買う気にさせようとしているんだ」父親の顔からうっとりとした表情がみるみる失せていく。「あそこに座って、こいつを操作しているやつがいる」

でも――と、パプーラは思念を送りつづける。ぼくが言ってることは本当です。たとえ、セールストークだとしても。あなたは向こうの世界に行けるんです。火星に。あなた自身が。あなたとご家族は、自分の目で見ることができるんです――自由の身になる勇気さえあれば。あなたにそれができますか？　あなたは本物の男ですか？　ルーニー・ルークのジャロピーを買ってください。チャンスがあるうちに買ってください。ご存じでしょう、いずれ、それほど遠くないうちに、国家警察（NP）が取り締まりにやってきます。そうなったら、ジャロピー・ジャングルはなくなってしまいます。権威主義社会の壁の割れ目、少数の人が、少数の幸運な人だけが脱出することのできる隙間も、完全に閉じてしまいます。

腹の前でコントローラーをいじくりながら、アルは出力を上げた。パプーラの精神波が増幅され、再度父親を引きずりこんで制御下に置いた。あなたはジャロピーを買わなくてはなりません。パプーラが促す。楽々お支払いプラン、サービス保証、お好みにあったものを選べる多彩なモデル。サインをするのは今です。先延ばしにしてはいけません。父親は販売ロットに向けて一歩踏み出した。急いで。パプーラが言う。今すぐにも当局がやってきてロットを閉鎖してしまうかもしれません。そうしたら、チャンスは永遠に失われてしまいます。

「こ、こういうことだったのか」父親が声を絞り出すように言った。「この生き物は人間を誘惑して罠にかけるんだ。催眠術だ。逃げなくちゃ」しかし、彼は動くことができない。もう遅すぎる。彼はジャロピーを買うことになる。コントローラーを手にしたアルは男をたぐり寄せていく。

ゆったりとアルは立ち上がった。そろそろ出ていって契約をまとめるタイミングだ。彼はオフィスのドアを開け、ロットに足を踏み出した。

その時、ジャロピーの列のあいだを縫うように、こちらに向かってくる人の姿が見えた。かつてよく知っていた人物。昔の相棒、イアン・ダンカンだ。ダンカンとはもう長いあいだ会っていなかった。まったく。アルは思う。いったいなんの用だ？　それも、よりによってこんな時に！

「アル」イアン・ダンカンが手ぶりを交えて呼びかけてきた。「ちょっと話がしたいんだが、いいかい？　そんなに忙しくはないんだろう？」汗を流し、青ざめた顔で近づいてくるダンカンは、なにかに怯えているようにあたりを見まわしていた。最後に会った時よりもずっとやつれたようすだ。

「あのな」アルは怒りをこめて言った。だが、遅すぎた。呪縛から解かれた夫婦と男の子は小走りに展示ロットから離れていった。

「あ、あの、邪魔をするつもりはなかったんだが」イアンはもごもごと言った。

「邪魔なんかしてないさ」アルはむっつりと、釣り上げ損ねた三人が去っていくのを見つめた。「さてと、イアン、なにごとだ？　とにもかくにも、絶好調なんてことがありえないのは一目瞭然だ。病気なのか？　まあ、中に入れ」アルはイアンをオフィスに導き入れ、ドアを閉めた。

イアンが言った。「不意にジャグのことを思い出したんだ。ホワイトハウスに行こうと頑張っていた時のこと、憶えてるだろ？　アル、絶対にもう一度やってみなくちゃ。おれ、本当に今のままではやっていけないんだ。おれたちの人生で一番重要なことだって、二人ともそう信じていた。それが失敗したままでいるなんて、おれには我慢できない」

「おれはもう自分のジャグも持っていない」アルは言った。

「やらなきゃならないんだって。そうだ、それならおれのジャグでそれぞれのパートを別々に録音して、あとで合成して、そのテープをホワイトハウスに聞いてもらえばいい。今のこの追い詰められた感じ——こんな感じのまま生きていけるなんてとうてい思えない。どうしてもジャグ演奏に戻らなきゃならないんだよ。今すぐに《ゴルトベルク変奏曲》の練習を始めれば、二カ月後には——」

アルが口をはさんだ。「おまえ、まだあそこに住んでいるのか？　デトロイトのあのどでかいエイブラハム・リンカーン共同住宅に」

イアンはうなずいた。

「で、あのバイエルンのカルテルでまだ働いているんだな？　今も歯車の検査をやっている、と」アルには、イアン・ダンカンがなぜこうも動揺しているのかわからなかった。「まったく、最悪の場合には移住すればいいじゃないか。ジャグ演奏なんて論外だぜ。おれはもう何年も吹いていない。正確に言うと、おまえと最後に会った時以来な。ちょっと待ってくれ」

アルは、パプーラのコントローラーのノブをまわした。歩道の近くにいたパプーラが反応し、ゆっくりと看板の下の待機場所に戻りはじめた。

そのようすを見ながらイアンが言った。「あの生き物はみんな死んだと思ってた」

「そうさ」とアル。

「でも、あそこにいるやつは動いているし――」

「あれは偽物だ。シミュラクラさ。移住用に使われているのと同じようなものだ。おれがコントロールしている」アルは、昔の仲間にコントローラーを見せた。「客を歩道から連れこむってわけさ。実のところ、ルークは、このシミュラクラのもとになる本物のパプーラを一匹持っているらしい。本当かどうかは誰も知らないが、法は彼に手を出せない。ルークがもし本物を持っていたとしても、NPが強制的に引き渡しを要求することはできないんだ」アルはどっかりと腰をおろして、パイプに火をつけた。「宗政試験に落ちろよ」とイアンに言う。「共同住宅を失う代わりに、保証金を返してもらう。その金を持っていってくれれば、おれが最高のジャロピーを見つくろってやる。それがおまえを火星に連れていってくれる。どうだ？」

「試験に落ちようとはしてみたんだ。けど、連中がそうさせてくれなかった。おれの答案をごまかして合格させた。連中はおれを行かせたくないんだ。おれを放そうとしないんだ」

「〝連中〟って、誰のことだ？」

「エイブラハム・リンカーンで隣の部屋に住んでいる男だ。エドガー・ストーンだったか。ストーンはわざと点数をごまかした。そう顔に書いてあった。たぶん、おれのためを思ってやってるつもりになっていたんだろうな……よくわからないけど」イアンはあたりに目をやった。「居心地のよさそうなオフィスだな。ここで寝泊まりしてるんだろう？　で、これが移動する時に一緒に移動する？」

「ああ」とアル。「いつでも離陸できるようにしている」ロットはわずか六分で軌道速度に達することができるが、それにもかかわらず、NPに捕まりそうになったことはこれまで数え切れないほどあった。パプーラがNPの接近を探知した時にはすでに、悠々と脱出するのに充分な距離があるとは言いかねる場合がほとんどで、たいていは泡を食って大慌てで逃げ出した。展示してあるジャロピーの一部を置いていくこともあった。

「ぎりぎりのところでなんとか逃げおおせているってわけだ」イアンは考えこんだ。「それなのに、全然気にもしていない。百パーセント自信があるんだな」

「万一捕まっても、ルークが助け出してくれる」だから、捕まるのを心配する必要はまったくない。アルの雇い主ルークは力のある人物だった。ルークに対するティボドー一味の攻撃も、大衆雑誌の空疎な記事で、ルークの俗悪さ、ルークのジャロピーの粗悪さをくどくどと繰り返すだけにとどまっていた。

「うらやましいよ」イアンが言う。「おまえの態度が。落ち着きが」

「エイブラハム・リンカーンにも牧師がいるだろう？　牧師のところに行って話してみろよ」

イアンはとげとげしい口調で言った。「そんなことをしても意味がない。今の牧師はパトリック・ドイルだけど、ドイルはおれと同じくらい追い詰められている。自治会長のドン・

ティシュマンはもっとひどい。いつもひどく緊張してピリピリしている。実際、共同住宅全体に不安があふれ返っている。きっと、ニコルの副鼻腔性頭痛と関係しているんだ」

イアンに目をやったアルは、イアンが心底、深刻な状態にあることを見て取った。彼にとっては、ホワイトハウスと、ホワイトハウスが象徴しているすべてが、とてつもなく大きな意味を持っている。今でも彼の人生を支配している。何年も前、二人が軍での仲間だった時とまったく同様に。アルは静かに言った。「おまえのためにジャグを捜(さが)し出して練習するよ。もう一度、二人でトライしよう」

イアン・ダンカンはあんぐりと口を開け、なにも言えぬままにアルを見つめた。

「本気だ」アルは言ってうなずいた。

心からの感謝の色を見せて、イアンはささやくように言った。「神のお恵みがあるように、アル」

アル・ミラーは重々しくパイプを吹かした。


前方に、チック・ストライクロックの働く小さな工場が現われ、次第に実物大――と言っても貧弱なものではあったが――に近づいていった。これが精いっぱいという大きさの帽子箱に似た形状の建物で、最近流行の薄い緑色、それほど厳しい目で見なければ充分に現代的と言えるデザインだ。フラウエンツィンマー・アソシエーツ。まもなくオフィスに入って仕事を始め、まぶしい朝の陽光をもう少しさえぎれないものかと、ブラインドをあれこれといじくることになる。さらに、彼とモーリイの二人の秘書を務めるオールドミスのグレタ・トループ相手にあれこれと気をもむことになる。

たいした人生だとチックは思った。しかし、社は、確か昨日から管財人の管理下に入っているはずだった。これはチックをまったく驚かせなかったし、おそらくは、それほど悲しませるようなことでもない。ただ、モーリイにとって、これが遺憾きわまりない事態なのは言うまでもなかった。そして、四六時中、衝突し合っているにもかかわらず、チックはモーリイが好きだった。とどのつまり、小さな企業は小さな家族と同じなのだ。誰もが、密接かつ個人的なあり方で、また多くの心理学的なレベルにおいて、肘をすり合わせながら、かかわり合っている。カルテル規模の大企業の雇用者と従業員のあいだの非人間化された関係性よりもはるかに細やかで親密な関係を築き上げているのだ。

正直、チックはこの親密な関係が好きだった。密接さが好きだった。権力者たちが集う場、秘密の保持者（ゲハイムリッヒ）たる強力な大企業の内部での、各人が切り離され、極度に個別化された官僚的な活動には、どこか身の毛のよだつものがあった。モーリイが取るに足らない三流企業の経営者であるという事実には、正真正銘、チックの心に訴えるものがあった。それは古い世界を思わせた。二十世紀の香りが残っていた。

駐車場でモーリイのくたびれたホイールの隣に手動で駐車すると、チックは車を降り、両手をポケットに突っこんで、慣れ親しんだ正面入口に向かって歩いていった。

取り散らかった小さなオフィスは、未開封のまま返信もしていない手紙の山、コーヒーカップ、業務マニュアル、くしゃくしゃに丸められた請求書、画鋲でとめつけられた少女趣味のカレンダーともども、かび臭い臭いがした。まるで一度も窓を開けたことがなく、新鮮な空気も陽の光もまったく取り入れたことがないとでもいうかのようだった。そして、オフィスの一番奥のわずかな空間をほとんど占拠して静かに座っている四体のシミュラクラがいた。彼らは四体でひとつのグループを構成している。成人の男性と女性、そして子供が二体。フラウエンツィンマー・アソシエーツの主要製品、〝隣の一家〟だ。

成人男性のシミュラクラが立ち上がって礼儀正しく挨拶をした。「おはようございます、ミスター・ストライクロック」

「モーリイはもう来ているのか？」チックはあたりに目をやった。

「限定的な意味では、イエスです」成人男性シミュラクラは答えた。「朝のコーヒーとドーナツを買いに外に出ています」

「それは結構」チックは言って上着をぬいだ。「さてと、きみたちは全員、火星に向かう準備が整ったということだね？」彼はシミュラクラたちに言って、上着をハンガーにかけた。

「はい、ミスター・ストライクロック」成人女性シミュラクラがうなずいた。「わたしたち、とても嬉しく思っています。安心してください」彼女は愛想よく、いかにも隣の家の住人らしい風情でチックにほほえみかけた。「あの抑圧的な法律ができた地球から旅立てば、心からほっとできるでしょう。わたしたち、ラジオで聞いていたんです。マクファーソン法のニュースを」

「恐ろしい法律だと思います」成人男性シミュラクラが言う。

「その気持ちには賛同しないわけにはいかないが、しかし、ぼくたちにいったいなにができると言うんだ？」チックは言って、郵便物を探した。いつもどおり、郵便物はゴミの山のどこかに埋もれてしまっていた。

「移住することならできますよ」と成人男性シミュラクラが指摘した。

「うん」チックは上の空で言った。思いがけないことに、ごく最近のものと思える部品メーカーからの山のような請求書の束が目に入ったのだった。暗い、恐怖とさえ言っていいような感覚を覚えながら、チックは請求書の束を繰りはじめた。モーリイもこれを見たのだろうか。たぶん。ひとめ見て、即座に視野の外に押しやってしまったのだ。フラウエンツィンマー・アソシエーツは、こうした現実を思い起こさせられることがなければ、もっと業績を上げられたはずだった。退行した神経症患者さながら、とにもかくにも操業を続けていくために、現実の側面のいくつかを知覚システムから隠しておかなければならなかった。とうてい理想的とは言いがたい状況——しかし、現実に、ほかにいったいどんな選択肢があるというのか。リアリスティックであるということは、あきらめるということだ。死ぬということだ。フラウエンツィンマーのようなちっぽけな企業が生き延びるためには、子供じみた幻想が不可欠なのだ。少なくともチックとモーリイにはそうとしか思えなかった。いずれにしても、二人はこれまでずっとこの姿勢を貫いてきたのだが、一方で、彼らが製造しているシミュラクラ——成人の——はそうではなかった。現実に対するシミュラクラの冷静で論理的な見解はチックやモーリィのそれとは対照的で、チックはシミュラクラの前ではいつもほんの少し、裸にされたような恥ずかしい気分になるのだった。自分がシミュラクラたちにもっとよい手本を示すべきなのだということは、チックにもわかっていた。

「あなたがジャロピーを買って火星に移住したら」と男性シミュラクラが言う。「わたしたちがあなたの〝隣の一家〟になることができます」

「ぼくが火星に移住したら、隣の家族なんていっさい必要ない」チックは言った。「ぼくが火星に行くとしたら、それはあらゆる人間と縁を切りたい時だ」

「わたしたち、あなたのとてもいいお隣になります」女性シミュラクラが言う。

「いいかい、きみたちのいいところをぼくにあれこれ解説してくれる必要はないんだよ。ぼくは、きみたち自身以上にきみたちのことを知っているんだから」ほかにも理由があった。シミュラクラの提言や、その熱のこもった誠実さは、チックをおもしろがらせるとともに、苛立たせもした。隣の家の住人として、このシムのグループは少々うるさい存在になるだろう。だが、それこそが移住者たちの望んでいるものであり、人口密度が極度に低い地域で生きる移住者たちにとっては、事実、必要不可欠とさえ言っていいものなのだ。チックには、そのことが理解できたし、結局のところ、フラウエンツィンマー社のビジネスは、それを理解するところにあった。

人は、移住するさいには、隣人を買うことができる。生命を模した存在を、人間の活動の音と動きを——少なくとも機械仕掛けの代用品に近いものを——買うことができる。まったく馴染みのない新しい環境で、それも士気を鼓舞してくれるものなどまったくないであろう地で生きていく気力を支えるために。さらに、この心理的な支えという柱に加えて、実際的な二次的メリットもある。〝隣の一家〟シミュラクラのグループは土地の一画を開墾し、耕し、作物を植え、水を引き、生産力の高い肥沃な土地にする。その生産物は人間の入植者のものになる。というのも、〝隣の一家〟グループは、法的には、入植者の土地の主要でない構成物という位置づけになっているからだ。〝隣の一家〟は実際に隣に住む家族などではなく、入植者の周辺環境の一部でしかないのだ。彼らとのコミュニケーションは、突き詰めれば、自身との対話の繰り返しにほかならない。〝隣の一家〟は、正しく機能している場合、入植者の心の中にひそむ願望や夢想を探知し、それを具体的な形にしてフィードバックする。これは、セラピーとしては有用だが、文化的な観点からすれば、不毛な、どうでもいいことと言うしかない。

成人男性シミュラクラが敬意のこもった口調で言った。「ミスター・フラウエンツィンマーが戻ってこられました」

チックが目を上げると、オフィスのドアがゆっくりと開き、コーヒーのカップとドーナツを慎重に運ぶモーリイが現われた。

「聞いてくれ、チック」モーリイがしわがれた声で言った。質の悪い鏡に映っているような短軀の肥満体。いつも大量の汗をかいている。脚は途中で成長が止まってしまったかのように、かろうじて全身を支えているといった風情だ。その脚をシーソーのように運びながら、彼はチックのほうにやってきた。「悪いが、おまえには辞めてもらわなきゃならんようだ」

チックはまじまじとボスを見つめた。

「これ以上やっていけんのだ」油が浸みこんだずんぐりした指でカップの持ち手をつかんだまま、モーリイはカップとドーナッツを置く場所を探し、デスクの上に散らばった書類と業務マニュアルのあいだにおろした。

「そんな……」耳の中で自分の声が力なく響いた。

「この日が近づいていることはわかっていたはずだ」モーリイの声は暗くしゃがれていた。

「われわれ二人ともな。ほかにどうすることができる？　この数週間、大きな注文はまったくなかった。おまえを責めているんじゃない。それはわかってくれ。そこをぶらついている〝隣の一家〟を見ろ。連中は文字どおりぶらぶらしているんだ。もうずっと前に出荷できていなけりゃならなかったのに」アイリッシュリネンのハンカチを取り出すと、モーリイは額をぬぐった。「すまん、チック」彼は物思わしげに部下を見た。

「本当に痛ましい通告です」男性シミュラクラが言った。

「わたしも同じ思いです」連れ合いが付け加える。

モーリイは二人をにらみつけながら、吐き捨てるように言った。「余計なお世話だ。おまえたちまがいもののわざとらしい意見など、誰がきいた？」

チックは低い声で言った。「彼らにはかまわないでください」彼はこのニュースに衝撃を受けていた。理性の領域では予見していたこととはいえ、感情的には完全に驚愕の念にとらわれていた。

「ミスター・ストライクロックが出ていかれるのであれば」と男性シミュラクラが宣言した。

「わたしたちも一緒に行きます」

モーリイは不愉快そうにシミュラクラたちに向けてうなった。「まったく、おまえたちはただの模造品（シミュラクラ）なんだ。われわれが話し合っているあいだは黙っていろ。おまえたちのことは抜きにしても、もう山のような問題が押し寄せているんだから」モーリイはデスクに着くと、クロニクルの朝刊を広げた。「全世界が終わりに近づいている。われわれだけじゃない、チック、フラウエンツィンマー・アソシエーツだけじゃないんだ。今日の新聞のこの記事を読んでみろ。〝セントルイス・キャンディ・カンパニーのメンテナンス作業員オーリー・ショートの遺体が、今朝、二メートルの深さがある、ゆっくりと固まっていくチョコレートのタンクの中で発見された〟」モーリイは顔を上げた。「わかるか？　〝ゆっくりと固まっていくチョコレート〟——これだ。これがまさに、われわれが生きている姿なんだ。続けるぞ。〝ショート（53）は昨夜、仕事場から戻らず——〟」

チックが口をはさんだ。「あなたがなにを言おうとしているかはわかります。なにをやってもうまくいかない時代ということですね」

「そのとおり。状況はもう個人の力が及ばないところに行ってしまった。宿命論者になるしかない時代——あきらめて受け入れるしかない時代なんだ。わたしもあきらめて、フラウエンツィンマー・アソシエーツが永久にその歴史を閉じるのを眺めることにするよ。正直、これはほぼ間違いないところだ」モーリィはむっつりと〝隣の一家〟グループを見つめた。「どうしておまえたちを作ってしまったんだろうな。もっと手抜きして、薬の売人とか売春婦とか、ブルジョワどもの関心を引ける程度の三流シミュラクラを作っていればよかったのにな。チック、いいか、これがクロニクルのおぞましい記事の締めくくりだ。おまえたちシミュラクラもよく聞け。自分たちがどんな世界に生まれてきたのか、それなりの考えを与えてくれるはずだ。〝義理の弟のアントニオ・コスタがキャンディ工場に行き、チョコレートの中、一メートルのところに沈んでいたショートを発見したと、セントルイス警察は語った〟」モーリィは荒々しく新聞をたたんだ。「こんな出来事を、いったいどうやって自分の世界観の中に組みこめるっていうんだ？　ただひたすらに、あまりにもおぞましい。頭がおかしくなってしまう。しかも、もっとひどいのは、これほどおぞましい話なのに、つい笑ってしまいそうになるほど滑稽だってことだ」

沈黙がおりた。ややあって、モーリィの無意識のなにかに反応したのは間違いない、成人男性シミュラクラがこう言った。「マクファーソン法のような法律が効力を発するまでに、もう時間はありません。わたしたちには精神医学の助けが必要です。ありとあらゆるところを探して、この助けを見つけ出さなくてはなりません」

「〝精神医学の助け〟」モーリィはシミュラクラの口調を真似て言った。「ああ、実に的確な指摘だよ、ミスター・ジョーンズだったかスミスだったか、なんという名前をつけたんだったか忘れたが。いずれにしても、ミスターお隣さんよ、それがフラウエンツィンマー・アソシエーッを救ってくれるはずだって言いたいのか、え？　三流精神分析医で一時間二百ドルが十年間——普通これくらいかかるんじゃないか？　まったく」

モーリイはうんざりしたといった顔でシミュラクラから目をそらし、ドーナッにかぶりついた。

チックが言った。「推薦状を書いてもらえますか？」

「もちろんだ」モーリイは言った。

たぶん、カープ・ウント・ゾーネンで働かせてもらわなくちゃならないだろう。チックは思った。弟のヴィンスはカープ・ウント・ゾーネンのＧｅ社員だった。ヴィンスなら、なんとかもぐりこませてくれるに違いない。なにもないよりはましだ。哀れな失職者の仲間入りをするよりは。膨大なＢｅ階級の最下層、地球の表面をさまよいつづけるしかない放浪者、貧しすぎて移住すらできない人種になるよりは。そこで、チックはこう思った。ひょっとしたら、移住すべきなのかもしれない。その時がついに来たのかもしれない。移住の可能性と真正面から向き合ってみる必要がある。これほどまでに長いあいだ、仕事を続けてきた、その基盤にあった子供じみた野望をあきらめたからには。

だが、ジュリーがいる。彼女はどうなるのか？　弟の妻のおかげで事態はどうしようもなく複雑になってしまった。たとえば、彼女に対する経済的な責任は今、ぼくにあるのだろうか。ヴィンスとじっくり話し合わねば。顔と顔を突き合わせて。いずれにしても。ヴィンスがカープ・ウント・ゾーネン・ヴェルケでの働き口を見つけてくれようがくれまいが。

この状況下でヴィンスにアプローチするわけにはいかない。そんな勇気はとてもない。どう考えても。ジュリーの件は、なんともまずい時期に起こったものだ。

「モーリイ、聞いてください」チックは言った。「今すぐ、くびになるわけにはいかないんです。問題があって――電話で話したように、今うちには若い女性がいて――」

「いいとも」

「な、なんですって？」

モーリイ・フラウエンツィンマーはため息をついた。「〝いいとも〟と言ったんだよ。いましばらく社にいてもらうことにしよう。その結果、フラウエンツィンマー・アソシエーツの破産は早まるだろうが、それがどうした」彼は派手に肩をすくめた。「So geht das Lebens――それが人生だ」

二体の子供シミュラクラの一方が成人男性に言った。「あの人、いい人だよね、パパ？」

「そうとも、トミー」成人男性シミュラクラはうなずき、「間違いなく最高にいい人だ」と言って男の子の肩を軽くたたいた。家族全員に満面の笑みが浮かんだ。

「来週いっぱいいてもらおう」モーリイは言った。「それが最大限だ。たいして助けにはならんだろうが。そのあとは――わからん。わたしにはもうなにも見えない。いつも言っているように、わたしには少しばかり予知能力があるんだがね。これまで、未来に関してはある程度、確かな勘が働いたものだ。だが、今回は違う。まるっきりなにも思い浮かばない。状況の全体が混乱のかたまりだ。わたしに関するかぎり」

チックは言った。「ありがとうございます、モーリイ」

モーリイ・フラウエンツィンマーはうなり声を上げて新聞に戻った。

「来週、なにかいいことが起こるかもしれません」チックは言った。「なにか思いがけないことが」もしかしたら、営業主任の自分が大きな仕事を取ってこられるかもしれない。チックは思った。

「ああ、そうなるかもな」モーリイは言ったが、本当にそう思っているようには聞こえなかった。

「本気で努力してみます」チックは言った。

「そうとも」モーリイは同意した。「努力しろ、チック。やってみろ」その声は低く、あきらめの色に包まれていた。

6

リヒャルト・コングロシアンにとって、マクファーソン法は災厄と言うしかなかった。彼の人生を根底から支えてくれていた精神分析医エゴン・スパーブを、この法律は一瞬で消し去ってしまったのだ。コングロシアンは生涯にわたる病のプロセスのただなかに取り残され、そのなすがままとなった。そして、まさにこの今、そのプロセスは圧倒的なものとなって彼に襲いかかっていた。コングロシアンがジェンナーを出て、みずからサンフランシスコのフランクリン・エイムズ神経精神医学病院に入院したのはそのためだ。フランクリン・エイムズはなにからなにまでよく知っている場所だった。過去十年のあいだに、彼は何度となくここに入院していた。

だが、今度ばかりはおそらく、もうここから出ることはできないだろう。今回、病のプロセスはとんでもないところまで進んでいた。

自分が強迫性精神障害であることはわかっていた。彼にとって、現実は〝強制〟の次元に縮小してしまっていた。彼が行なうことはすべて強要されてのことでしかなく、みずからの意志のもと、自発的に、自由にできることはいっさいないのだ。加えて、事態をさらに悪化させているのが、ニッツのコマーシャルに取り憑かれてしまっていることだった。実際、彼はコマーシャルマシンを一個持っていて、常にポケットに入れて持ち歩いていた。

今また、コングロシアンはポケットからテオドルス・ニッツ・コマーシャルを取り出し、スタートアップさせて、その忌まわしいメッセージに聞き入った。コマーシャルがキーキー声でこう告げる。「あなたは、いつなんどき、他人に不快な思いをさせないともかぎりません。一日のいついかなる時であっても！」コングロシアンの脳裏に、フルカラーのシーンが現われる。黒い髪のハンサムな男が、水着姿の豊満な胸のブロンド娘にキスしようと体を寄せる。男の誘いを受け入れようとした娘のうっとりとした表情——それが不意に消え失せ、嫌悪の色に取って代わられる。そして、コマーシャルが金切り声を上げる。「彼は不快な体臭の危険から完全に免れていたわけではなかったのです！　おわかりですね？」

これがわたしなのだ。コングロシアンはつぶやいた。わたしはひどい悪臭を放っている。恐怖性体臭が定着したのはコマーシャルのせいだった。そして、コマーシャルを通して汚染されてしまった結果、もはやその臭いから逃れるすべはなかった。もう何週間ものあいだ、〝洗浄の儀式〟を延々と繰り返しているが、まったく効果はなかった。

恐怖性体臭の問題はそこにあった。いったん汚染されると恐怖性体臭はそのまま居座り、それどころか、その恐るべき力を増大させていって、今や、コングロシアンは誰にも近づくことができなくなっていた。臭いに気づかれないでおくためには、相手から最低三メートルは離れていなければならない。彼にはもう豊満な胸のブロンド娘はいない。

同時に、コングロシアンには、この臭いが妄想でしかないこと、現実には存在しないものであることもわかっていた。あるのはただ強迫観念だけなのだ。だが、それがわかっていても、なんの助けにもならなかった。彼は依然として他人から三メートル以内のところに行くことが耐えられなかった。どんな相手であろうと。豊満な胸の娘であろうとなかろうと。

たとえば、まさにこの今、ホワイトハウスのタレントスカウトのチーフ、ジャネット・レイマーが彼を探している。居所を突きとめたら、たとえフランクリン・エイムズ病院のこの個室であっても絶対に会うと言い張り、無理やりにでも押し入ってくるだろう。そうなったら、彼にとって世界は崩壊する。コングロシアンはジャネットが好きだった。中年で独自のユーモア感覚を持った陽気なジャネット。ジャネットに、コマーシャルからもらってしまったこの臭いを察知されるなど、とうてい耐えられることではない。そんなシチュエーションはありえない。コングロシアンは部屋の片隅のテーブルに覆いかぶさるようにして、拳を握り、また開いて、どうすべきかと考えた。

電話をかければいいんじゃないだろうか。だが、臭いは電話線を通して伝わってしまう。ジャネットは絶対に気づく。だから、電話はだめだ。電報なら？　いや、臭いはわたしから電報に移り、電報から彼女に移る。

実際、わたしの臭いは全世界を汚染することができる。少なくとも理論的には、それはありうる。

それでも、誰かとなんらかのコンタクトはしなければならない。たとえば、ジェンナーにいる息子のプラウトスには、今すぐにでも電話したい。どれだけ必死に努力したとしても人との関係を完全に絶つことなどできるわけがない。いくらそれが望ましいと言っても。

AG製薬ならなんとかできるんじゃないだろうか。AG製薬になら、この恐怖性体臭をせめて一時的にでも消してくれる新規の超強力合成洗浄剤があるかもしれない。AG製薬にコンタクトできる知り合いはいなかったかどうか、コングロシアンは思い出そうとした。テキサス州のヒューストン交響楽団の役員会に確か……。

部屋の電話が鳴った。

コングロシアンは慎重にテレビ電話の画面をハンドタオルで覆った。それから、充分な距離を置いたところに立って、電話が汚染されないようにと願いながら電話に出た。もちろん、むなしい願いではあったが、願ってみるだけでもしないわけにはいかなかった。彼はなおも努力しつづけていた。

「ワシントンDC、ホワイトハウスのジャネット・レイマーからです」電話の声が言った。

「どうぞ、ミス・レイマー。ミスター・コングロシアンのお部屋です」

「こんにちは、リヒャルト」ジャネット・レイマーの声が言った。「どうして電話の画面を隠しているんですか?」

コングロシアンは、電話と可能なかぎり離れていようと、反対側の壁に体を押しつけた。

「わたしと連絡を取ろうなんてしちゃいけない、ジャネット。わたしがどれだけひどい状態かはわかっているはずだ。今は最悪の強要 - 強迫状態にある。これまで経験したことのないほどの状態だ。公の場ではもう二度と演奏ができないかもしれない。本気でそう思っている。リスクが大きすぎる。たとえば、たぶんきみも読んだと思うけど、キャンディ工場の作業員がゆっくりと固まっていくチョコレートのタンクに落ちたという記事が新聞に載っていた。あれはわたしがやったんだ」

「あなたが？　どうやって？」

「念動力で。もちろんまったく意識しないままに。このところ世界じゅうで起きている念動力関連の事故は全部、わたしに責任がある。だから、わたしはここに来たんだ。電気痙攣ショックのコースを受けるために。電気痙攣ショックが時代遅れの療法だというのは事実だが、しかし、わたしは効果があると信じている。わたしには薬はいっさい効かない。ジャネット、わたしくらいひどい臭いを発している場合には薬剤なんて——」

ジャネットがさえぎった。「リヒャルト、あなたが、自分で想像しているように実際にひどい臭いを発しているなんて、まったく思いません。あなたとはもう長い付き合いだけれど、本当にひどい悪臭を放っているなんて、わたしには想像もできません。少なくとも、輝かしい経歴を終わらせるほどのものでないことは絶対に確かです」

「心遣いには感謝するが」とコングロシアンは陰鬱に言った。「しかし、きみは本質を理解していない。これは普通の身体的な臭いではない。観念型の臭いなんだ。このテーマに関する本を——ビンスワンガーか誰か実存心理学者の本をいつか送ってあげよう。彼らは百年前に生きていた人間ではあるが、今のわたしとわたしの問題を本当に理解してくれていた。明らかに彼らは予知能力者だった。ただ、悲しいことに、ミンコフスキーもクーンもビンスワンガーも、わたしを理解してはくれたものの、わたしを助けるために彼らにできることはなにもない」

ジャネットが言う。「ファーストレディはあなたの一日も早い回復を待ち望んでいます」

このあまりに間の抜けた言葉に、コングロシアンは怒りを爆発させた。「まったく――わからないのか、ジャネット？　現時点で、わたしは完全に妄想にとらわれているんだ。どこからどう見ても、精神的に病んでいるんだ。きみとこうして会話ができていること自体、信じがたいことだ。この今、全面的な自閉状態に陥っていないのは、わたしの自我の強さにとって称賛すべきことだよ。こんな状況にある者は誰だって絶対に自閉的状態になるはずなんだから」コングロシアンは一瞬、確たる矜持を覚えた。「わたしが直面している状況は実に興味深い。この恐怖性体臭。明らかに、これは、より深刻な秩序不全に対する反動形成だ。その不全は、環境世界（ウムヴェルト）、共同世界（ミットヴェルト）、個人世界（アイゲンヴェルト）に対するわたしの包括的な理解を解体させることになる。わたしがなんとしてでもやらねばならないのは――」

「リヒャルト」ジャネットが口をはさむ。「あなたのこと、心からかわいそうに思っています。わたしにあなたを助けることができたら、どんなにいいか」その口調は今にも泣き出しそうだった。声が震えていた。

「あ、いや」コングロシアンは言った。「ウムヴェルト・ミットヴェルト・アイゲンヴェルトなんてものが必要な人間がどこにいる？　落ち着いて、ジャネット。そんなに感情的にならないでくれ。わたしはいずれここから出る。いつもと同じように」だが、本心ではそうは思っていなかった。今回はいつもとは違う。明らかにジャネットもそれを察知している。

「ただし」とコングロシアンは続けた。「当分は、ホワイトハウスのタレントは、どこかよそを探してもらわなくてはならない。わたしのことは忘れて、まったく新しい領域にサーチの手を伸ばしはじめてもらわなくてはならない。タレントスカウトとしては、そうする以外、どうしようもないだろう？」

「そうですね」ジャネットは言った。

わたしの息子。プラウトスならわたしの代わりになれるんじゃないだろうか。そう思ったとたん、コングロシアンは愕然とした。なんとおぞましい病的な考え。彼は恐ろしさに縮み上がり、そんな考えが意識に入りこむのを許した自分に恐れおののいた。こんなことを思いつくなんて、わたしがいかにおかしくなっているかの決定的な証拠だ。まるで、プラウトスが発する不幸な音楽まがいの雑音に興味を持つ者、真面目にとらえる者が、実際にいるとでもいうかのような……最大限に広い意味でとらえた場合は、プラウトスの雑音を〝エスニック〟と呼ぶことはできるかもしれないが。

「あなたが世界から消えてしまっている今の状況は悲劇です」ジャネットが言う。「おっしゃるとおり、その空隙を埋める誰かないしなにかを探すのがわたしの仕事です。そんなことは不可能だとわかっていても。とにかくやってみます。ありがとう、リヒャルト。今のあなたの状態を考えれば、わたし相手に話をしてくれたことに感謝しなければ。すぐに切りますから、あとはゆっくり休んでください」

コングロシアンは、「一にも二にも、この恐怖性体臭をきみに移していないことを願っている」と言って電話を切った。

人間同士がつながり合う世界との関係もこれで終わりだ。電話で話をすることももう二度とないだろう。わたしの世界がいっそう縮まってきているのが感じられる。ああ、どこまで行ったら終わるんだ。でも、電気痙攣ショックが助けてくれるはずだ。電気痙攣ショックで、この世界の収縮プロセスは逆転するか、少なくとも進行を止めるはずだ。

エゴン・スパーブに連絡を取るよう試みてみるべきなのだろうか？　いや、マクファーソン法が施行された今となっては、そんなことをしてもなんの意味もない。スパーブはもはや存在していない。法律が彼を消し去ってしまった。少なくとも、スパーブに診（み）てもらっていた患者にとっては、彼はもういない。個人としてのエゴン・スパーブは存在しているかもしれないが、しかし、〝精神分析医〟というカテゴリーは、これまで一度も存在していなかったかのように、きれいさっぱりと抹殺されてしまったのだ。それでも……わたしはどうしようもなく彼を必要としている！　もう一度だけでいい、彼に相談することができれば！　AG製薬などくたばるがいい。なにもかも、あのとんでもないロビーの、あのとてつもない影響力のせいだ。せめて、この恐怖性体臭をあいつらに移してやれれば。

そうだ、すぐに電話をしよう。超強力洗浄剤があるかどうかきくついでに、彼らに恐怖性体臭を移してやれ。連中は汚染されるに値する。

コングロシアンは電話帳でAG製薬ベイエリア支社の番号を探した。番号が見つかると、念動力でダイヤルした。

連中は無理やりにマクファーソン法を通したことを後悔することになる。コングロシアンはそうつぶやきながら、電話がつながるのを待った。

「精神薬開発の主任と話がしたい」AG製薬の交換が出ると、コングロシアンは言った。

続いて電話口に忙しげな声の男性が出た。テレビ電話の画面にタオルをかぶせておいたおかげで顔は見えなかったが、若く有能そうな、一から十までプロフェッショナルな声だった。

「Bステーション、メリル・ジャッドです。そちらはどなたですか？　どうして画像部分をブロックしているのですか？」精神薬開発主任は苛立っているようだった。

コングロシアンは「わたしを知らないかね、ミスター・ジャッド」と言ってから、こう思った。今こそ移してやる時だ。そして、電話に歩み寄り、画面のタオルを払い落とした。

「リヒャルト・コングロシアン」精神薬開発主任は言って、まじまじとコングロシアンを見つめた。「ええ、もちろん知っています。少なくとも、あなたの芸術的な手腕は知っています」彼はまさしく有能で生真面目そうな、一から十まで客観的なスキゾタイプの若い男性だった。「お目にかかれて光栄です。ご用件はなんでしょう？」

「解毒剤が必要なんだ」とコングロシアンは言った。「テオドルス・ニッツのあの攻撃的な忌まわしい体臭コマーシャルの。たとえば、こんなふうに始まるやつ――〝愛する誰かと親密なひとときを過ごしている時、特にそんな時にこそ、この不快きわまりない危険性が深刻になるのです〟とかなんとかいうやつ」彼は、このコマーシャルを考えるのすら嫌だった。考えるたびに自分の臭いがどんどん強くなっていく――そんなことがあるとして――ように思えた。その時、彼は本物の人間とのコンタクトを心から切望している自分に気づいた。自分がカプセルに封じこめられていることが嫌というほど実感された。「驚いたか？」

ＡＧ製薬の精神薬開発主任は、知性的でプロフェッショナルな集中力のもとにコングロシアンを見つめながら言った。「ご心配なく。当然ながら、あなたの内因性の心身相関症状に関する話はずっと聞いてきましたから、ミスター・コングロシアン」

「それなら教えてあげよう」コングロシアンは強い口調で言った。「これは外因性なんだ。引き起こしたのはニッツのコマーシャルだ」見知らぬ人々が、全世界が、わたしの精神状態を知っていて、そのことを話し合っている。これを知ってコングロシアンは落ちこんだ。

「そこには、もともとそういう素因があったに違いありません」ジャッドが言う。「あなたがニッツのコマーシャルにたいへん影響されやすいという」

「正反対だ」コングロシアンは言った。「実際問題として、わたしはニッツ・エージェンシーを訴えるつもりだ。大々的な損害賠償を申し立てる――訴訟を開始する準備は完全に整っている。だが、目下の問題はそういうことじゃない。ジャッド、きみになにができる？　きみももう臭っているか？　認めたまえ。それなら、わたしたちは一緒に治療の可能性を探ることができる。これまでは精神分析医のエゴン・スパーブに診てもらっていたんだが、お宅のカルテルのおかげで、それがもうできなくなった」

「むむ」

「うなるしかないのか？　聞きたまえ、わたしはこの病室から出ることができない。具体的な計画はきみの側から出してもらうしかない。わたしの病状は絶望的だ。これがさらに悪化していったら――」

「こちらとしても興味をそそられるご要望です」ジャッドは言った。「じっくり考えてみる必要があります。今この場でお答えするわけにはいきません、ミスター・コングロシアン。ニッツのコマーシャルに感染させられたのはいつごろですか？」

「おおよそ一カ月前だ」

「それ以前は？」

「はっきりしない恐怖症。不安。鬱（うつ）。これまで、複数の関係念慮（ねんりょ）（自分とは関係ない出来事が関係があるように思えたり、自分にとって特別な意味があるように思えたりする心理状況）もあったが、それらは今ではなんとか克服できている。わたしがいま戦っているのが潜行性の統合失調プロセスなのは明らかだ。それはわたしの能力を徐々に侵食し、鋭敏さを鈍らせていっている」彼は鬱々とした気分になった。

「たぶん、わたしが病院にうかがえると思います」

「本当か？」コングロシアンは喜んだ。そうすれば、間違いなくきみに移してやることができる。そうすれば、社に帰って、今度はきみが汚染を広めることになる。ドクター・スパーブの治療をやめさせた張本人たる忌まわしいカルテル全体に恐怖性体臭を蔓延（まんえん）させるのだ。

「そうしてくれ」コングロシアンは言った。「ぜひとも差し向かいで相談させてもらいたい。

早ければ早いほどいい。ただ、警告しておくが、結果に関して、わたしはいっさい責任は負わない。リスクはすべてそちらにある」

「リスクですか？　リスクは負います。水曜の午後はいかがでしょう。一時間ほど自由になる時間があります。どの病院にいらっしゃるのか教えてください。近くの病院なら――」ジャッドはペンと事務用箋を取ろうと手を伸ばした。


ジェンナーには予定より早く到着した。町はずれのヘリ発着場に降り立った時には、まだ日が残っていた。町を取り巻く山間部にあるコングロシアンの家まで、陸路でも充分な時間がある。

「要するに、彼の家がある場所にはヘリでは降りられないってこと？」モリーが言った。

「これから、わたしたち――」

「キャブを雇う」ナット・フリーガーが言う。「わかってるだろう」

「わかってるわ」とモリー。「タクシードライバーの話はいっぱい読んできたもの。いつだって、地元の田舎者が地元のゴシップを次から次へと教えてくれるのよね。どれもこれもブヨの目で見たような話ばかり」モリーは本を閉じて立ち上がった。「ナット、あなたなら、キャブの運転手から知りたい話を聞き出せるわよね。コングロシアンの恐るべき秘密の地下室について」

ジム・プランクがかすれ声で言った。「ミス・ドンドルド――」そして、顔をしかめた。

「レオのことは評価してるし、好きだけど、正直言って――」

「わたしには我慢できない？」モリーは強い口調で言って、眉を上げた。「どうして？ どうしてよ、ミスター・プランク」

「やめろ」ナットは言って録音装置をヘリから引きずり出し、湿った地面におろした。外は雨の臭いでいっぱいだった。重くまとわりつくようなその臭いに、彼は本能的な拒否感を抱いた。その不健康な本性に。「ここは喘息患者の温床に違いない」ナットは言って、あたりを見まわした。コングロシアンが彼らに会う気がないのは言うまでもない。彼の居場所を、そして彼自身を見つけるのは完全にわれわれに委ねられている。実際、彼がわれわれを受け入れてくれるとしたら、それはラッキーと言うしかない。ナットには、そのことがよくわかっていた。

モリーが慎重にヘリコプターから降り立ちながら（彼女はサンダルをはいていた）「変な臭いがする」と言って、深呼吸をした。明るい色のコットンのブラウスの胸が大きくふくらんだ。「ううっ。腐った落ち葉みたいな臭い」

「そのとおりさ」ナットは言って、プランクが荷物をおろすのを手伝った。

「すまん」プランクはつぶやいた。「わかってたつもりなんだが、ナット。おれたちはどれくらいここにいることになるんだ？」まるで、このままヘリに戻って即座に出発したがっているかのように見えた。その顔に、はっきりとパニックの色が浮かんでいるのを、ナットは見て取った。ジムは言った。「この地域はいつも、あの童話に出てくるやつを思い出させるんだよ。『三びきのやぎのがらがらどん』——知ってるだろう」その声がきしんだ。「トロルだ」

モリーが彼を見つめ、とげとげしい笑いを投げた。

一台のキャブが近づいてきた。運転していたのは地元の田舎者ではなかった。それは、無音の自動ナビシステムを備えた二十年物のオートキャブだった。録音機器とそれぞれの所持品を積みこむと、すぐにキャブはヘリ発着場からリヒャルト・コングロシアンの家に向けて出発した。指示ボックスに入力した住所がキャブの指向システムを機能させる。

道路の両側に並ぶ時代遅れの家屋や店舗を眺めながら、モリーが言った。「ここの人たちの楽しみってなんなのかしらね」

ナットが言う。「きっと、ヘリ発着場に来て、時々ふらふらと迷いこむよそ者を眺めて楽しむんだよ」ぼくたちのようなよそ者を。そこここで、歩道を歩いている人たちが興味深げに彼らに目を向けていた。

われわれがエンタテインメントなんだ。ほかにたいしたものがあるとはとうてい思えない。町は一九八〇年の大攻撃以前からあるに違いないと思われた。店舗の着色ガラスとプラスチックの正面部分は今ではあちこちが欠け、信じがたいほどに荒れ果てている。打ち捨てられた巨大なスーパーマーケットのかたわらに、からっぽの駐車場があった。今はもう存在していない地上移動車のためのスペース。

才能ある人間がこんな場所に住むのは自殺の一形態だとナットは思った。コングロシアンが、活力あふれる巨大な都市集合体ワルシャワ――世界じゅうの人間活動とコミュニケーションの最も輝かしいセンターのひとつ――を離れ、この雨に濡れそぼった陰鬱な朽ちていく町にやってきたところには、名状しがたい自己破壊の意志があるとしか思えない。あるいは――自己懲罰の一形態か。これはありうるだろうか？　なにかのために自分を罰する行為。おそらくは、特別な姿で生まれた息子に関係したこと……モリーの言っていたことが正しいとして。

ナットはジム・プランクが出発前に口にしたジョークのことを考えた。公共移送機の事故に遭ったリヒャルト・コングロシアンから手が生えていたというジョーク。だが、コングロシアンにはずっと手がある。単に、演奏に手を使わないというだけだ。手を使わないことで、音色にはいっそうのニュアンスが生まれ、リズムとフレージングにはさらなる正確さが付与される。身体的・物理的な機能と経路を飛び越えて、この芸術家の精神がダイレクトに鍵盤に投射される。

荒廃の一途をたどるこの町の通りを行きかう人々は、はたして、自分たちのあいだに誰が住んでいるのか、知っているのだろうか？　おそらく知らないだろう。コングロシアンは周囲と付き合うことなどなく、家族だけで暮らしていて、コミュニティなどは無視しているに違いない。隠遁者。こんなところにいて、そうならないでいられるわけがない。さらに、町の住人がコングロシアンのことを知っているならなおさら、彼には疑念を抱くだろう。なぜなら、彼は芸術家であり、超能力者だからだ。二重の枷（かせ）。もちろん、住人と交わらなければならない時には――地元の店で食料を買う時とか――念動力は使わず、ほかの人と同じように物理的に手足を使っているのは間違いない。コングロシアンが、ナットが認識している以上の勇気を持っていないかぎり……。

「おれが世界的なアーティストになったとして」ジム・プランクが言う。「最初にやるのは、ここみたいな人里離れた山奥に移住することだな」その声には皮肉の色が現われていた。「それがおれの褒賞ってわけだ」

「ああ、才能があるおかげで好きなことができるというのはすばらしいに違いない」ナットは上の空で言った。というのも、前方に人だかりが見え、先刻から、そちらに注意が向いていたからだ。横断幕に制服姿の人々……なおも眺めているうちに、ナットは気づいた。〈ヨブの息子たち〉と呼ばれている過激派集団のデモ行進だ。昨今、ありとあらゆるところに姿を見せているように思われるネオナチ集団が、こんな神にも見放されたようなカリフォルニアの町にまでやってきている。

だが、〈ヨブの息子たち〉が姿を現わすのに、ここほどふさわしい場所はないのかもしれない。敗残の臭いが立ちこめる退嬰（たいえい）した地域。ここに住んでいるのは失敗した人々、社会システムの中でなんの役割も果たさないＢｅたちだ。〈ヨブの息子たち〉は、かつてのナチと同様、未来への希望を奪われ、失意のただなかにいる人々に、餌を与えている。時間に取り残されたこれら僻地の町々は、ネオナチ運動の真正な餌場なのだ……。そう考えれば、今まのあたりにしている光景もなんら驚くべきことではない。

しかし――彼らはドイツ人ではない。いま行進している人々はアメリカ人だ。

これは見過ごすわけにはいかない重い事実だった。〈ヨブの息子たち〉を、いつの時代にも登場する、変わることのないドイツ人の病的なメンタリティの現われとして放り出すわけにはいかない。そんなふうにとらえるのは、あまりに都合がよすぎる。あまりに単純すぎる。今日ここで行進しているのは同胞たち、ぼく自身の国の人間たちなのだ。ぼくもあのひとりになる可能性は充分にある。ＥＭＥの仕事がなくなったり、屈辱的な社会的体験に苦しむようなことになったりしたら――。

「彼らを見て」モリーが言った。

「見ている」ナットは答えた。

「そして、こう考えている――〝ぼくもあのひとりになる可能性はある〟って。違う？　正直言って、自分の信念を奉じて公の場で行進するだけの気概があなたにあるとは思えないけれどね。実のところ、あなたに信念なんてものがあるかどうかも疑わしいわ。見て。ゴルツがいる」

そのとおりだった。ベルトルト・ゴルツ、〈ヨブの息子たち〉のリーダーが、今日はここにいる。不思議なことに彼はいたるところに姿を現わした。いつどこにゴルツが現われるか予測するのは不可能だった。

ゴルツはたぶんフォン・レッシンガー装置を使っている。タイムトラベルを実行している。だとすれば、ゴルツには、過去のいかなるカリスマリーダーも及ばない特別な力があるということになる。タイムトラベルは彼を、ある意味で、永遠の存在にするからだ。通常の形では彼を殺すことはできない。政府がこれまで〈ヨブの息子たち〉の活動をつぶすことができないでいるのも、これで説明がつく。ナットはこれまでずっと、なぜニコルが〈ヨブの息子たち〉を容認しているのかと考えつづけてきた。ニコルが容認しているのは、端的にそうせざるをえないからなのだ。

現実にゴルツを殺害することはできる。だが、そうしたところで、過去のゴルツが未来に移動し、新たなゴルツとして置き換わるだけだ。こうして、ゴルツはいつまでも生きつづける。歳を取ることも、変化することもなく。これによって運動自体が計りしれない恩恵を受ける。自分たちのリーダーがアドルフ・ヒトラーのような道をたどることは決してない。ゴルツが、梅毒性麻痺やその他の退行性疾患を悪化させていくことはない。

ジム・プランクが魅入られたようにつぶやいた。「なんとまあ、ものすごくかっこいいやつじゃないか」ジムもまた強い印象を受けているようだった。確かに、映画かテレビに出ていてもよさそうな人物だとナットは思った。今のような過激派集団のリーダーではなく、エンタテイナーになっていても成功していたのではないか。彼には独特の雰囲気があった。長身で、張り詰めた薄闇に覆われているというような……。ただ、ほんの少し肥満の気味がある。外見的には四十代なかば、青年の引き締まった体軀や精悍さはすでに失われている。行進するゴルツは汗をかいていた。それにしても、この圧倒的な存在感はどうだろう。亡霊めいたところ、天上の存在を思わせるようなところはまったくない。頑強な肉体があらゆる霊性を凌駕(りょうが)している。

デモの隊列が方向を変え、三人が乗ったオートキャブのほうに向かってきた。

キャブが停まった。

モリーが辛辣(しんらつ)な口調で言う。「彼は機械にまで服従を命じてるわ。少なくとも地元の機械には」彼女は落ち着かなげに短く笑った。

ジム・プランクが、「道を開けたほうがいい。でないと、火星の軍隊アリみたいに襲いかかってくるぞ」と言って、オートキャブのコントロールをいじった。「くそっ、この老いぼれ機械め。完全にくたばってる」

「畏怖のあまり死んじゃったのよ」とモリー。

ゴルッは一番前にいた。列の中央に位置し、多彩な色の布でできた幟(のぼり)を手に、歩を運んでいる。三人を見てゴルッがなにか叫んだ。ナットには聞き取れなかった。

「道を開けろって言ってるわ」モリーが言った。「コングロシアンのレコーディングは忘れて、行進に加わったほうがよさそうね。運動に協賛するの。どう、ナット？　チャンスよ。そうせざるをえない状況だったんだって言えるもの」モリーはキャブのドアを開け、軽やかに歩道に跳び降りた。「二十年前のオートキャブの回路がストップしたからって、わたしは人生をあきらめる気はないわ」

「ハイル、偉大なるリーダー」ジム・プランクも簡潔に言ってキャブから跳び降り、歩道のモリーの横に並んだ。行進の隊列は今や一個の塊(かたまり)と化し、怒号とともに、道を開けろという仕草をしている。

　ナットは「ぼくはここにいる」と言って、録音機器に囲まれた位置にとどまった。その手が本能的に、大切なアンペクF‐a2の上に置かれた。これを見捨てるつもりはない。たとえベルトルト・ゴルツが相手でも。

　急ぎ足に道路を進んできたゴルツが不意ににっこりと笑った。同情するといった笑いだった。その強固な政治的意志にもかかわらず、ゴルツの心にもまだ思いやりを示す余地は残されているかのようだった。

「そっちもトラブルに巻きこまれているのかね？」ゴルツがナットに向けて言った。リーダーを含む隊列の先頭はすでに立ち往生したオートキャブのところに到達し、二手に分かれてぞろぞろとキャブの両側を進んでいた。しかし、ゴルツは足を止め、くしゃくしゃの赤いハンカチを取り出して、汗に光り湯気を上げている首筋と額をぬぐった。

「邪魔をしてすみません」ナットは言った。

「おや、きみだったのか」ゴルツは言った。ナットを見上げたゴルツの黒い知的な輝く目に、油断のない色が浮かんだ。「ナット・フリーガー、ティファアナのエレクトロニック・ミュージカル・エンタープライズのアーティスト&レパートリー部のチーフ。リヒャルト・コングロシアンの録音をしに、はるばる、このシダとカエルでいっぱいの地までやってきた……というのも、きみはたまたまコングロシアンが家にいないことを知らなかったからだ。コングロシアンは今、サンフランシスコのフランクリン・エイムズ神経精神医学病院にいる」

「なんだって」ナットはあっけにとられた。

「代わりにわたしを録ってはどうかね？」ゴルツがにこやかに言った。

「なにをするんです？」

「そう、歴史的なスローガンをいくつか披露することはできる。ゆうに三十分くらいは……小型ディスクをいっぱいにするには充分だろう。今日明日で完売というわけにはいかないだろうが、しかし、遠からぬうちには——」と言って、ゴルツはウィンクした。

「結構です」

「きみのガニメデの生き物は純粋にすぎて、わたしの言うようなことは受けつけないとでも？」ゴルツの笑みからはあたたかさが消えていた。単に顔に貼りついているだけだった。

ナットは言った。「ぼくはユダヤ人です、ミスター・ゴルツ。だから、ネオナチを熱狂的に見るのは難しいんです」

一瞬の間を置いて、ゴルツが言った。「わたしもユダヤ人だ、ミスター・フリーガー。イスラエル人と言ったほうが正しいが。調べてみたまえ。記録に載っている。ちゃんとした新聞かメディアの資料室に行けば、すぐに見つかる」

ナットはゴルツを見つめた。

「われわれの敵——きみとわたしの共通の敵は大統領体制だ。彼らこそ真のナチの後継者なのだ。そのことを考えてみたまえ。大統領体制と巨大カルテル。AG製薬、カープ・ウント・ゾーネン・ヴェルケ……知らなかったのか？　きみはこれまで、どこで過ごしてきたんだね、フリーガー？　そんな話は一度も聞いたことがないと言うのか？」

　ひと呼吸おいて、ナットは言った。「聞いていました。ただ、ぼくにはそれほど確信は持てなかった」

「それなら、あることを教えてあげよう」ゴルツが言う。「ニコル、われらが母（ムッター）とその取り巻き連は、フォン・レッシンガーのタイムトラベル原理を使って、第三帝国と、ヘルマン・ゲーリングと、接触することになっている。これは純然たる事実だ。もうまもなく彼らはそれを実行する。驚いたかね？」

「ぼくは――噂は聞いています」ナットは肩をすくめた。

「きみはＧｅじゃない。わたしと同じようなものだ、フリーガー、わたしとわたしを支持する人たちと同じ、永遠に外側にいる。われわれは噂を耳にすることすらないとされている。リークは絶対にないはずだからだ。だが、われわれＢｅは、そんなことは間違っても口にはしない――そうだろう！　でぶっちょヘルマンを過去からわれわれの時代に連れてくるだけでもとんでもないことだ。きみはそう思わないか？」ゴルツはナットの顔をじっくりと眺め、反応を待った。

　ナットは言った。「もしそれが本当なら――」

「本当だ、フリーガー」

「それなら、あなたの運動には新たな光が当たることになる」

「改めてわたしに会いにきたまえ。このニュースが公になった時。本当であることをきみが知った時に。いいな？」

ナットはなにも言わなかった。ゴルツの暗く強い凝視を受けとめることができなかった。

「それではまた、フリーガー」ゴルツは言って、オートキャブに立てかけてあった幟を取り上げ、行進する支持者たちに合流すべく歩き出した。

7

エイブラハム・リンカーン自治共同住宅の管理事務室に顔をそろえた自治会長ドン・ティシュマンと専属牧師パトリック・ドイルは、三〇四号室のイアン・ダンカンが提出したばかりの申請書をチェックしていた。エイブラハム・リンカーンでは週に二回、タレントショーが開催されるが、申請書には、ホワイトハウスのタレントスカウトがやってくる時に出演したいと記されてあった。

ティシュマンの見るところ、この要望自体はよくあるものだった。一点だけ、普通でないのは、ダンカンがエイブラハム・リンカーンに住んでいない者と組んでパフォーマンスをすると申し出ていることだった。

ドイルがしばし考えこんでいたのちに言った。「この相手は、ダンカンが軍にいた時の同僚だ。以前、聞いたことがある。二人はずっと前にこのパフォーマンスをよくやっていたそうだ。二本のジャグでバロック音楽を演奏する。珍しいパフォーマンスだよ」

「そのパートナーはどこの共同住宅に住んでいるんですか?」ティシュマンが言った。申請を受理するかどうかは、エイブラハム・リンカーンとその共同住宅との関係がどのようなものかにかかっている。

「どの住宅でもない。相手というのはジャロピーを売っていて――ほれ、ルーニー・ルークの超小型宇宙船だ。火星までなんとかぎりぎり運んでいってくれる安物のちっぽけな宇宙船。その展示販売ロットに住んでいたと思う。展示ロットは常にあちこち移動してまわっている。非定住型の代物だな。あんたも聞いたことがあるはずだ」

「ええ」ティシュマンは言った。「では完全に論外ですね。そのパフォーマンスを、わが共同住宅のステージでやらせるわけにはいきません。そんな暮らしをしている者と一緒うのであれば。パフォーマンスが満足のいくものであったとしても驚きませんが、よそ者を参加させるというのは、われわれの伝統に反します。わがステージはここに居住する者のためだけにあります。これまでもずっとそうでしたし、これからもそれは変わりません。だから、これは協議するにも当たりません」自治会長は批判的なまなざしを牧師に向けた。

「そのとおりだな」ドイルは言った。「しかし、タレントショーを見てもらうために親族を招待するのは認められている……とすれば、軍の仲間だってかまわないのではないかね？彼を参加させていけないわけがどこにある？　この申請はダンカンにとって大きな意味がある。知ってのとおり、彼は最近、成績がどんどん落ちていっている。彼はそれほど知的な人間じゃない。実際、このままだと肉体労働に従事せざるをえない身分になってしまうかもしれない。ただ、彼に音楽の才能があるのなら、仕事のことにしても――」

書類を精査していたティシュマンは、近々、ホワイトハウスのスカウトのトップ、ジャネット・レイマーが、エイブラハム・リンカーンのショーにやってくる予定であることを知っていた。その夜には、当然ながら共同住宅最高の演目をそろえることになる……つまり、ダンカン&ミラーとそのバロック・ジャグバンドは、ホワイトハウスに行くための競争に首尾よく勝たねばならないということだ。競争相手は大勢いる。しかも粒ぞろいのものばかりだろう。ティシュマンは思った。結局のところ、ただのジャグじゃないか……それも、電子ジャグですらない、普通のジャグ。

「わかりました」ティシュマンは言った。「認めましょう」

「あんたも人間的な面を見せてくれたな」ドイルは言った。このセンチメンタルな物言いはティシュマンをうんざりさせた。ドイルは続けて、「きっと、ダンカン&ミラーがジャグで演奏する独自のバッハとヴィヴァルディはみんなを堪能させてくれることだろう」

ティシュマンは内心辟易(へきえき)しながらうなずいた。

ヴィンス・ストライクロックに、彼の妻——正確には元妻の——ジュリーが最上階の部屋でチックと一緒に暮らしていることを教えてくれたのは、この共同住宅の最古参の住人ジョー・パード老人だった。ヴィンスのもとを出ていった時から今日までずっとだという。

ぼくの実の兄とだと？　にわかには信じがたかった。

夜ももう遅く、十一時に近かった。まもなく門限だ。それでも、ヴィンスは即座にエレベーターに向かい、次の瞬間には最上階に向けて上昇を始めていた。

殺してやる。ヴィンスは決意した。二人とも殺してやる。

たぶん、陪審法廷でも罪に問われることはないだろう。陪審員は住人の中からランダムに選ばれる。なんと言っても、ぼくはこの共同住宅の公式のＩＤチェック担当だ。誰もがぼくを知っているし、尊敬している。ぼくは住人全員の信頼を得ている。チックはこの住宅でどんな地位にあると言うんだ？　しかも、ぼくは大カルテルのカープ・ウント・ゾーネンで働いている。それに引き換え、チックが勤めているのは倒産寸前のノミサイズのメーカーじゃないか。このことも住人なら誰でも知っている。こうした事実は重要だ。誰でも、事実の重さを秤にかけ、それを考慮に入れなければならない。個人的にそれをよしとするかしないかにはかかわりなく。

さらに加えて決定的な厳然たる事実がある。ぼくはＧｅで、チックはそうではない。これだけでも充分、無罪を確実にしてくれる可能性は高い。

チックの部屋の前に着くと、ヴィンスは足を止め、どうしたものかと決めかねて、ノックはせずに、しばし廊下に立っていた。殺すなんてひどすぎやしないか？　ヴィンスはつぶやいた。実際、兄さんのことは大好きだ。チックはぼくを育ててくれた。ぼくにとって、チックはジュリーよりも大きな意味を持っているのではないか？　いや。ぼくにとって、ジュリー以上に重要な存在はない。そんな人間は誰もいない。

ヴィンスは手を上げ、ノックした。

ドアが開いた。片手に雑誌を持った青いガウン姿のチックがいた。チックは少し歳を取ったように、いつもよりやつれ、髪も薄く、落ちこんでいるように見えた。

「今日までうちに寄って元気づけてくれなかった理由がやっとわかった」ヴィンスは言った。

「どうしてこんなことができた？　ジュリーと一緒にここで暮らすなんてことが」

チックは「入れよ」と言ってドアを大きく開いた。そして、先に立って、疲れたようすで居間に入った。「これからぼくをたっぷり責めるんだろうな」チックは肩ごしに言った。

「今の状況だけでももう充分だというのに。うちの会社はまもなく終わりに――」

「知ったことか」ヴィンスは喘ぐように言った。「当然の報いだ」彼はジュリーを探してあたりを見まわしたが、彼女自身はもちろん、所持品もいっさい見当たらなかった。ジョー・パードが間違えるなんてことがあるのか？　ありえない。パードは住宅内で起こっていることはすべて知っている。ゴシップが彼の全人生なのだから。パードはゴシップの権威なのだから。

「今晩のニュースで興味深いことを聞いた」チックは長椅子に腰をおろして弟と向き合った。

「政府がマクファーソン法の適用に関して例外を認めたそうだ。エゴン・スパーブという名の精神分析医だけ――」

「聞けよ」ヴィンスが口をはさむ。「ジュリーはどこだ？」

「おまえにやいのやいの言われなくても、問題は山積みなんだ」チックはじっと弟を見据えた。「彼女のためなら、おまえなんかぶっ飛ばしてやる」

ヴィンスは怒りのあまり息が詰まりそうになった。

「冗談だよ」チックはぎこちなくつぶやいた。「すまん。なんでこんなことを言ったのかわからない。彼女は服を買いに出かけている。それにしても、彼女はひどく金がかかるな。ひとこと警告しておいてほしかったよ。ロビーの掲示板にでも貼り出しておいてくれれば。ところで、これから本気の提案をするが、ぼくをカープ・ウント・ゾーネン・ヴェルケに入れてほしい。ジュリーがやってきてからというもの、ずっとこのことを考えていた。取引ということにしておく」

「とんでもない」

「それならジュリーもなしだ」

「カープでどんな仕事をしたいんだ?」

「なんでも。広報とか営業とか販促とか、そういう仕事ならなんでもいい。エンジニアリングや製造系はだめだ。要するに、ぼくがモーリイ・フラウエンツィンマーのところでやってきたような仕事だよ。手を汚さないタイプの仕事」

震え声でヴィンスは言った。「発送係の助手にならしてやれる」

チックはとげとげしく笑った。「それは結構な仕事だ。それなら、ぼくのほうはジュリーの左脚を返してやろう」

「なんてことを」ヴィンスはまじまじと兄を見つめた。自分の耳が信じられなかった。「よくもまあそこまで下劣になれるもんだ」

「そんなことはないさ。ぼくは非常に困った状況にある、仕事の面で。で、こちらから提供できるのは、おまえの元妻しかいない。こういう時に、いったいどうすればいいっていうんだ？　思いやりの心を持って忘却の淵(ふち)に沈めとでも？　馬鹿を言うな。ぼくは生きるために戦う」チックは冷静で、完璧に理性的に見えた。

「彼女を愛してるのか？」ヴィンスは言った。

ここで初めて、兄の平静さが揺らいだようだった。「なんだと？　ああ、そうとも、彼女が好きで好きで頭が変になりそうだ。おまえには受け入れられないことだろう？　なのに、どうしてそんな質問ができるんだ？」チックの口調は暴力的なまでに辛辣(しんらつ)だった。「だからこそ、ぼくはカープでの仕事と引き換えに彼女をおまえに返してやろうとしているんだ。いいか、ヴィンス、彼女は冷たくて悪意に満ちた小悪魔だ——徹底的に自分のことしか考えていない。他人のことなどまるで気にしちゃいない。ぼくに突きとめられたかぎりでは、彼女がここに来たのは単におまえを傷つけるだけのためだ。そのことをよく考えてみるんだな。そこで提案がある。ぼくとおまえは今ここで大きな問題に直面している。ジュリーをめぐっての問題。これがぼくたちの生活をぶっ壊している。だろう？　この問題は専門家に委ねるしかないと思う。正直言ってぼくの手には負えない。ぼくに解決できる問題じゃない」

「専門家って、なんの？」

「なんでも。たとえば、住宅専属の結婚ガイダンス・カウンセラーでもいいし、でなければ、ヨーロッパ・アメリカ合衆国(USEA)にただひとり残っている精神分析医でも——。さっきテレビニュースで言っていたドクター・エゴン・スパーブ。そう、スパーブのところに行こう。ぐずぐずしていたら、スパーブも仕事をやめさせられてしまうかもしれない。どうだ？　ぼくが正しいことはわかっているはずだ。おまえとぼくだけでは、どうやったって解決できないんだから」さらに、チックはこう付け加えた。「このままでは、ぼくたちは永久に息を吹き返すこともできない。とにもかくにも、ぼくたち二人は」

「兄さんが行ってくれ」

「オーケー」チックはうなずいた。「ぼくが行く。だが、ドクターの結論は絶対に守ると約束してくれ。いいな？」

「とんでもない」ヴィンスは言った。「そういうことなら、ぼくも行く。ドクターがこれこれこう言ったという言葉だけの報告を信用するなんて思ってるのか？」

玄関のドアが開いた。ヴィンスはくるりと振り返った。戸口にジュリーが立っていた。買い物の包みを抱えている。

「もう少し留守にしておいてくれないか」チックが言う。「頼むから」彼は立ち上がって、ジュリーに歩み寄った。

「ぼくらは、きみのことで精神分析医に会いにいく」ヴィンスがジュリーに言った。続いて、兄に向けて、「この件はこれで決まりだ。料金は折半。請求書をまるまる押しつけられるつもりはない」

「同感だ」チックはうなずいた。そして、おずおずと――とヴィンスには見えた――ジュリーの頬にキスし、肩を軽くたたいた。それからヴィンスに向かって、「それでも、カープ・

ウント・ゾーネン・ヴェルケの職はほしい。スパーブに相談した結果がどうなろうと――ぼくたちのどちらがジュリーを手にすることになろうと。わかったな？」

「なにができるか、とにかくやってみる」ヴィンスはしぶしぶ言った。実際には激しい怒りを感じていた。自分にそんなことを頼むなどあんまりだと思えた。それでも、結局のところ、チックは兄なのだ。家族とはそういうものなのだ。

チックが受話器を上げた。「今すぐドクター・スパーブに電話する」

「こんな夜遅くに？」ジュリーが言う。

「それなら、明日早くにしよう」チックは残念そうに受話器を戻した。「一刻も早くかかりたいんだ。この事態の全体が重くのしかかっている。しかも、それ以上に重要な問題もいくつもあるときている」チックはちらりとジュリーを見た。「気を悪くしないでくれ」

ジュリーが硬い口調で言った。「わたしは精神分析医のところに行くことに同意していないわ。彼が言うことにはなんでも従うなんてことも。わたしがあなたと一緒にいたいと思えば――」

「ぼくたちはスパーブの言うことを実行する」チックは告げた。「スパーブがきみは下の階に戻るべきだと言って、きみがそうしなかったら、ぼくはきみをここに入れないための裁判所命令をもらってくる。本気だ！」

ヴィンスは驚いた。兄がこれほどまでに激しい口調で話すのは一度も聞いたことがなかった。それもこれも、たぶんフラウエンツィンマー・アソシエーツがなくなってしまうからだろう。結局のところ、チックにとっては仕事が全人生なのだ。

「なにか飲まなきゃ」と言って、チックは居間を横切り、キッチンの酒の棚に向かった。

ニコルが、タレントスカウトのチーフ、ジャネット・レイマーに言った。「いったいどこであんなのを掘り出してきたの？」ホワイトハウスのカメリア・ルームの真ん中に立ち、エレキギターをかき鳴らしながらマイクに向けて鼻にかかった声で祈禱文さながらの歌を歌っているフォークシンガーのグループに向けて、ニコルは手を振ってみせた。「本当に最悪だわ」彼女は心底がっくりするものを感じていた。

ビジネスライクにして超然たるジャネットは明るく答えた。「オハイオ州クリーヴランドのオーク・ファームズ自治共同住宅です」

「それじゃ、そこに送り返しなさい」ニコルは言って、広い部屋の反対側で巨体を椅子にあずけてじっと座っているホワイトハウス報道官マックスウェル・ジェイミソンに合図をした。ジェイミソンはすぐに反応し、重い体を持ち上げて立ち上がると、一度体を伸ばしてから、フォークシンガーたちに向かって歩みはじめた。どんよりした歌声が小さくなっていった。ニコルはジェイミソンに目をやった。その顔に理解の色が現われ、フォークシンガーたちがジェイミソンに目

「あなたたちの気持ちを傷つけるつもりは毛頭ないのだけれど」とニコルはフォークシンガーたちに言った。「ただ、今晩は、エスニック音楽はもうたっぷり聞かせてもらったと思うのよ。ごめんなさいね」そして、燦然たる笑みを彼らに投げかけた。彼らも弱々しく笑みを

返した。この人たちはおしまい。彼らもそれを知っていた。ニコルは頭の中でつぶやいた。あなたたちのいるべき場所に。オーク・ファームズ共同住宅にお帰り。

制服姿のホワイトハウスの案内係がニコルの席に近づいてきた。

「ミセス・ティボドー」と案内係がささやく。「ガース・マクレー国務次官補様がイースターリリー・アルコーブでお待ちです。お会いになることになっているとおっしゃっていますが」

「ああ、そうだったわ」ニコルは言った。「ありがとう。コーヒーかなにか飲み物をお出しして。すぐに行くと伝えてちょうだい」

案内係は去っていった。

「ジャネット、コングロシアンとの電話の録音を聞かせて。彼がどのくらい具合が悪いのか、わたし自身で確認してみたいから。心気症に関しては、はっきりしたことは言えないものよ」

「画像がないことは知っておられますね。コングロシアンはタオルを――」

「ええ」ニコルは苛立ちを感じた。「ただ、彼のことはよくわかっているから、声だけで充分。本当に苦しんでいる時には寡黙で内省的になるし、自己憐憫にとらわれているだけなら、とんでもなく饒舌になるの」彼女が立ち上がると同時に、カメリア・ルームのあちこちにいたゲストがいっせいに立ち上がった。今晩はゲストの数はそう多くはない。時間は遅く、まもなく真夜中になる。しかも、今日の音楽タレントのプログラムは貧弱きわまりない。出来の悪い夕べであることは明らかだ。

「それじゃ、こうしましょうか」ジャネット・レイマーがいたずらっぽく言った。「あのムーンレイカーズよりも――」と言って、むっつりと楽器を片づけているフォークシンガーたちのほうを指し示した。「いいタレントを見つけられなかったら、テッド・ニッツ・コマーシャルの一番いいもので全プログラムを構成することにします」彼女はステンレススチールの歯を見せてにっこりと笑った。ニコルは顔をしかめた。ジャネットはウィットあふれるプロフェッショナルな女性だが、時としてそれが行きすぎる。あまりに陽気で、あまりに落ち着いていて、この力ある要職と完全に一体化している。彼女は自分に絶対の自信を持っており、それがニコルをうんざりさせた。ジャネットをひるませられるものはいっさいない。ジャネットにとって人生のあらゆる面が一種のゲームになってしまったのは不思議でもなんでもない。

一段高くなった壇上には、もはや存在しないフォークシンガーに代わって、新たなグループが登場していた。ニコルはプログラムをチェックした。ラスヴェガス・モダン・ストリング・カルテット。その堂々たる名前とは裏腹に、彼らはハイドンの作品を演奏することになっていた。そろそろガースに会いに行くことにしようとニコルは思った。対処せねばならない問題を山と抱えたニコルにとって、ハイドンは少しばかり軽すぎるように、少しばかり装飾的にすぎて内実に欠けるように思えた。

ゲーリングを迎える時にはストリートスタイルのブラスバンドを連れてきて、バイエルンの軍隊行進曲を演奏させるのもいいかもしれない。ジャネットにそう言っておくのを忘れないようにしなければ——ニコルは頭の中で自分に言い聞かせた。それともワグナー？　ナチはワグナーを愛好していたんじゃなかった？　そうよ、間違いないわ。ニコルはこれまでに、第三帝国時代に関する本を何冊も読んでいた。ゲッベルス博士が日記で、《指輪》の上演のさいにナチの高官たちが抱いた崇敬の念について言及していた。《マイスタージンガー》だったような気もするけれど。そう、ブラスバンドに《パルジファル》のテーマの編曲版を演奏させてもいいわね。心の奥に笑みが広がっていく。もちろん行進曲のテンポで。第三帝国の超人(ウーバーメンシェン)たちにまさにうってつけのアナル系ヴァージョンじゃないの。

フォン・レッシンガー装置の技術者たちは、これから二十四時間以内に、一九四四年への経路設定を完了することになっていた。おぞましいことではあるけれど、明日のこの時間には、ヘルマン・ゲーリングがここに到着しているはずだ。ホワイトハウスのネゴシエーターの中でも最も手練手管に長(た)けたタッカー・ベーランス少佐によって、自身の時代からこの時代へと引っ張ってこられるのだ。年配で痩せた小柄なベーランス少佐は大統領(デア・アルテ)その人に生き写しだった。唯一の違いは、ベーランス少佐が息をしている生きている人間であって、単なるシミュラクラではないという点だ。少なくともニコルが知っているかぎりにおいて、ベーランスはシミュラクラではない。とはいえ、ニコルには時々、なにもかもがカルテル体制によって作られた人工物で構成されているステージの中心にいるように思えてならなかった。

とりわけ、共謀関係にあるカープ・ウント・ゾーネン・ヴェルケとAG製薬、模造現実への彼らの深い関与……それは率直に言ってニコルの手に負えないものだった。偽の現実とコンタクトしつづけてきた年月のあいだに、ニコルは純然たる恐怖をつのらせていった。

「面会の約束があるので失礼するわ」ジャネットに言って、ニコルはカメリア・ルームをあとにした。二人のNP要員を従えて、彼女は国務次官補ガース・マクレーが待つイースターリリー・アルコーブに向かった。

アルコーブのガースの横に見知らぬ人物が座っていた。その制服から警察の最高幹部であることがわかったが、ニコルはその人物を知らなかった。ガースと一緒にやってきたのは間違いない。二人はニコルが来たのに気づかず、小声でなにごとか話し合っていた。

「カープ・ウント・ゾーネンには伝えた？」彼女はガースにたずねた。

二人は即座に立ち上がり、敬意と謹聴の姿勢を示した。「はい、もちろんです、ミセス・ティボドー」ガースは答え、すぐに「最低限のことは」と付け加えた。「アントン・カープに、ルディ・カルプフライシュ・シミュラクラはまもなく停止されることになる旨、伝えました。ただ――次のシミュラクラを別のルートから入手するつもりであることは伝えていません」

「どうして言わなかったの？」

ガースは連れにちらりと目をやって言った。「ミセス・ティボドー、こちらはワイルダー・ペンブローク、新しい国家警察長官です。長官が警告してくれたところでは、カープ・ウント・ゾーネンは最高幹部会のメンバーだけで極秘の会議を開いて、次の大統領製作の契約がよその企業に移されることになる可能性について議論を重ねているということです。カープにはもちろん、大勢のNPが従業員として送りこまれています——言うまでもありませんが」

ニコルは長官に言った。「それで、カープはなにをするつもりなの?」

「ヴェルケは、歴代の大統領が作り物である事実を公にするつもりでいます。最後の人間の大統領が執務していたのは五十年前のことだ、と」ペンブロークは派手に咳払いした。非常に落ち着かないようすだった。「もちろん、これは明確な基本法違反です。こうした知識は国家機密を構成していて、決してBeに明らかにしてはなりません。アントン・カープも父親のフェリックス・カープも、このことははっきりわかっていて、彼らが会議で協議していたのはこうした法的な面についてでした。自分たちが——ヴェルケの政策決定レベルにいる者なら誰であれ——即座に訴追の対象になることはわかっていますから」

「なのに、彼らはそれを実行しようとしているわけね」ニコルは言った。そして心の内で思った。わたしたちはやっぱり正しかったんだわ——カープの連中はすでに強大化しすぎている。とんでもない権力を保持している。そして、戦うことなしにそれを放棄するつもりはまったくないのだ。

「カルテル体制の高位にいるのは特に頭の固い連中です」ペンブロークが言う。「きっと生粋のプロシア人の生き残りなんでしょう。司法長官は、この件に関する行動を取る前にあなたからのコンタクトがほしいと言っています。ヴェルケに対する国家の訴追の方向性について、長官は喜んで概要を示してくれるでしょう。さらに、長官は、いくつかのセンシティヴな面に関してあなたと協議することを強く望んでいます。とはいえ、基本的に、司法長官はいつでも介入する準備ができています。公式な通告を受け取ればただちに動くということです。しかしながら――」ペンブロークは横目でちらりとニコルを見た。「わたしとしては、それでうまくいくかどうか疑問に思っています。わたしのもとに届いているあらゆるデータを総合すると、カルテル体制は全体としてとてつもなく巨大化しており、とてつもなく頑強に構成されていて、たがいにがっちりと絡み合っています。これを引きずり倒すのは不可能というしかありません。ですから、彼ら相手には、直接的な行動を起こすより、なんらかの交換条件を持ち出すべきではないか――このような方向のほうが、わたしにはずっと望ましく思えます。加えて実現の可能性も高いであろうと」

ニコルは言った。「でも、それはわたし次第ということね」

ガース・マクレーとペンブロークは同時にうなずいた。

ニコルはしばし考えこんでいた。そして、「この件についてはマックスウェル・ジェイミソンと協議してみるわ」と言った。「マックスなら、Ｂｅたち一般大衆が大統領（デア・アルテ）に関することの情報をどのように受けとめるか、かなりはっきりした考えを持っているはずだから。わたしには、彼らがどう反応するかまるで見当がつかない。暴動を起こす？　おもしろがる？　そう、わたしならおもしろがるわね。もしわたしが、どこかの巨大カルテルか政府機関に雇われている下っ端の人間だったら、大統領(デア・アルテ)が偽物だったなんて話はおかしくておかしくてしょうがないはずよ。そう思わない？」

二人は笑わなかった。どちらも緊張した深刻な表情を崩さなかった。

「わたしの意見を言わせていただければ」ペンブロークが言う。「この情報が公にされれば、社会の全体構造が引っくり返ってしまいます」

「それでも、おもしろいことに変わりはないわ」ニコルは繰り返した。「そうじゃない？ルディはダミーで、カルテル体制が作った模造品(シミュラクラ)であるにもかかわらず、USEAの最高の地位にある存在として選ばれた大統領(デア・アルテ)なのよ。そして、彼を選んだのは一般の人たち。彼の前の大統領(デア・アルテ)も、その前も、五十年ものあいだ——ごめんなさい、でも、これはどう考えたってもう笑うしかないわ。ほかにどうすればいいっていうの？」ニコルは声を上げて笑っていた。この最高機密(ゲハイムニス)をずっと知らずにいた者たちが突然それを知らされるという状況は、ニコルには想像を絶していた。「早速、行動に移るわ」ニコルはガースに言った。「ええ、心はもう決まっている。明日の朝、カープ・ヴェルケにコンタクトして、アントンとフェリックスの二人に直接伝えて。わたしたちの実態をＢｅに知らせようとすれば即座に逮捕する、ＮＰの準備は整っている、と」

「わかりました、ミセス・ティボドー」ガースが暗い口調で言った。

「でも、それほど深刻にとらえる必要はないわ」ニコルが言う。「カープ親子が実際にこの最高機密を公にしても、わたしたちは生き延びる。あなたたちの見解は間違っているとわたしは思う。これは、この社会の現状の終わりを意味するものではまったくないわ」

ガースが言った。「ミセス・ティボドー、カープがこの情報を公にしたら、Ｂｅの反応がどうあれ、新たな大統領を送り出すことは二度とできないということになります。そして、法的に言うならば、あなたが現在の地位にあって権力を掌握している理由はただひとつ、あなたが大統領夫人だからです。この事実を無視するわけにはいきません。というのも――」

ガースは口ごもった。

「続けなさい」

「というのも、この体制の最高の権力者があなたであることは、誰の目にも――ＢｅにもＧｅにも等しく――明らかだからです。だからこそ、とにもかくにも、たとえ間接的にではあっても、あなたをこの地位につけたのは大衆であり、全市民の投票によるものであるという神話を維持することが決定的に重要なのです」

沈黙がおりた。

ややあって、ペンブロークが口を開いた。「ＮＰとしては、カープ親子が白書を公表する前に介入すべきだと考えます。そして、彼らを報道機関から遮断する」

「たとえ逮捕したところで、彼らが少なくともメディアのどれかにアクセスしてしまうのは間違いないわ。この点は明白に認識しておくべきね」

「しかし、逮捕という事態になれば、彼らの評判は――」

「解決の方法はひとつしかなさそうね」ニコルは考えこむように言った。なかば自分に言い聞かせるといったふうだった。「政策決定会議に出席した幹部たちを暗殺するの。言い換えれば、カルテルのGe全員を暗殺する。何人いようとも。何百人のレベルになるとしても」

言い換えれば、とニコルは心の中でつぶやいた。粛清よ。革命の際にのみ見られるような、大規模な粛清。

その考えに、ニコルは全身が縮み上がるのを感じた。

「ナハト・ウント・ネーベル」ペンブロークがつぶやく。

「なんのこと？」

「ナチの総統命令のひとつで、殺人を実行する不可視の政府組織を指す言葉でもあります」

ペンブロークは静かにニコルを見据えた。「夜と霧（ナハト・ウント・ネーベル）。特別行動部隊（アインザッツグルッペン）。怪物集団。もちろん、われらがNPとは似ても似つかぬ存在です。申しわけありませんが、そのような行動は軍を通してなさるべきでしょう。われわれ警察ではなく」

「今のは冗談で言ったのよ」

二人は半信半疑でニコルの顔をうかがった。

「粛清など絶対にないわ」ニコルは言った。「第三次世界大戦以降、粛清は一度も起こっていない。あなたたちも知ってのとおり。わたしたちのように高度に文明化された現代人に、大量虐殺などできるわけがないでしょう？」

ペンブロークが顔をしかめ、唇をナーバスに引きつらせながら言った。「ミセス・ティボドー、フォン・レッシンガー研究所の技術者たちがゲーリングをこの時代に連れてくるさいに、特別行動部隊も連れてくるようにさせるのは可能でしょう。カープ一族の処置は彼らに任せ、仕事が終わったら〈蛮行の時代〉に戻せばいい」

ニコルは唖然としてペンブロークを見つめた。

「本気です」ペンブロークは口ごもりながら言った。「そのほうが、少なくともわれわれにとってははるかに望ましいのは間違いありません。カープが、彼らの保持している情報を公にするのを許すよりは。そんな可能性を残すのは最悪です」

「同感です」ガース・マクレーが言った。

「正気の沙汰じゃないわ」

「そうでしょうか？　フォン・レッシンガー装置を使えば、訓練を積んだ暗殺者集団にアクセスできます」マクレーが言う。「そして、あなたが指摘されたとおり、われわれの時代にはそのようなプロ集団は存在していません。何百人もの人間を殺す必要はないと思います。最高幹部だけに限定すればいいのではないでしょうか。ヴェルケの取締役会のメンバーだけ。たぶん八人程度です」

「しかも」とペンブロークが熱をこめて言った。「そのカープの八人の最高幹部たちは、事実上の犯罪者です。合法的な政府を転覆する意図をもって共同謀議をこらしているわけですから。〈ヨブの息子たち〉となんら変わりありません。あのベルトルト・ゴルツと。毎晩、黒のボウタイを着用して年代物のワインを飲んでいるとしても——街なかで騒ぎを起こしたりしているわけではないとしても」

「言わせてもらえれば」とニコルはドライに言った。「わたしたち全員が事実上の犯罪者よ。この政府そのものが、あなたが指摘したとおり、嘘の上に築かれているのだから。それも、史上最大級の嘘の上に」

「しかし、合法的な政府です」とマクレー。「嘘であろうとなかろうと。しかも、その〝嘘〟なるものは、国民にとって最も良いことでもあるのです。われわれは誰も搾取するつもりはありません――カルテルとは違って。ほかの人間を犠牲にして私腹をこやそうなどとは毛頭思っていません」

少なくともわたしたちはそう自分に言い聞かせているわけよね。ニコルは思った。

ペンブロークが恭しい口調で言った。「つい今しがた司法長官と話をしてきたので、司法長官がカルテルの台頭についてどう思っているかはよくわかっています。エプスタイン長官は、なんとしてでも彼らの力をそぎ落とさねばならないと考えています。これが肝要です！」

「あなたたちは少しばかりカルテルを買いかぶっているようね」ニコルは言った。「わたしはそうじゃない。それに――あと一、二日待つべきかもしれないわ。ヘルマン・ゲーリングがやってくるまで。ゲーリングがわたしたちのところに来たら、彼の意見をきくこともできるし」

これを聞いた二人はあんぐりと口を開けてニコルを見つめた。

「本気じゃないわよ」ニコルは言った。正直なところ、本気かそうでないか自分でもよくわからなかった。「結局のところ、秘密国家警察(ゲシュタポ)を作ったのはゲーリングですものね」

「その意見にはとうてい賛成できかねます」ペンブロークが尊大に言った。

「でも、政策を決定するのはあなたではない」ニコルは言った。「名目上はルディ。つまり、わたしが決定するということよ。この件については、わたしの代理として行動するよう、あなたに命じることができる。そして、あなたはそれを実行すればいい……もちろん、〈ヨブの息子たち〉に加わって、街を練り歩いて、石を投げたりスローガンを叫んだりするほうがお望みでなければだけれど」

ガース・マクレーとペンブロークはそろって不安げな面持ちになった。急に畏縮してしまったようだった。

「怖がらなくていいわ」ニコルが言う。「政治権力の本当の基盤がなにか知っている？　銃でも軍隊でもなくて、ほかの人たちにやらせたいと思うことをやらせる能力よ。適切などんな手段を使ってでも。わたしはNPに、わたしが望むことをやらせることができる。あなたが個人的にどう思っていようと。ヘルマン・ゲーリングにも、わたしの望むことをやらせることができる。ゲーリングの決断ではなくて、わたしの決断なの」

「あなたの言うとおりであることを願います」ペンブロークが言った。「そして、あなたにゲーリングがコントロールできることも願っています。確かに、厳密に主観的なレベルにおいて、わたしは恐れています。過去に対するこの実験の全体が、わたしには恐ろしくてなりません。あなたは水門を開いてしまうかもしれない。ゲーリングは道化ではありません」

「それはよくわかっているわ」ニコルは言った。「それと、わたしに忠告まがいのことを言うのはやめて、ミスター・ペンブローク。あなたはそんな立場にはないわ」

ペンブロークの頬がさっと赤くなった。彼はしばし黙していたのちに、低い声で言った。

「申しわけありません。ところで、差し支えなければ、ミセス・ティボドー、もうひとつ別の話をさせていただきたいのですが。ひとりだけ残った精神分析医で、現在ＵＳＥＡで治療を続けているドクター・エゴン・スパーブに関係するものです。ＮＰが彼に治療の継続を許した理由を説明すると――」

「その話は聞きたくないわ」ニコルは言った。「あなたにはあなたの仕事をしてほしいだけ。当然知っているはずだけれど、わたしはそもそもの最初からマクファーソン法に賛成したことは一度もない。だから、マクファーソン法が完全に履行されないからと言って、わたしが文句を言うなどと思う必要はないの」

「問題になっている患者は――」

「やめて」ニコルはきっぱりと言った。

いつもの感情を表わさない顔に戻ったペンブロークは、肩をすくめてニコルの言葉に従った。

8

エイブラハム・リンカーン自治共同住宅一階の集会室に入ろうとした時、イアン・ダンカンは、アル・ミラーの後ろから、平たい火星の生物パプーラがちょこちょことついてくるのに気づいて足を止めた。「そいつも連れていくのか？」

アルが言った。「わかってないようだな。おれたちは勝たなきゃならないんだろう？」

しばしの間を置いて、イアンは言った。「そんな方法を使ってじゃない」イアンはなにもかもちゃんと理解していた。パプーラは、通行人を誘い入れるのと同じように聴衆に働きかける。超感覚的な影響力を及ぼして、好意的な判断をするように丸めこむ。これがジャロピー販売員の倫理というものなのだ。アルは完全にノーマルなこととしか思っていない。ジャグの演奏で勝利できないのなら、パプーラを使って勝利する。

「まったく」アルが手を振りながら言う。「自分で自分の最悪の敵にならないでくれ。これから使うのは、ちょっとした意識下セールスのテクニックだ。一世紀にわたって使われてきたのと同じものだよ。世論を自分のほうに持ってくる大昔からの定評ある方法。要するに、現状を直視してみろってことだ。おれたちはもう何年もプロとしてジャグ演奏をしていない」アルが腰につけたコントローラーに触れた。パプーラが二人に追いつこうと急ぎ足になった。再度アルがコントローラーに触り――

すると、イアンの心に、こんな思いが強く迫ってきた。どうして使っちゃいけないの？　みんなやってることだよ。

　イアンは苦しそうに言った。「そいつをおれに近づけないでくれ、アル」

　アルは肩をすくめた。イアンの心に侵入してきた思念はゆっくりと引いていった。ただ、その残滓（ざんし）はとどまりつづけ、イアンにはもう自分の姿勢に確信が持てなくなった。

「ニコルのための仕掛けがやってのけることに比べれば、ゼロに等しいものさ」アルは言って、イアンの表情をうかがった。「パプーラは、あっちにひとつ、こっちにひとつという程度だが、これまでニコルがテレビで使ってきたやり口は全世界規模だ。本当の危険はそっちにあるんだよ、イアン。パプーラはストレートだ。自分がパプーラに働きかけられていることがその場でわかる。だが、ニコルの話を聞いている時はそうじゃない。テレビで使われている方法はものすごく精妙で、しかも完璧だから――」

「そんなことはおれは知らない」イアンは言った。「おれにわかっているのは、今日選ばれなければ――ホワイトハウスでの演奏を達成しなければ、おれに関するかぎり、人生は生きるに値しないってことだけだ。誰に言われたわけでもない。おれがそう感じているんだ。これはおれ自身の考えだ。くそったれ」イアンは開いたドアを押さえ、アルが先にジャグの把手を持って集会室に入っていった。イアンもそのあとに続き、そして、二人はステージに立って、半分ほど埋まった観客席に向き合った。

「ニコルを見たことはあるか？」アルがたずねる。

「四六時中見てるよ」

「実際にということだ。本物のニコルに――〝生身の〟というやつだな」

「もちろん、あるわけがない」これこそ、二人が選ばれること、ホワイトハウスに行くことのすべてだった。テレビの画像ではない本物のニコルに会う――これが単なる夢ではなくなる。現実になるのだ。

「おれは一度見たことがある」アルが言った。「ジャロピー・ジャングル・ナンバー3を、ルイジアナのシュリーヴポートのビジネス街に降下させたばかりの時。朝早く、八時ごろだったな。公用車がやってくるのが見えた。当然国家警察（NP）だと思って、あわてて再離陸しようとしたんだが、警察じゃなかった。そいつはニコルの乗った車を中心にした車列で、新しくできた共同住宅のオープニングセレモニーに向かうところだった。あの史上最大の自治共同住宅」

「知ってる」とイアン。「ポール・バニヤンだ」エイブラハム・リンカーンのフットボールチームは毎年、ポール・バニヤンのチームと対戦していて、一度も勝ったことがない。ポール・バニヤンの住人は一万人以上で、その全員が管理職クラスだ。Ｇｅになる直前の位置にいる男女だけに限定された共同住宅で、毎月の部屋代もとんでもなく高い。

「おまえも絶対にニコルを自分の目で見てみる必要がある」アルは考えこむように言って、

観客席に面した椅子に腰をおろし、ジャグを膝に置いた。「みんな、テレビに出ている連中は——ニコルも含めて——現実の世界ではあんなに魅力的じゃないはずだっていつも思っている。テレビのイメージは完璧に操作できるからだ。極端に言えば、なにからなにまで合成された画像だと言っていい。ところが——イアン、本物のニコルはな、テレビよりもずっとずっと魅力的だったんだ。あの生命力、あの輝き、肌のデリケートな色彩を、テレビはとらえることができない。もう、あの光り輝く髪ときたら——」アルは頭を振って、パプーラを足で軽くたたいた。パプーラは椅子の下の見えない位置に姿を隠していた。

「彼女をこの目で見たことで、おれがどうなったかわかるか？　おれは人生に不満を感じるようになってしまった。当時も、おれはかなりいい生活をしていた。ルークは給料をたっぷり払ってくれているし、客たちの相手をするのは楽しい。この生き物を操作するのも好きだ。これは、言ってみれば、ある種の芸術的な手腕を必要とする仕事なんだ。だが、ニコル・ティボドーをこの目で見たあとは、おれ自身もおれの生活も二度と受け入れられなくなってしまった」アルはイアンを見た。「思うに、おまえはテレビで見ているだけで、そんなふうに感じているんだろうな」

イアンはうなずいた。彼は早くもナーバスになりはじめていた。まもなく彼らが紹介される。試練の時はすでに始まっている。

「つまり、おれが同意したのも、それが理由さ」アルが続けた。「ジャグをもう一度演奏しよう、もう一度トライしてみようって思ったのも」イアンがガチガチになってジャグを握りしめているのを見て取ったアルは、こう言った。「パプーラを使うか？　それとも使わないか？　おまえが決めてくれ」どうするというふうに眉を上げてみせたアルだったが、その顔には、もうわかっているという表情が浮かんでいた。

　イアンは言った。「使ってくれ」

「オーケー」と言って、アルは片手を上着の中に入れ、ゆっくりとコントローラーを撫(な)でた。椅子の下からパプーラがよたよたと姿を現わした。触角を剽軽(ひょうきん)にぴくぴく動かし、両目を外側に向けたり内側に寄せたりする。

　即座に聴衆も気づき、よく見ようといっせいに体を乗り出した。嬉しさのあまり笑い出した者もいる。

「見ろよ」とひとりの男が興奮した声で言った。「パプーラだ！」

もっとよく見ようと、ひとりの女性が立ち上がった。イアンは思った。みんなパプーラが大好きだ。ジャグ演奏がうまくいこうがいくまいが、おれたちは選ばれるだろう。だが、そのあとはどうなる？　ニコルに会うことで、おれたちは今よりもさらに不幸になるのではないだろうか。おれたちが得るのは、結局、希望のない、とてつもない不満ということになりはしまいか？　二度と癒(いや)されることのない痛み、この世界では二度とかなえられることのない渇望だけが残されるのではないか？

　だが、もう引き返すには遅すぎた。集会室のドアが閉め切られ、自治会長のドン・ティシュマンが椅子から立ち上がって観客に静粛を求めた。「ありがとう、みなさん」ティシュマンは襟マイクに向けて言った。「ただいまより、タレントたちによるささやかな演奏会を始めたいと思います。プログラムにあるとおり、最初は二人組、ダンカン&ミラー・クラシックジャグズがバッハとヘンデルのメドレーをお贈りします。みなさんの足がタップを始めること、請け合いですよ」ティシュマンは体を曲げてイアンとアルに笑いかけた。「イントロとしてふさわしかったかな?」と言っているかのような笑いだった。

アルはティシュマンには一瞥もくれず、コントローラーを操作し、考えこむように聴衆を見つめたのち、ようやくジャグを取り上げた。そして、イアンにちらりと目をやり、足で床を軽くたたいてリズムをとった。メドレーの最初は《小フーガト短調》――アルはジャグに口を当て、闊達(かったつ)に主題を送り出した。「バー・バー・バーーーム、バババ・バ・バム、**バム、バム、**バーババ・バム、バーババ……」ジャグを吹くアルの頬はふくらみ、赤くなっていった。

パプーラはステージ上をうろうろしたのち、ひょこひょこと滑稽な動きを繰り返してステージから降りていくと、最前列の観客のあいだにもぐりこんでいった。パプーラはすでに仕事を始めていた。

アルはイアンにウィンクした。

「ストライククロックさんがお見えです、ドクター。ミスター・チャールズ・ストライクロック」アマンダ・コナーズがドクター・スパーブのオフィスを覗きこんだ。この数日間、彼女は負わされた荷の重さを自覚しながら、自分の仕事をこなしていた。スパーブはそのことに気づいていた。霊魂を冥界に運ぶ者さながら、アマンダは、神と人間のあいだを取り持っている。この場合は、精神分析医と単なる人間、それも病んだ人間とだが。

「わかった」スパーブは言って、新しい患者を迎えるために立ち上がった。これがその人物だろうかと考えながら。わたしがここにいるのは、単に、この特定の人物を治療する——正確には治療に失敗する——ためだけなのか。

新しい患者が来るたびにそう自問しなければならないのは、それだけで大きな疲労をもたらした。思考はどんどん強迫的になっていき、ぐるぐるとまわりつづけて、どこにも行きつかなかった。

長身で眼鏡をかけ、髪が少し後退しはじめた男性が、不安げな表情を浮かべてゆっくりとオフィスに入ってきた。片手を差し出して、彼は言った。「こんなに早く予約を受けつけてくださったことに感謝します、ドクター」二人は握手した。「とんでもない診療スケジュールになっているに違いありませんから」チック・ストライクロックはスパーブのデスクと向き合う椅子に腰をおろした。

「それなりにね」とスパーブはつぶやいた。ペンブロークに言われたように、新しい患者を断るわけにはいかなかった。この条件で彼はオフィスの継続を許されたのだ。スパーブはストライクロックに言った。「あなたは過度に追い詰められているように見える。通常の状態をはるかに超えた、どうしようもない苦境。生きることに困難はつきものだと思ってはいても、なんらかの限界は間違いなくある」

「その点についてお話しすると」チックは話しはじめた。「ぼくはなにもかもを捨てる覚悟ができているつもりです。仕事も、そして――恋人も……」チックは言葉を切った。唇が引きつっていた。「そして、〈ヨブの息子たち〉に参加します」彼は苦悩に満ちた視線を投げた。「そういうことです」

「なるほど」スパーブは納得し、うなずきながら言った。「だが、そうするように強要されているというふうには感じていないかね？　実際には選択の問題なのではないかね？」

「いいえ、そうしなければならないんです――進退きわまっているんです」

チック・ストライクロックは震える両の手を押し合わせ、細く長い指を組んだ。「プロとしてのわたしの社会生活は――」

スパーブのデスクの電話のライトが点滅した。緊急のコール。アマンダが、スパーブに出てほしがっている。

「失礼、ミスター・ストライクロック」ドクター・スパーブは言って、受話器を取った。画面に、グロテスクに歪んだミニチュアサイズのリヒャルト・コングロシアンの顔が現われた。まるで溺れかかっているように激しく喘いでいる。「まだフランクリン・エイムズにいるのか？」スパーブは即座にたずねた。

「ああ」短波の音声受信機を通してコングロシアンの声が届いた。患者のストライクロックには聞こえない。ストライクロックは明らかに診療が中断されたことに腹を立て、背を丸めてマッチをもてあそんでいる。「テレビで、あなたが診療を続けていることを知った。ドクター、わたしの身に恐ろしいことが起こっている。透明になりかかっているんだ。誰にもわたしの姿は見えない。感じるのは臭いだけ。わたしは不快な臭いだけの存在になりかかっている！」

やれやれ。ドクター・スパーブは思った。

「わたしが見えるか？」コングロシアンが恐る恐る言う。「そちらの画面で？」

「ああ、見える」

「すばらしい」コングロシアンはいくぶん安堵したように見えた。「それなら、少なくとも電子モニター・スキャニング機器はわたしをとらえられるというわけだ。そういう形でならなんとか生存していける。ドクターの意見は？　以前にこんな症例を見たことは？　精神病理学が以前にこんな症例に直面したことは？　この症例に名前はあるのか？」

ある——とスパーブは頭の中で言った。最終的なアイデンティティの危機。明らかな精神異常の発現。強要‐強迫の構造が崩れつつある。「仕事が終わったらフランクリン・エイムズに行こう」スパーブは言った。

「だめだ、だめだ」コングロシアンは狂乱気味に目を見開いた。「そんなことを許可するわけにはいかない。実際、こんなふうに電話で話したりしてもいけないんだ。危険すぎる。手紙を書く。さよなら」

「待て」スパーブが簡潔に言った。

画像は消えなかった。ただ、コングロシアンがもうそう長く話をつづけないであろうことは、スパーブにはわかっていた。とてつもなく大きな力が繰り返し彼を引っ張っている。

「診察中なんだ」スパーブは言った。「だから、今、この場でわたしにできることはほとんどない。もう少しあとで――」

「あなたはわたしを嫌っているんだ」コングロシアンがさえぎる。「誰もかれもがわたしを嫌っている。だから、わたしは透明にならなければならないんだ！　それしか、わたしの命を守る方法はないんだ！」

「透明になる利点はいくつかあると思う」コングロシアンの言っていることは無視して、スパーブは言った。「とりわけ、猥褻目的の覗きをする人間や犯罪者になることに興味を抱いている場合には……」

「犯罪者って、どんな？」コングロシアンは引っかかった。

「それは会った時に話し合うとしよう。このことについては、可能なかぎり最大限、Ｇｅ的に――内密に進めるべきだと思う。それほどに価値あるシチュエーションだ。そう思わないかね？」

「わたしは――そんなふうに考えたことはなかった」

「そう考えたまえ」

「あなたはわたしがうらやましいのか、ドクター？」

「ああ、これ以上はないほどにうらやましい」スパーブは言った。「分析医として、わたしは疑いようもなく好色な覗きをしている人間なのだから」

「おもしろい」コングロシアンは先刻よりずっと落ち着いたようだった。「たとえば、いま気づいたんだが、わたしはいつでも好きな時に、このくそ病院から出ていくことができるわけだ。そう、国じゅうを自由に移動することも。いや、臭いが残っている！　だめだ。あなたは臭いを忘れている、ドクター。臭いでわたしがいることはわかってしまう。あなたの努力には感謝するが、しかし、あなたはあらゆる事実を考慮に入れて話してはいない」コングロシアンは努力して、なんとか笑みを浮かべてみせた。「思うに、わたしがすべきなのは、司法長官バック・エプスタインのもとにみずから出頭することなんだろう。でなければ、ソ連に戻るか。パヴロフ研究所ならわたしを助けてくれるかもしれない。そうだ、もう一度パヴロフ研究所にトライしてみよう」だが、その時、コングロシアンの頭に新たな考えが浮かんだ。「いや、わたしの姿が見えなければ治療のしようがないじゃないか。ああ、なんて困った事態だ、スパーブ。どうしようもない」

たぶん、最善の道は——とドクター・スパーブは思った——ミスター・ストライクロックがやろうと考えていることをやることだ。ベルトルト・ゴルッツと彼の悪名高い〈ヨブの息子たち〉の一員になることだ。

「ドクター」コングロシアンが続ける。「時々思うんだが、わたしの精神医学上の問題の本当の要因は、わたしが無意識のうちにニコルに恋しているところにあるのではないだろうか。どう思う？　いや、わかったぞ。たった今、わかった。この解釈は実に明快だ！　わたしのこの性的欲動(リビドー)が呼び覚ましてきたのが、近親相姦のタブーであれバリヤーであれなんであれ、それは言うまでもなく、ニコルが母親の形象だからだ。正解か？」

ドクター・スパーブはため息をついた。

向かいで、ストライクロックがなんとも惨めなようすでマッチをいじっていた。不愉快さがどんどんつのっていっているのは明らかだ。電話を切らなくては。今すぐにでも。

しかし、ストライクロックがどうすれば人生をなんとかやっていけるようになるのか、スパーブにはまだ答えを見つけることができないでいた。

彼の治療に、わたしは失敗するのだろうか？　スパーブは無言で自問した。この人物が、NPのペンブロークがフォン・レッシンガー装置を使って前もって知った、その患者なのか。ミスター・ストライクロック。わたしは彼に誠実に応対していない。この電話で、彼は治療の機会を奪われている。わたしの目の前で。しかもわたしにできることはなにもない。

「ニコルは」とコングロシアンは早口で話しつづける。「われわれの社会で最後の真の女性だ。わたしはニコルをよく知っている、ドクター。わたしの輝かしい経歴のおかげで、これまで数え切れないほど会っている。ドクターは、わたしがいま話している人物についてよく知っているとは思っていないのか？　それに――」

ドクター・スパーブは電話を切った。

「あなたから切った」チック・ストライクロックはハッとしたようすで、マッチをいじるのをやめた。「そんなことをしてよかったんですか？」次いで肩をすくめ、「わたしが口を出すことじゃありませんね」と言ってマッチを放り投げた。

「今の電話の相手は妄想を持っている」スパーブは言った。「妄想は圧倒的で、彼はニコル・ティボドーを本物の存在として実感している。実際には、彼女はこの社会最大の〝作り上げられた〟存在だというのに」

チックはショックを受けてまばたきした。「そ、それはどういう意味ですか？」口ごもりながら言うと、立ち上がろうとしかけ、すぐに力なく椅子に戻った。「探っているんですね。残り少ない時間でぼくの心を探ろうとしている。いずれにしても、ぼくの問題は具体的です。今の人のような――どこの誰かは知りませんが――妄想じゃありません。ぼくは今、弟の妻と暮らしていて、彼女を使って弟を恐喝しています。ぼくをカープ・ウント・ゾーネン・ヴェルケに入れるよう脅迫しているんです。少なくともこれが表面的な問題です。ただ、その下にはもう少し別のものが、もっと深い問題があって、ぼくはジュリーを――弟の妻、いや元妻を恐れているんです。その原因はわかっています。ニコルに関係しています。今の電話の人と似たようなものかもしれません。違うのは、ぼくの場合は、彼女を、ニコルに恋しているわけではなくて、恐れているということ――要するに、これがジュリーを恐れている理由で、実のところすべての女性が怖いんだろうと思います。この話は筋が通っていますか、ドクター？」

「強権的な母親（バッドマザー）のイメージだ」スパーブは言った。「圧倒的で宇宙的な形象」

「ぼくのような弱い男たちのおかげで、ニコルが支配者の地位についていられるということですね」とチック。「世界が母権社会になってしまった理由はぼくなんだ――ぼくは六歳の子供みたいなものなんだ」

「あなたが特別だというわけではない。それはあなたにもわかっていると思う。事実、国家的な精神神経症だと言っていい。この時代の心理学的疾患なのだよ」

チックはゆっくりと、はっきりとした意志をこめて言った。「ベルトルト・ゴルツの〈ヨブの息子たち〉に参加すれば本当の男になれる」

「母親から、ニコルから解放されたいのなら、ほかにもできることはある。移住だ。火星に行くんだ。あの安物宇宙船、ルーニー・ルークのジャロピーを買って。巡回ジャロピー・ジャングルのどれかが次に近くにやってきた時に。そうすれば、別世界に行ける」

チックは不思議な表情を浮かべた。そして口ごもりながら言った。「それは――一度も本気で考えたことがありませんでした。移住はいつも、狂ってるようにしか思えませんでした。理性的ではない、追い詰められた精神状態でやるものだというふうにしか」

「いずれにしてもゴルツの一員になるよりはいい」

「ジュリーはどうすればいいんでしょう？」

スパーブは肩をすくめた。「連れていけばいいじゃないか。そうしていけないわけがどこにある？　彼女はセックス上手かね？」

「ドクター」

「すまん」

チックは言った。「ルーニー・ルークというのはどんな人物なんでしょう」

「本物の悪党だと聞いている」

「それはよさそうだ。それこそぼくが求めている、必要としているものです」

「そろそろ時間だ。少しでも助けになれたのだったらいいが。次回は――」

「もちろんです、あなたはすばらしいアイデアをくれました。あるいは、ぼくの中にあったその考えを承認してくれたと言ったほうがいいのかもしれませんが。たぶん、ぼくは火星に移住します。しかし、それなら、モーリイ・フラウエンツィンマーにくびを切られるまで待っている必要はありませんね。こちらから辞めて、ルーニー・ルークのジャロピー・ジャングルの現在位置を突きとめにいきます。ジュリーが火星に一緒に行くと言えばよし、そうでなければ、それもよし。彼女はセックス上手ですが、ドクター、飛び抜けてというわけじゃありません。彼女の代わりになる者はいないというほどには。だから――」チックは椅子から立ち上がった。「もうお邪魔することはないと思います」彼は右手を差し出し、二人は握手した。

「火星に着いたらハガキをくれたまえ」ドクター・スパーブは言った。

チックはうなずいた。「そうします。その時までここで――この住所で診療を続けていると考えておられますか？」

「わからない」ドクターは言った。そして思った。もしかしたらストライクロックがわたしの最後の患者かもしれない。考えれば考えるほど、彼こそわたしが待っていた人物に違いないと思えてくる。だが、真実を教えてくれるのは時間だけだ。

二人は並んでドアに向かった。

「いずれにしても、ぼくは、さっき電話で話しておられた人物ほどおかしくなってはいませんか。あれは誰だったんですか？　以前にどこかで会ったような、あるいは写真を見たことがあるような気がするんですが。たぶんテレビで……そうだ、彼に違いない。なにかの演奏者でしたよね。あなたが話しておられる時、親近感みたいなものを感じたんですよ。ぼくたちはどちらも必死にあらがっている、どちらも深刻な問題を抱えていて、なんとかその状態から脱出しようとしている、どんな方法であれ――というふうに」

「うーん」ドクター・スパーブはうなって、オフィスのドアを開いた。

「彼が何者か教えてはもらえませんよね。守秘義務があるということはわかります。ぼくとしては、彼が誰であれ幸運を祈るばかりです」

「まさに彼はそれを必要としている」スパーブは言った。「何者であろうと。この時点で、彼に必要なのは幸運なんだ」


モリー・ドンドルドが辛辣（しんらつ）な口調で言った。「どんな感じだった、ナット？　偉大なる人物その人と直接言葉を交わすのは。もちろん、わたしたちみんなが認めているわ。ベルトルト・ゴルッツは今の時代で一番偉大な人間だって」

ナット・フリーガーは肩をすくめた。オートキャブはすでにジェンナーの町を出て、長い坂道をゆっくりと上りつつあった。奥地に向けて、広大な雨林地帯に向けて。そこはほとんどジュラ紀からずっと変わっていないような印象を与えた。恐竜たちの沼地だ。人間の住む土地ではない。

「ゴルツに改宗させられたんだよ」ジム・プランクが言ってモリーにウィンクし、ナットにはにやりと笑いかけた。

細い糸のような雨が静かに降り出していた。オートキャブのワイパーが反応し、不規則なじれったいリズムでけたたましい音を立てはじめた。やがて、オートキャブは本道——少なくとも舗装されている最後の道——から赤色岩の脇道に入った。跳ね、揺らぎ、のたうちながら進むキャブは、新たな状況に遭遇するたびに内部ギヤをキーキーとチェンジさせた。その音に、ナットは、キャブが満足のいく仕事をしているとはとうてい言えないように感じた。いつなんどき停まってもおかしくない、仕事を中断し投げ出してしまわないともかぎらない——そんな印象を持った。

「この先になにが現われるとわたしが思っているか、わかる?」モリーが、狭い上り坂の両側に鬱蒼(うっそう)と生い茂った樹々の群葉を見上げながら言った。「次のカーブを曲がったら、ルーニー・ルークのジャロピー・ジャングルがでんと構えていて、わたしたちを待っているのよ」

「おれたちだけか?」ジム・プランクが言う。「どうしておれたちだけなんだ?」

「それはね」とモリー。「わたしたちが行き詰まりかかっているから」

カーブの向こうに人工の構造物があるのがナットの目に入った。なんだろう。古くてボロボロの、完璧に打ち捨てられているように見える建物……すぐにナットは、それがなんであるかに思い至った。ガソリンスタンドだ。内燃エンジン自動車の時代の名残り。ナットは雷に打たれたようなショックを味わった。

「遺跡だわ」モリーが言う。「遺物！　すさまじいわね。見学してみるべきよ。歴史的な中世の砦とかレンガ工場みたいなものだもの。ナット、このくそったれキャブを停めてちょうだい」

ナットはダッシュボードのボタンを片っ端からたたいた。キャブは自己指令受容不全に陥って、強烈な摩擦に苦悶のうめきを上げながら、ガソリンスタンドの前で停まった。

ジム・プランクがあたりに警戒の目を向けながらドアを開き、外に踏み出した。彼は手にしていた日本製のカメラの蓋を取り、靄に包まれた鈍い光のもとで目を細めた。霧雨で顔が光り、眼鏡のレンズを雨水が滴り落ちていく。彼は眼鏡をはずして上着のポケットに突っこんだ。「二、三枚、撮っておくよ」ジムはモリーとナットに言った。

モリーが低い声でナットに言う。「中に誰かいるわ。動いたり声を出したりしないで。こっちを見てる」

キャブを出たナットは赤色岩の道を横切り、ガソリンスタンドに歩み寄った。中にいた男が立ち上がり、彼のほうにやってくるのが見えた。ドアが大きく開いた。ナットの目の前に、変形した巨大な顎と歯を持つ、背中の曲がった男が現われた。男は手ぶりを交えて話しはじめた。

「なんて言ってるんだ？」ジムがナットに言った。ジムは怯えているようだった。

男はかなりの年配だった。彼は「ヒグ、ヒグ、ヒグ」としか聞こえない言葉をつぶやいていた。なにかを伝えようとしているのだが、ナットには伝わらない。男はなおも努力を続け、ナットにもようやく男が本物の言葉を発しているのだと思えるようになった。ナットが片耳に手をかざし、なんとか男の言葉を理解しようと神経を集中させている間も、巨大な顎の老人は不安そうに、手ぶりを交えてもぐもぐとつぶやきつづけていた。

「自分宛ての手紙を持ってきていないかときいているのよ」モリーがナットに言った。

ジムが「このあたりじゃ、それが習慣になっているんだな。この道をやってくる車が町からの郵便を運んでくるというわけだ」と言って、巨大な顎の老人に向けてこう言った。「すみません、知らなかったんです。あなた宛ての手紙は持っていません」

男はうなずいてつぶやきを止めた。あきらめたようだった。ジムの言葉をきちんと理解していた。

「ぼくたちはリヒャルト・コングロシアンの家に行くところなんですが、この道でいいんでしょうか」ナットは男にたずねた。

男は狡猾そうな視線をナットに向けた。「野菜を持っているか？」

「野菜？」

「野菜はいくらでも食べられる」男はナットにウィンクし、手を差し出して、期待をこめて待った。

「申しわけない」当惑に包まれて、ナットはジムとモリーに向きなおった。「野菜――彼の言うことがわかったか？　確かに野菜って言ったよな？」

老人は、「肉は食べられん。待て」とつぶやいて上着のポケットを探り、印刷されたカードを取り出してナットに渡した。カードは汚れ、ボロボロになっていて、なにが書いてあるのかほとんど読み取れなかった。ナットは光のあるほうにカードを掲げ、目を細めて、印刷された文字を判読しようとした。

食べ物を与えよ、そうすれば
知りたいことをなんでも教える
チュッパー協会の厚意により

「わしはチュッパーだ」老人は言って、不意にカードを引ったくり、上着のポケットに戻した。

「早くここから離れましょう」モリーがナットにそっと言った。

放射能が生んだ種族。北部カリフォルニアのチュッパーたち。彼らの居住地がここにある。いったい何人くらいいるのだろう。十人？　千人？　そして、リヒャルト・コングロシアンが暮らすために選んだ地がここなのだ。

でも、たぶんコングロシアンは正しい。身体に異常があるとはいえ、チュッパーも人間であることに変わりはない。手紙を受け取り、仕事をし……いや、仕事はまずないはずだから、郡の困窮者救済金で生活しているのだろう。彼らは誰にも迷惑をかけていないし、危害を加えるような人々では絶対にない。ナットは、自分の最初の反応に――老人を目にした瞬間に本能的な嫌悪感を覚えたことに落ちこんだ。

ナットはチュッパーの老人に「コインは受け取ってもらえますか？」と言って、プラチナの五ドル硬貨を差し出した。

チュッパーはうなずいて硬貨を受け取った。「どうも」

「コングロシアンはこの道を行ったところに住んでいますか？」ナットは再度たずねた。

チュッパーは道の先を指差した。

「オーケー」ジム・プランクが言う。「行こう。われわれは正しい道を進んでいる」ジムはナットとモリーにせかすような視線を向けた。「さあ」

三人はオートキャブに戻った。ナットがキャブをスタートさせ、三人はガソリンスタンドとチュッパーの老人をあとにして進みはじめた。チュッパーは無表情に彼らが去っていくのを見つめていた。シミュラクラかただの機械のように、スイッチが切られて不活性状態に戻ってしまったかのようだった。

「ふう」モリーが荒々しい息をついた。「いったいあれはなんだったの？」

「これからもっと会える」ナットは簡潔に言った。

「本当にどこからどう見たって、こんなところに住むなんて、コングロシアンは噂どおり狂ってるに違いないわ。わたしなら、なんのためであっても、こんな沼地には絶対に住まない。来なきゃよかった。録音はスタジオでやりましょうよ。ああ、本当に今すぐ戻りたくなったわ」

キャブは這うように進みつづけた。そして、頭上に伸びる蔓植物のトンネルをくぐり抜けた時、突然、目の前にかつての町の廃墟とも言うべき光景が広がった。

建ち並ぶ朽ちかけた木造の建物。薄れた店名の文字、割れた窓ガラス。しかし、そこは無人ではなかった。雑草の生い茂る歩道のあちこちに、人の、チュッパーの姿があった。五人か六人、おぼつかなげに歩いている人影。それぞれの用事を果たすために――どんな用事かはわからない。こんなところでいったいどんな用事があるというのか。電話もない、郵便も配達されないところで――。

コングロシアンはここに平安を見出したのだろう。霧のように降る雨の音だけを除いて、まったく音のない世界。おそらく、いったん慣れてさえしまえば――。しかし、ナットには、この環境に慣れることができるとはとうてい思えなかった。ここには衰退というファクターが過剰なまでに作用している。新しいものはいっさいない。花を咲かせ、成長していくものもいっさいない。望むなら、あるいは、そうしなければならないというのなら、チュッパーになることはできる。しかし、ここで生活するには、ひたすらこの居住地を補修しつづけていく必要がある。考えるだけで気が滅入ってしまう話だ。

モリーと同様、ナットも来なければよかったと思いはじめていた。

ナットは言った。「ぼくなら延々と考えるだろうな、こんなところに自分の人生を放り出す前に。でも、たとえそれができたとしても——結局は、最も困難な一面を受け入れることになってしまう」

「最も困難な一面ってなんだ?」ジムが問う。

「絶対的な過去の優位だ」この地域では過去がすべてを支配している。人間の集合的な過去。この時代に先立つ戦争と、それがもたらしたもの。ひとりひとりの生命の生態的な変化。ここは博物館だが、しかし、生きている。動いている。円環を描きながら……。ナットは目を閉じた。新しいチュッパーが生まれたなら。チュッパーの遺伝子は間違いなくDNAに書きこまれ伝えられていく。それはわかっている。いや、恐れているというほうが当たっている。この変異は減衰していくはずだが、それでも——継承されていくのだ。

彼らは生き延びた。現実の環境にとって、進化のプロセスにとって、これは良きことだ。それこそ三葉虫の時代から続いている生命の歩みにほかならないのだから……。ナットは吐き気を覚えた。

だが、その時不意にこんな思いが浮かんだ。この異様な形態は以前に見たことがある。写真で。復元模型で。復元模型は、推測によるはずだが、実によくできていた。もしかしたら、フォン・レッシンガー装置を使って補正がなされたのかもしれない。曲がった背中、巨大な顎。門歯がないせいで肉を食べることができない。発話には多大な困難が伴う。「モリー」

ナットは言った。「あの連中が、チュッパーが何者か、きみにはわかっているのか？」

彼女はうなずいた。

ジム・プランクが言った。「ネアンデルタール人だ。彼らは放射能が生んだ奇形じゃない。先祖返りなんだ」

オートキャブはのろのろとチュッパーの町を抜けて進んでいった。もうそれほど遠くはないはずの、世界的なコンサートピアニスト、リヒャルト・コングロシアンの家を、視覚のない機械システムでサーチしながら。

9

テオドルス・ニッツのコマーシャルマシンが金切り声を上げる。「見知らぬ人たちに囲まれている時、自分がまったく存在していないように感じられることはありませんか？　まるで透明人間になってしまったかのように、周りの人たちがあなたに気づいていないという気がしたことはありませんか？　バスや宇宙船の中であたりを見まわして、誰も――完全に誰もあなたに気がつかない、あなたをまったく気にしていない、さらに恐ろしいことには――」

モーリイ・フラウエンツィンマーは、散らかったオフィスの反対側の壁に貼りついているニッツ・コマーシャルに向けて慎重に炭酸ガス駆動のペレットライフルを発射した。コマーシャルは夜間にオフィスにもぐりこみ、朝になってから、フラウエンツィンマーをキンキン声の長広舌で迎えたのだった。

コマーシャルはぽとりと床に落ちた。モーリイはずっしり詰まった全体重をかけてコマーシャルを踏みつぶし、ライフルをラックに戻した。

「郵便物は？」とチック・ストライクロックが言った。「今日の郵便物はどこにあるんです？」チックは出社してからずっといたるところを探しまわっていた。

モーリイはカップのコーヒーを音高くすすった。「ファイルの上を見てみろ。タイプライターのキーを拭くのに使ってるそのぼろきれの下だ」彼は朝のドーナッツにかぶりついた。砂糖をまぶしたやつだった。チックのようすがいつもと違うのを見て取って、これはなにを意味しているのかと考えた。

不意にチックが「モーリイ、あなた宛てに書いておいたものです」と言って、折りたたんだ紙をデスクの上に投げた。

見るまでもなく、モーリイにはそれがなんなのかわかった。

「退職します」チックは言った。顔が青かった。

「頼むから今はやめないでくれ」モーリイは言った。「きっとなにかが起こる。社を継続していくことができる」モーリイは手紙を開かず、チックが投げ出したところにそのまま放置した。「ここを辞めるとして、そのあとはいったいなにをするつもりだ？」

「火星に移住します」

デスクのインターコムが鳴り、二人の秘書のグレタ・トループの声がした。「ミスター・フラウエンツィンマー、ガース・マクレーというかたがお供を何人か引き連れて、あなたに会いたいと言っておられます」

いったい誰だ？　モーリイは訝しんだ。「少し待っていてもらってくれ」彼はグレタに言った。「ミスター・ストライクロックと会談中だ」

「どうぞ仕事を進めてください」チックは言った。「ぼくはもう行きます。辞表はデスクに置いておきます。幸運を祈ってください」

「幸運を祈る」気分がいっきに落ちこみ、胃が引きつった。ドアが開き、再び閉じられて、チックが出ていってしまうまで、モーリイはじっとデスクを見つめていた。なんという一日の始まりだ。モーリイは思った。辞表を取り上げて開き、ちらりと目をやったのち、再び折りたたんだ。そして、デスクのインターコムのボタンを押して言った。「ミス・トループ、入ってもらってくれ。なんと言ったか――マクレーだったか。それと、連れの一行も」

「はい、ミスター・フラウエンツィンマー」

外のオフィスに通じるドアが開き、モーリイは来客たちと対面すべく、居ずまいを正した。ひとめで来客一行が政府の役人たちであることがわかった。二人は国家警察[NP]の灰色の制服を着ている。グループのリーダー――明らかにこれがマクレーだ――の物腰はいかにも行政部門の高官然としていた。行政部の高官とは、言い換えれば、高位のＧｅだ。モーリイは無様に立ち上がると、手を差し出しながら言った。「どんなご用件でしょう？」

マクレーが握手をして言った。「きみがフラウエンツィンマーかね？」

「そうです」心臓が激しく打ち、呼吸が苦しかった。こいつらはわたしを廃業させるためにやってきたのだろうか。ウィーン学派の精神分析医たちを全員廃業に追いこんだように。

「わたしがなにかしたんでしょうか？」そう言う自分の声が不安で揺らいでいるのがわかった。次々にトラブルが襲いかかってくる。

マクレーは笑みを浮かべた。「なにもしていない、これまでのところは。われわれが来たのは、きみの会社に、ある仕事を発注する手始めの協議をするためだ。ただし、これにはGeレベルの情報がかかわっている。インターコムを切らせてもらっていいかね？」

「な、なんとおっしゃいました？」モーリィは面食らった。

NPの男たちに向けてうなずくと、マクレーは一歩脇によけた。警察官たちが入ってきて、すばやくインターコムを動作不能にし、続いて壁と家具のチェックにかかった。室内と装備を一インチずつ徹底的に調べると、彼らはマクレーに向けてうなずき、話を続けるよう促した。

「結構。フラウエンツィンマー、きみに製作してもらいたいと思っているシムの仕様を持ってきている。ここに入っている」とマクレーは言って、封をした封筒を差し出した。「目を通してくれ。それまで待っている」

モーリィは封筒を開き、内容をチェックした。

「できるかね？」マクレーがたずねた。

モーリィは頭を上げた。「この仕様は大統領(デア・アルテ)のものですね」

「そのとおり」マクレーがうなずく。

そういうことか。モーリィは気づいた。これはGeの情報の一部だ。つまり、わたしはGeになったのだ。一瞬のうちに。今、わたしは内部にいる。こんな時に行ってしまうなんて、チックはなんてかわいそうなやつだろう。最悪のタイミング、悪運もきわまれりだ。彼にとっては。あと五分待っていさえすれば……。

「これが五十年間続いてきた真実だ」マクレーが言う。

彼らはモーリイを引きこもうとしている。このとんでもない真実の中枢の一端に加えようとしている。

「驚きました。テレビに登場してスピーチをする大統領（デア・アルテ）を見ていて、一度もそんなふうに思ったことはありませんでした。しかも、それをここでわたしが作ることになろうとは」モーリイは突っかえ突っかえ言った。

「カープはいい仕事をやってきた」マクレーが言う。「とりわけ現行の大統領（デア・アルテ）、ルディ・カルプフライシュに関しては。われわれとしては、きみなら気づいていたかもしれないと思っていたのだが」

「考えてもみませんでした」モーリイは言った。「一度だって」百万年たっても。

「できるか？　作れるか？」

「もちろん」モーリイはうなずいた。

「いつ始める？」

「今すぐに」

「結構。当然わかっているだろうが、最初のうちはＮＰの要員がここに常駐しなければならん。機密保持の面で万全を期すために」

「了解しました」モーリイはつぶやいた。「そちらがそうしなければならないというのなら、そうなんでしょう。すみません、ちょっと失礼」彼は一行の脇をすり抜けるようにして表のオフィスに向かった。不意をつかれた彼らはモーリイを制止しそこなった。「ミス・トループ、ミスター・ストライクロックがどっちのほうに行ったか見ていたか？」

「車に乗って行ってしまいました、ミスター・フラウエンツィンマー。アウトバーンに向かっていました。たぶん、いま住んでいるエイブラハム・リンカーンに戻ったんだと思います」

かわいそうなやつ。モーリイは再びそう思って、頭を振った。チック・ストライクロックの運はまだ機能していたのに。モーリイは気持ちが高ぶってきたのを感じた。これがすべてを変える。わたしは仕事に戻れる。わたしは王様の賄い人だ。正確にはホワイトハウス御用達と言うべきか。いや、どちらでも同じことだ。そうとも、同じことだ！

モーリイがオフィスに戻ると、待っていたマクレーとお供の連中が咎めるようなまなざしを向けた。「申しわけありません。営業主任を探していたんです。こんな仕事が来たからには、彼をどうしても引き戻したくて。しばらくは新しい注文はいっさい受けないことにします。そうすればこれに専念できます」ここで、モーリイはちょっとためらった。「製作費に関してですが」

「次の条件で契約を結ぼう」ガース・マクレーが言った。「きみは、実際の製作費に加えて、その四十パーセントが保証される。ルディ・カルプフライシュの納品時にわれわれが支払ったのは総額で十億USEAドル。もちろん、納品後の継続的なメンテナンスと修理の費用は別途支払われる」

「そうですよね。スピーチの途中でストップされたりしたらたまりませんからね」モーリイは笑おうとしたが、笑えないことがわかった。

「大雑把に言って、こんなところでどうだろう——十億から十五億のあいだということで」

モーリイは重々しく言った。「結構です」頭が肩の上でぐるぐると回転し、そのまま床に転げ落ちてしまいそうな気がした。

モーリイのようすを観察しながら、マクレーは言った。「ここは小さな企業だ、フラウエンツィンマー。きみ自身もわたしも、そのことはよくわかっている。余計な期待は抱かないことだ。今回の契約で、ここがカープ・ウント・ゾーネン・ヴェルケのような大企業になることは決してない。ただし、これからもずっと存続していけることだけは確かだ。われわれは、今後、必要なかぎり長期にわたってきみを経済的に支援していく用意はできている。帳簿は徹底的に調べさせてもらった——そんなことを聞くと固まってしまうかな?——ここがもう何カ月も赤字状態にあることはわかっている」

「そのとおりです」

「だが、仕事の内容はすばらしい」マクレーは続ける。「いくつかのサンプルを詳細にチェックした。地球と、製品が実際に稼働している月と火星の両方で。まさに真正な職人の手腕が発揮されていた。わたしが思うところ、カープ・ヴェルケの製品をはるかに上まわっている。だからこそ、今日、わたしは、アントンと老フェリックスのもとではなく、ここにやってきたという次第だ」

「なぜだろうと思っていました」モーリイは言った。政府が今回、カープではなく自分と契約を結ぶことに決めた理由はそういうことだったのだ。それにしても、カープは今日まですべての大統領（デア・アルテ）のシミュラクラを作ってきたのだろうか？　なんとも言えないが、しかし、そうだとすれば、今回のことは、政府の調達政策が根本から変わったということではないか！

だが……こんなことはきかないほうがいい。

「葉巻はどうだね？」ガース・マクレーが言って、オプティモ・アドミラルを差し出した。「エクストラマイルド。純正のフロリダ産の葉だよ」

「ありがとうございます」と言って、モーリイは慎重に——しかし、おぼつかない手つきで——巨大な緑がかった葉巻を受け取った。二人は葉巻に火をつけ、唐突に訪れた静かな安堵感に満ちた沈黙の中でたがいを見つめ合った。

　エイブラハム・リンカーン共同住宅の自治会掲示板に掲げられたニュース——ダンカン&ミラーがタレントスカウトに選ばれ、ホワイトハウスで演奏することになったというニュースは、エドガー・ストーンを仰天させた。彼は、冗談の可能性はないかと何度も文面を読み返し、あの神経質でおどおどしている小男がどうやってこんなことを成しとげられたのかと考えた。

　なにかごまかしがあったんだ。ストーンはつぶやいた。わたしが宗政試験で彼を合格させてしまったのとまったく同様に……彼は誰かに働きかけて、タレントショーの結果を自分に有利になるように仕向けたのだ。ストーン自身、先日のジャグ演奏は聞いていた。彼もまた当日のプログラムに参加していた。ダンカン&ミラー・クラシックジャグズは、端的に言って、それほどすばらしいものではなかった。もちろん、悪くはなかったことは確かだ……だが、それだけではないなにかが関与していたことを、ストーンは本能的に察知した。

心の奥底に怒りが湧き上がった。自分がダンカンの試験結果を改竄したことに対する激しい怒り。わたしが彼に成功への道を与えたのだ。わたしが彼を救ったのだ。そして今、彼はホワイトハウスへの途上にある。この共同住宅の生活から完全に抜け出そうとしている。

イアン・ダンカンの答案があんなにひどかったのも不思議ではない。彼はずっとジャグの練習をしていたのだ。そのほかの人間たちが対処しなければならない当たり前の現実に向ける時間などないということだ。なんと結構な身分だろう、アーティストというやつは――ストーンは苦々しい思いに包まれた。あらゆる規則と責任を免除され、好きなことだけをやっていればいいのだから。

ダンカンは間違いなくわたしを虚仮にした。ストーンは自分に向けて言った。二階の廊下を急ぎ足に進み、共同住宅専属牧師のオフィスに行くと、ベルを鳴らした。ドアが開き、牧師の姿が見えた。デスクに向かい、仕事に没頭している牧師の顔には、疲労の皺が深く刻まれていた。「あの、牧師さん」ストーンは言った。「告白をしたいんですが、少し時間を取っていただけますか？　わたしの心にとっては差し迫ったことなんです。わたしの罪ということですが」

パトリック・ドイルは額をこすりながらうなずき、「驚いたな」とつぶやいた。「大雨か洪水だ。今日はこれまでに十人の居住者相手に告白査定機を使ったんだ。まあ、入りたまえ」彼は飽き飽きしたように、オフィスの奥にあるアルコーブを指差した。「あそこに座ってプラグを装着して。わたしは、ベルリンからのこの4‐10書類に記入しながら聞いているから」

当然の憤激でいっぱいになっているストーンは、両手をわななかせながら告白査定機の電極を頭蓋の正しい位置に装着し、それからマイクを取り上げて告白を始めた。ストーンの話に合わせて録音テープのドラムがゆっくりと回転していく。「わたしは誤った同情心に動かされて、この住宅の規約を破りました」ストーンは話しはじめた。「ただ、わたしの心にかかっている最大のものは、規約を破った行為そのものではなく、背後にある動機のほうです。その行為は、仲間である居住者への誤った姿勢から自然に派生した結果にすぎません。その居住者とは隣の部屋に住むミスター・イアン・ダンカンですが、先日の宗政試験がひどい出来で、わたしには、彼がエイブラハム・リンカーンから退去させられることになるのがはっきりとわかりました。わたしは彼と自分を同一視していました。というのも、意識下で、わたしは自分を失敗者だと、この住宅の住人としてもひとりの人間としても失格だと見なしていたからです。そこで、わたしはダンカンが合格するように点数を改竄したのです。ミスター・イアン・ダンカンに改めて宗政試験を受けてもらわなければならないのは明らかです。そして、わたしが採点したのは無効にしなければなりません」ストーンは牧師に目を向けた。だが、これといった反応はなかった。

これでダンカンとクラシックジャッグズは終わりになる。ストーンは頭の中でつぶやいた。告白査定機はすでに告白の分析を終えていた。機械からカードがぽんと跳び出し、ドイルは椅子から腰を上げてカードを取った。

カードの内容を詳細に検討したのちに、ドイルは鋭いまなざしを向けた。「ミスター・ストーン、ここには、今の告白はまったく告白ではないという査定が記されている。きみの心に実際にあるものはいったいなんなのかね？　最初からすっかりやりなおしたまえ。今の告白では充分に深く掘り下げていないし、真の論点を持ち出してもいない。再告白では、先刻、意識的にわざと誤った告白をしたというところから始めるよう勧告しておく」

「そんなことは絶対に――」ストーンはそう言いかけたものの、声はどこかに消えてしまった。狼狽のあまり感覚までが麻痺してしまったようだった。「た、たぶん、非公式な形で直接話し合ったほうがいいのかもしれません。わたしはイアン・ダンカンの試験の点数をごまかしました。これは事実です。そんなことをしたわたしの動機は、おそらく――」

ドイルがさえぎった。「きみはダンカンを妬んでいるんじゃないかね？　彼がジャグでうまくやったことで。ホワイトハウスに行けるようになったことで」

沈黙がおりた。

「その――可能性はあります」長い間を置いて、ストーンはようやくかすれ声で認めた。

「でも、だからと言って、イアン・ダンカンが本来ここに住みつづけるべきではないという事実は変わりません。わたしの動機はどうあれ、彼は退去させられるべきです。自治共同住宅規約をごらんになってみてください。こうしたシチュエーションをカバーする条項があるのは知っています」

「しかしだね、まずもって、きみは告白をせずにここから出ていくことはできない」牧師は譲らなかった。「査定機を満足させねばならんのだよ。きみは、自分自身の感情的、心理的な必要性を満足させるために、隣人を強制的に退去させようとしている。まずはそのことを告白しなさい。そのあとでなら、ダンカンに関連する規約について協議できるだろう」

ストーンはうめき声を上げ、いま一度、入り組んだ一連の電極を頭蓋に装着した。「そのとおりです」と彼はきしむような声で話しはじめた。「わたしはイアン・ダンカンを憎んでいます。それは、彼が芸術的な才能を持っていて、わたしにはそれがないからです。わたしは喜んで、十二人の隣人居住者たちによる陪審団の精査を受け、わたしの罪がどのような罰に値するかを確認してもらうことを受け入れます。ただ、イアン・ダンカンが改めて宗政試験を受けるべきであることだけは断固主張します！　これだけは絶対に譲りません——彼には、ここ、われわれのあいだで暮らす権利はないのです。このまま彼がとどまりつづけるのは、倫理的にも法的にも間違っています」

「少なくとも、自分に正直にはなっているようだな」ドイルが言った。

「実際、わたしはジャグバンドの演奏が好きなんです」ストーンは言った。「彼らの先日のささやかな演奏は気に入りました。でも、わたしは、公共の利益にかなっているとわたしが信じているものに基づいて行動しなければなりません」

告白査定機から妙な音とともに二枚目のカードが跳び出した。ストーンには機械が冷笑的に鼻を鳴らしたとしか思えなかったが、それはたぶん彼の想像にすぎなかった。

「きみは自分からどんどん深みにはまっているだけのようだな」ドイルはカードの記載を読みながら言った。「見てみたまえ」牧師は厳しい顔でストーンにカードを渡した。「きみの心には混乱した相反する無数の動機が渦巻いている。前回告白をしたのは、いったいいつのことだね？」

ストーンの顔がさっと赤くなった。「去年の八月――だったと思います」とつぶやくように言った。「パペ・ジョーンズが当時の牧師でした。ええ、八月だったのは間違いありません」正しくは七月の初めだった。

「きみに関してはたっぷり仕事をしなければならんようだな」ドイルは言ってシガリロに火をつけ、椅子にどっかりと背をあずけた。

ホワイトハウスでのプログラムのオープニング曲をなににするか、アルとイアンは紆余曲折のディスカッションと熱のこもった議論を戦わせたのち、バッハの《シャコンヌ ニ短調》に決めていた。アルは昔からこの曲が大好きだった。ただし、重音をはじめ、相当の技巧が要求される難曲でもあり、イアンはシャコンヌのことを考えるだけでナーバスになった。

曲が決まった今になって、彼は、もう少しやさしい《無伴奏チェロ組曲 第五番》を提案しておけばよかったと思った。しかし、もう遅すぎた。アルはすでに、この情報を、ホワイトハウス・アーティスト&レパートトリー部の事務局長ハロルド・スレザクに伝えてしまっていた。

「頼むから、心配するなって」アルが言った。「この曲では、おまえは第二ジャグ担当だ。おれが第二ジャグをやっていいのか？」

「いいや」イアンは言った。正直、アルが第一ジャグをやってくれるのはありがたかった。第一ジャグのパートは第二ジャグよりはるかに難しいのだ。

ジャロピー・ジャングル・ナンバー3の外では、パプーラが歩道をすべるように行き来してセールスのチャンスをうかがっていた。まだ午前十時、襟首をつかむに値するターゲットは今のところひとりもやってきていない。今日の展示販売ロットは、カリフォルニア州オークランドの坂の多い地域に設置されていた。樹々の生い茂る曲がりくねった通りが縦横に続く高級住宅街。イアンは、展示ロットの向こうにジョー・ルイス自治共同住宅の姿を認めた。奇妙な形をした印象的な建物で、千のユニットのほとんどが大金持ちの黒人の入居者で占められている。朝の光を浴びた建物は格別にきちんと手入れが行き届いているように見えた。バッジを着け、銃を手にしたセキュリティ担当者がひとり、居住者でない者が入ろうとするのを制止すべく、エントランスの前をパトロールしていた。

「スレザクはあのプログラムを了承しないわけにはいかない」アルがイアンに思い起こさせ

た。「ただし、ニコルはシャコンヌなんて聞きたくないと言うかもしれん。彼女の好みはどれもものすごく専門的で、しかも、それが四六時中変わるときてる」

頭の中で、イアンは、巨大なベッドから起き上がるニコルの姿を想像した。フリルでいっぱいのピンクのガウンを着たニコル。かたわらにはトレーに載った朝食。ニコルは承認を得るために提出されたプログラムに目を通す。彼女はすでにおれたちのことを聞いている。イアンは思う。彼女はおれたちの存在を知っている。それなら、おれたちは本当に存在していることになる。子供には、自分のやることを見てくれている母親がいなければならない。その子供と同じで、おれたちは、ニコルの視線によって初めて内実を与えられ、ニコルの合意のもとで存在を認証されるのだ。

だが、彼女が視線をそらせたら？　そうしたらどうなる？　演奏会が終わったあと、おれたちになにが起こるんだ？　ばらばらに解体されて忘却の淵に沈むのか？　ランダムな形のない原子になって、もといたところ、非存在の世界に戻るのか？　今日この日までずっと生きてきた世界に。

「それと」とアルが言った。「彼女がアンコールを求めることも考えられる。特に好きな曲をリクエストするかもしれない。調べてみたところ、彼女はシューマンの《楽しき農夫》を何度かリクエストしているようだ。わかったか？　念のために《楽しき農夫》も用意しておいたほうがいい」アルは考えこむようにジャグで最初の何音かを吹いた。

「おれにはできない」イアンが不意に言った。「最後までやれるわけがない。おれには負担が大きすぎる。きっとなにかまずいことが起きる。ニコルを喜ばせることに失敗して、おれたちはホワイトハウスから蹴り出される。永久に忘れることができないことが起きる」

「いいか」アルが言う。「おれたちにはパプーラがいる。あいつが——」アルは不意に言葉を切った。年配の男性がひとり、歩道を歩いてきた。いかにも上等そうな自然素材の灰色のスーツを着た長身で猫背の男。「なんてこった、ルークじゃないか！」アルは仰天したようだった。「これまでルークに会ったのは二回だけだ。なにかまずいことが起こったに違いない」

「パプーラを連れ戻したほうがいい」イアンが言った。パプーラはすでにルーニー・ルークのほうに動きはじめていた。

アルの顔に当惑した表情が浮かんだ。「だめだ」腰のコントローラーを必死でいじりながらアルは言った。「反応しない」

パプーラはルークの足もとに到着した。ルークは上体を曲げてパプーラをひょいと拾い上げ、そのまま小脇に抱えて展示ロットに向けて歩みつづけた。

「ルークに操作権を奪われた」アルは凍りついたようすでイアンを見た。

オフィスのドアが開き、ルーニー・ルークが入ってきた。「おまえが個人的な時間に個人的な目的のためにこいつを使ったという報告が届いている」ルークは低く重々しい声でアルに言った。「そうしてはならないことは、ちゃんと聞いているはずだ。パプーラは販売ロットに属しているのであって、操作者に属しているのではない」

「ルーク、そ、それは――」

「くびになって当然のところだが、おまえは腕のいいセールスマンだから、雇いつづけてやる。ただし、これからはこいつの助けなしでノルマを果たせ」パプーラを抱えた腕にぐいと力を入れると、ルークはオフィスを出ていこうとした。「わたしの時間は貴重なのだ。もう行かねば」彼はアルのジャグに目をとめた。「それは楽器ではないな。ウィスキーを入れる容器だ」

アルが言った。「聞いてください、ルーク、これは販促なんです。ニコルの前で演奏すれば、ジャロピー・ジャングルのネットワーク全体の名が上がります。そうでしょう？」

「名声などいらん」ルークはドアの前で立ちどまった。「わたしがニコル・ティボドーに出張サービスをすることは絶対にない。彼女には、彼女の好きなように社会を支配させておけ。わたしはわたしの好きなようにジャングルを運営する。彼女がわたしを放っておくなら、わたしのほうも彼女を放っておく。そのほうがわたしには都合がいい。この状態を壊さないでくれ。スレザクに出演できないと伝えて、この件は忘れてしまえ。いずれにしても、空の酒瓶をふーふー吹くなんぞ、まともな頭を持った大人のやることじゃない」

「それは違います」アルが言った。「芸術は日々の暮らしの一番平凡なものの中に見つかるものです。このジャグみたいな」

ルークは銀の爪楊枝で歯をつつきながら言った。「それなら、ファーストファミリーをなびかせるのにパプーラを使ったりするな。よくよく考えてみろ。おまえはパプーラなしでやってのけられると本当に考えているのか？」ルークはにやりと笑った。

　しばしの間を置いたのち、アルはイアンに言った。「ルークの言うとおりだ。パプーラがやってくれたんだよ。しかし――くそっ、とにかくやってみよう」

「ほほう、ガッツのあるところを見せたな」ルークが言う。「ガッツなどなんの意味もないが、しかし、わたしとしてもそれなりの敬意は払わなきゃならんようだ。おまえがジャロピー・ジャングルのトップセールスマンを続けてきた理由がわかった。あきらめないということだな。よし、ホワイトハウスで演奏する晩、パプーラを連れていって、翌朝返せ」ルークは丸い虫に似た生き物を放り投げた。アルはパプーラをキャッチし、大きな枕のように胸もとにしっかりと抱えこんだ。「たぶん、ジャングルにとっていいパブリシティにはなるだろう」ルークは考えこむように言った。「しかし、これだけは頭に入れておけ。ニコルはわれわれを嫌っている。われわれのおかげで、実に大勢の人間が彼女の支配の手から逃げ出したわけだからな。われわれはママの構造物に開いた穴なんだ。ママはそれを知っている」ルークは再度、金歯を見せてにやりと笑った。

　アルが言った。「感謝します、ルーク」

「しかし、パプーラはわたしが操作する」ルークが言った。「遠隔で。わたしはおまえより少しばかり腕がいい。なんと言っても、わたしがそいつを作ったんだからな」

「ええ」とアル。「どのみち、おれの両手は演奏するので手いっぱいです」

「そうとも。その瓶を操るには両手が必要だ」

ルークの口調に、イアンはなにか心騒ぐものを感じた。彼はいったいなにをするつもりだ？　だが、いずれにしても、彼とアル・ミラーにはほかに選択肢はなかった。パプーラが二人のために働いてくれることは絶対条件だ。しかも、ルークに見事な操作ができることは疑う余地もない。アルをしのぐスキルを持っていることはたったいま見せつけられたばかりだし、アルは、ルークが言うとおり、自分のジャグを吹くのに忙しいのだから。だが、それでも……。

「ルーニー・ルーク」イアンは言った。「ニコルに会ったことはあるんですか？」唐突にひらめいた、直感的に浮かんだ質問だった。

「ああ」ルークは落ち着いた口調で言った。「遠い昔のことだ。わたしは指人形をやっていた。父と二人で国じゅうを旅して、指人形ショーをやっていた。最後はホワイトハウスで披露した」

「ホワイトハウスでなにがあったんです？」イアンはたずねた。

ルークは一瞬の間を置いて言った。「彼女は——歯牙にもかけなかった。われわれの人形が猥褻だとかなんとか言った」

それであなたは彼女を憎んでいるんだ。イアンは思った。彼女を許せないんだ。

「本当に猥褻だったんですか？」イアンはたずねた。

「いいや」ルークが言う。「確かに出し物のひとつはストリップショーだった。女の子の人形の寸劇だ。だが、それまで誰も文句を言った者はいなかった。猥褻だと言われて、父はひどいショックを受けたが、わたしは気にもしなかった」ルークは平然と言った。

アルが言った。「そんなに昔からニコルはファーストレディだったんですか？」

「そうとも。ニコルはもう七十三年間、ファーストレディの地位にある。知らなかったのか？」

「そんなことはありえない」アルとイアンがほぼ同時に言った。

「ところが、そうなんだ」とルーク。「彼女はもうとんでもない婆さんだ。間違いなく。グランドマザーだな。だが、今でも彼女は元気そうに見える。とにかく、彼女に会えばわかる」

イアンは茫然と言った。「テレビだと――」

「ああ。テレビだと確かに二十歳くらいに見える。しかし、歴史の本をひもといてみれば……と言っても、もちろんGe以外には誰も見ることを許されていない本当の歴史書だ。例の宗政試験用に与えられている参考書じゃなくてな。その本当の歴史書を見てみれば、自分で計算できる。事実はすべてそこにある。どこかに記されている」

そんな事実なんて意味がない。イアンは思った。ニコルが常に変わらず若々しいのは自分のこの目で見ることができるのだから。おれたちは毎日その姿を目にしているのだから。

ルーク、おまえは嘘をついている。おれたちは知っている。おれたちの誰もが知っている。アルは本物の彼女を見たんだ。もし彼女が本当にそんな年寄りなら、アルには必ずわかったはずだ。おまえは彼女を憎んでいる。それが動機だ。イアンは身震いして、ルークに背を向けた。この人物とはいっさいかかわりたくなかった。七十三年間ファーストレディの地位にあるということは、ニコルは今では九十歳以上だということではないか。そう思ってイアンはおののき、その思考をシャットアウトした。少なくともシャットアウトしようとした。

「せいぜい頑張るんだな」ルークは爪楊枝を噛みながら言った。


最悪だったな、政府がこの今、精神分析医を廃業させてしまったのは。アル・ミラーはそう思い、オフィスの向こう側にいるイアン・ダンカンを見やった。今のおまえは絶対に精神分析医の助けが必要だ。だが、確かひとりだけ残っている分析医がいたのではなかったか。そんなニュースをテレビで見た。ドクター・スパーブとかなんとかいう分析医。

「イアン」とアルは言った。「おまえには助けが必要だ。このままだとニコルの前でジャグを吹けるわけがない。今みたいな精神状態では絶対に無理だ」

「おれは大丈夫だ」イアンは素っ気なく言った。

アルが言う。「これまで精神分析医に診(み)てもらったことはあるか?」

「二度。大昔に」

「分析医は薬物療法よりましだと思うか?」

「なんだって薬物療法よりはましだ」

アルは思った。ドクター・スパーブというのがUSEA全域でただひとり、今も診察を続けている分析医だとしたら、とんでもない状態になっていることは疑いようもない。新しい患者を受け入れる余裕などとうていないだろう。

そうは言ってもダメもとだと、アルは電話番号を調べ、受話器を上げてダイヤルした。

「誰に電話するんだ？」イアンが疑わしげに言った。

「ドクター・スパーブ。最後の——」

「知ってる。誰のためだ？　おまえか？　おれか？」

「両方だな」

「でも、おれが第一だ」

アルは答えなかった。若い女性が——大きくて形のよい高々と突き出した胸の女性が——画面に現われ、耳に彼女の声が届いた。「ドクター・スパーブのオフィスです」

「ドクターは今、新しい患者を受け付けていますか？」アルは彼女の画像をじっくりと観察しながら言った。

「はい、受け付けています」力強い確固たる口調で彼女は言った。

「すばらしい！」アルは大喜びしつつも驚いていた。「わたしと連れとでうかがいたいんです。いつでも、そちらの都合のよい時に。早いほどありがたいんですが」アルは自分とイアンの名を告げた。

「今日の午後四時ではいかがでしょう？」

「結構です。本当にありがとう、ミス。マーム」アルは荒々しく受話器を置いた。「やったぞ！」とイアンに言う。「これで、心配事は、プロとして補佐する資格を持った人物と徹底的に話し合えばいい。おまえは、母親のイメージの話をするんだぞ――今の受付嬢を見ただろう？　なぜかって言うと――」

「おまえひとりで行けよ」イアンが言った。「おれは行かない」

アルは静かに言った。「おまえが行かないのなら、おれはホワイトハウスでジャグを演奏しない。だから、行ったほうがいい」

イアンはアルをにらみつけた。

「本気だ」とアル。

気まずい沈黙が続いた。

「わかった、行くよ」イアンがようやく言った。「でも、一度だけだ。今日だけで、あとは行かない」

「それは医者の判断次第だ」

「いいか」イアンが言う。「ニコル・ティボドーが九十歳だったとしたら、どんな精神療法もおれを助けてはくれない」

「おまえはそこまで彼女に夢中になっているのか？　一度も見たことのない女性に？　妄想だよ。なぜって、おまえが夢中になっているのは――」アルは手ぶりを交えて「幻想なんだから。自分で作り上げた非現実の存在なんだから」

「なにが非現実で、なにが現実だって言うんだ？　おれにとって、ニコルはほかのなによりもリアルだ。それを言うなら、おまえよりも。おれ自身よりも、おれの人生よりも」

「なんとまあ――すごいな」アルは感銘を受けた。「少なくとも、おまえには、なにかのために生きる、そのなにかがあるってことだ」

「そうだ」イアンはうなずいた。

「スパーブがなんと言うか……。これが――仮に妄想だとして――どれほど異常かだけをきいてみてもいい」アルは言って肩をすくめた。「おれが間違っているかもしれん。間違っていないかもしれん」もしかしたら、正常でないのはおれとルークのほうかもしれん。アルにとっては、たとえばルークのほうが、ニコル・ティボドーよりもはるかにリアルで、はるかに影響力のある存在だった。だが、あの時、おれは生身のニコルを見ている。イアンは見ていない。これが決定的な違いを生んでいる。ただ、それがどういうことなのかははっきりとはわからなかった。

アルはジャグを取り上げて、改めて練習にかかった。しばしの間を置いて、イアンもジャグを取り上げ、合奏に加わった。二人は一緒にジャグを吹きつづけた。

10

小柄で痩身の陸軍少佐が直立不動の姿勢で言った。「フラウ・ティボドー、国家元帥ヘルマン・ゲーリング閣下であります」

あろうことか、白いトーガふうのローブをまとい、ライオンの子供のように見える動物につないだ革ひもを握った、がっしりした体軀の男が進み出て、ドイツ語で言った。「お会いできて嬉しく思います、ミセス・ティボドー」

「国家元帥閣下」ニコルが言った。「今いるのがどこか、おわかりかしら？」

「ええ」ゲーリングはうなずいた。子ライオンに向けて厳しい口調で「Sei ruhig（静かに）、マルジ」と言い、体を撫(な)でて落ち着かせた。

　このようすをベルトルト・ゴルツはじっと見つめていた。彼は、フォン・レッシンガー装置を使って、ほんの少し未来に来ていた。実時間でニコルがゲーリングの移送を完了させるのが待ち切れなくなったのだ。さあ、現場にやってきた。正確には七時間後に到来するはずの現場に。

　フォン・レッシンガー装置があれば、いくら国家警察(NP)の警備要員がいようと簡単にホワイトハウスに侵入できる。ゴルツははるかな過去――ホワイトハウスが建造される以前の時代に行き、その後、この近未来に戻ってきただけのことだった。このような移動はすでに何度かやっていたし、今後もやるはずだった。それがわかっているのは、未来の自分に追いついて、その行動の現場をまのあたりにするという経験を繰り返してきたからだった。この自分との出会いは、ゴルツをおもしろがらせた。単にニコルを自由に観察できるというだけでなく、過去と未来の自分までもが観察できるのだ。未来――少なくとも可能性という意味においての未来。実際の未来ではなく、潜在的な未来。彼の目の前に広がる、無数の〝おそらく〟の景観。

ニコルとゲーリングは取引をすることになる。ゴルツはそう判定した。最初は一九四一年から、次いで一九四四年から連れてこられた国家元帥ゲーリングは、一九四五年の荒廃したドイツの姿を見せられる。ナチを待ち構えている終焉(しゅうえん)をまのあたりにし、ニュルンベルク裁判の被告席にいる自分の姿を、果ては、座薬に封入した毒で自分が自殺するところまでを見せられる。控えめに言っても、これには相当の影響を受けることだろう。彼が取引を考えるのは想像に難くない。ナチの人間は、普通の状態でも取引にかけてはエキスパートばかりなのだ。

未来から、第二次大戦終結後に登場した驚異の兵器を二つ三つ持ってくれば、〈蛮行の時代〉は継続する。十三年どころではない。ヒトラーが高らかに宣言したとおり、千年でも存続する。殺人光線、レーザービーム、百メガトン級の水素爆弾……これらは第三帝国の軍事力を著しく増強させる。加えて、ロケット兵器——当時、実用化に成功したのはV－2までだったが、ナチは今や、V－3、V－4と続々新しいロケットを送り出していけるのだ。必要とあれば際限なく。

ゴルツは眉根を寄せた。これとは別に、ありうべき未来はかぎりなくある。周囲に渦巻く濃密な霧——ほとんどオカルトと言っていい闇に包まれた、無数のパラレルワールド。いくら可能性が低いとはいっても、実現の可能性がゼロではない無数の未来。そこにはいったい、どんなものがあるだろう？ ただ、どの未来であれ——どんな危険な未来であれ、今明確に示されている未来よりもましなことだけは確かだ。驚異の兵器を与えられた結果、進展していく未来よりは——。

「誰だ」ホワイトハウスのNP要員がゴルツの姿を見つけて大声を上げた。ゴルツはボグ・オーキッド・ルームの一角になかば隠れるようにして立っていた。NPは即座にピストルを抜き、狙いを定めた。

ティボドーとゲーリングと四人の軍事アドバイザーのあいだで進められていた会談が途切れ、全員がゴルツとNP要員のほうを振り向いた。

「フラウ」ゴルツはゲーリングの挨拶を真似て言うと、自信に満ちた足どりで歩み出た。このシーンはフォン・レッシンガー装置によってすでに確認ずみだった。「わたしが誰かはわかっているはずだ。饗宴をぶち壊す客だよ」ゴルツはくすくすと笑った。

だが、当然ながらホワイトハウスもフォン・レッシンガー装置を持っている。ゴルツ同様、ホワイトハウス側もこの事態は前もって予期していた。このように姿を現わせば、死に至る可能性もある。しかし、姿を見せることは避けられない。その点では、それ以外の時間線は分岐していない……ゴルツの望むような形の時間線は。ゴルツは、最終的に、自分が誰であるかを知られないままでいられる未来は存在しないことを、とうの昔に学んでいた。

「別の時にして、ゴルツ」ニコルが不快感もあらわに言った。

「今しかないんだよ」ゴルツは言ってニコルのほうに歩き出した。

NPはニコルに目をやって彼女の指示を待った。完全に困惑しているようだった。

ニコルはNPに向けて苛立たしげに、なにもするなというふうに手を振った。

「何者だ?」国家元帥がゴルツをしげしげと眺めながら言った。

「ただの貧しいユダヤ人だ。イスラエル首相のエミール・シュタルクのようなユダヤ人ではない。ところでニコル、先の約束とは異なって、シュタルクはこの場にはいないようだな。国家元帥殿、貧しいユダヤ人は数え切れないほどにいる。あなたの時代にも、この時代にも。わたしには、あなたが奪い取ることのできるような文化的・経済的な価値はいっさいない。芸術作品も金(ゲルト)もない。残念ながら」ゴルツは会談のテーブルの一角に腰をおろし、ピッチャーの冷たい水をグラスに注いだ。

「そのペットのマルジとやらは野生なのか? ヤー・オーダー・ナイン?」

「ナイン」ゲーリングは言って、慣れた手つきで子ライオンをなだめた。ゲーリングはテーブルの上にライオンを置いて着席していた。ライオンは目をなかば閉じ、おとなしく体を丸めた。

「わたしの存在、ユダヤ人としての存在は、必要とされていない。なぜエミール・シュタルクがこの場にいないのか。どうしてなんだ、ニコル？」ゴルツはニコルを見据えた。「国家元帥の気分を害するのを恐れたのか？　不思議だな……ヒムラーは、アイヒマンを通してハンガリーのユダヤ人たちと取引をしたというのに。しかも、国家元帥指揮下のドイツ空軍にはユダヤ人の将官もいる。ミルヒ元帥とか言ったか。そうですな、国家元帥殿？」ゴルツはゲーリングに向きなおった。

　ゲーリングは苛立ちもあらわに言った。「ミルヒのことはよく知らない。いい人物だが――言えるのはせいぜいその程度だ」

「そうら」と、ゴルツはニコルに言った。「ヘル・ゲーリングはユダヤ人と取引することには慣れっこなんだ。そうですな、ヘル・ゲーリング？　いや、お答えいただく必要はない。この目でちゃんと観察してきましたから」

　ゲーリングはいかにも不機嫌なようすでゴルツをにらみつけた。

「そこで、今回の取引だが――」ゴルツは本題に入ろうとした。

「ベルトルト」ニコルが猛々しく口をはさんだ。「ここから出ていって！　これまで、わたしはあなたの部下の喧嘩っ早い連中が好きなように街なかをうろつくのを許してきた――でも、あなたがこれに干渉するのであれば、一斉検挙するわ。この会談でのわたしの目的はわかっているわね。ほかならぬあなたこそ賛成すべきことなのに」

「しかし、わたしは賛成しない」

軍事アドバイザーのひとりが言った。「なぜだ？」

「なぜなら、あなたがたの援助のもとに、ひとたび第二次世界大戦に勝利してしまえば、彼らはいずれにしてもユダヤ人を皆殺しにするからだ。それもヨーロッパと白系ロシアのユダヤ人だけではない。イギリス、合衆国、ラテンアメリカのユダヤ人もすべて殺戮する」ゴルツの口調は冷静だった。要するに彼はその現場を見たのだ。フォン・レッシンガー装置を使って、この恐るべき未来のいくつかを実際に探査したのだ。「忘れないように——ナチにとっては、世界じゅうのユダヤ民族の殲滅こそ、この戦争の目的だということを。単なる副産物などでは決してないことを」

沈黙がおりた。

ニコルがNPに言った。「排除して」

NPはピストルを構え、ゴルツに向けて発射した。

銃口が向けられると同時に、完璧なタイミングで、ゴルツは自身を取り巻くフォン・レッシンガー効果にコンタクトした。現場の光景が、参加者ともども、ぼやけて消えた。彼は同じ部屋、ボグ・オーキッド・ルームにとどまっていたが、ほかの人々は消え去っていた。彼はひとりきりだった。今の彼は、フォン・レッシンガー装置によって呼び出されたこの未来が織りなす亡霊の群れのただなかにあった。

交錯し混濁する時間流のなか、異様なシチュエーションに巻きこまれている念動力者リヒャルト・コングロシアンの姿が見えた。まず、洗浄の儀式のさなかのコングロシアン、次いで、NP長官ワイルダー・ペンブロークとともにいるコングロシアン。ペンブロークがなにかをやったらしいが、それがなにかは見定めることができなかった。続いて、ゴルツは自分自身の姿をとらえた。最初は、とてつもない権力を掌握している自身、それが不意に、不可解にも、死んでいる自分の姿になった。ニコルもまたゴルツのヴィジョン領域を漂っていき、次々と、彼には理解できない新しい形に変容していった。この未来ではいたるところに死が存在しているようだった。死がすべての人を待ち受けているポテンシャルであるように思えた。これはなにを意味しているのだろう? 幻覚症か?

確実性の崩壊はリヒャルト・コングロシアンに直結しているように見える。これは念動力の効果なのだ。この未来の構造が捻じれ歪(ゆが)められているのは、コングロシアンの超心理学的な能力によるものなのだ。

コングロシアンがこれを知っていたならば……。所有者自身にとってすら謎の、この超常的な力。コングロシアンは精神の病(やまい)の迷宮にからめとられていて、事実上、機能不能であるにもかかわらず、なお、この果てしなく連続する〝明日〟に、われわれの前方に続く未来の景観のいたるところに強大な力を及ぼし、なおもその影のごとき姿を遍在させている。これに——われわれすべてにとって根源的な謎(エニグマ)であり、これからも謎でありつづけるだろう、この人物の内に——入りこむことさえできれば……そうすれば、わたしはすべてをこの手につかむことができる。未来はもう不完全な影で構成されたものではなくなる。通常の理性では、少なくとも現在のわたしの理性では、決して解きほぐすことのできないほどに絡み合い融け合った、無数の影の渦巻く集合体ではなくなるのだ。

フランクリン・エイムズ神経精神医学病院の個室で、リヒャルト・コングロシアンは大きな声で宣言した。「わたしは完全に透明になった」片腕を上げてみたが、なにも見えなかった。「ついにその時が来た」そう付け加えたが、その声は聞こえなかった。音声もまた知覚不能なものになっていた。「これからどうしたらいいんだ？」コングロシアンは四方を囲む壁に向けてたずねた。

答えは返ってこなかった。コングロシアンは完全にひとりきりだった。生命あるものとの接触はいっさいなくなってしまったのだ。

ここから出なければ。助けの手を探さなければ。ここではもういかなる助けも得られない。医者たちは、この病のプロセスを把握できなくなっている。

いい、いい、いい、ジェンナーに戻ろう。息子のもとに。

ドクター・スパーブであれ誰であれ、医療関係者を探しても意味はない。薬物治療であろうとなかろうと関係ない。治療を求める段階は終わった。今は――新しい段階に入った。この段階はなにで構成されているのか。まだわからない。でも、いずれわかるだろう。この段階を生き抜くと仮定して。だが、どの点から見ても事実上、すでに死んでいると言っていい今、いったいどうすれば〝生き抜く〟などということが可能なのか。

そうなのだ。コングロシアンは自分に言った。わたしは死んだのだ。それなのに、まだ生きている。

謎だ。彼には理解できなかった。

おそらく――と彼は思う。わたしがいま探し求めなければならないのは〝再生〟なのだ。

彼はやすやすと――彼の姿は誰にも見えないわけだから――部屋を出て廊下を階段まで行き、階段をおりて、裏口からフランクリン・エイムズ病院の外に出た。そして今、彼は見知らぬ通りの歩道を歩いていた。サンフランシスコのどこか、坂の多い地域で、周囲には高層マンションが建ち並んでいる。その多くは第三次世界大戦前に建てられたものだ。

コングロシアンは注意深く、セメント舗装の割れ目を踏まないようにしながら進んでいった。割れ目を踏んでしまうと、経路に沿って臭いの筋が残ってしまうが、踏まなければ、さしあたり不快な臭いの痕跡を消していくことができた。

恐怖性体臭を相殺する一時的な洗浄の儀式――これを見つけ出したということは、わたしは間違いなく良くなっているということだ。依然として透明なままだという事実は別にして――。

透明なままで、どうやってピアノが弾けるというのだろう？　彼は自問した。これは明らかに、わたしのキャリアが終わりだということを意味している。

その時不意に、コングロシアンはメリル・ジャッドのことを思い出した。AG製薬の精神薬開発主任。ジャッドは、わたしを助けてくれることになっていた。すっかり忘れていた。

透明になったことに興奮しきっていて。

オートキャブをつかまえれば、AG製薬に行ける。

彼は通りを走ってきたオートキャブを呼びとめようとしたが、キャブは彼に気づかなかった。コングロシアンはがっかりしてキャブが走り去るのを見送った。純正な電子機器は今でもわたしをキャッチできるものだと思っていたのに、そうではないようだ。

AG製薬ベイエリア支社まで歩いていけるだろうか？　彼は自問した。

そうせざるをえない。通常の公共交通機関に乗るわけにはいかない。ほかの人たちに対してフェアではない。

ジャッドの手には負えないのではなかろうか。恐怖性体臭を除去するだけでなく、いま一度、わたしを目に見える存在に戻さなければならないというのは。コングロシアンの心に、無力感が広がっていった。できるわけがない。彼らの能力を超えている。絶望的だ。わたしは再生を試みる努力を続けるしかない。ジャッドに会ったらたずねてみよう。再生という方向のもとで、AG製薬がわたしに対してなにができるか。なんと言っても、AG製薬は、全ヨーロッパ・アメリカ合衆国（USEA）で、カープに次いで巨大かつ強大な経済企業体ではないか。もっと大きな経済企業体を見つけようとすればソ連に戻るしかない。

AG製薬は薬物療法に多大な自信を持っている。再生を促進する薬剤を保有しているかどうか確認させてもらおうじゃないか。

あれこれと考えつつ、同時に歩道の割れ目を踏まないよう注意しつつ歩いていたコングロシアンは不意に、行く手になにかがいるのに気づいた。平たい皿のような形のオレンジ色の体をした生き物。触角がゆらゆらと揺れている。それを目にとめたのと同時に、コングロシアンの脳内にひとつの思考が形成された。

「再生……そう、新しい人生だね。地球での生活は終わって、別の世界で新しい人生が始まるんだ」

火星か！

コングロシアンは足を止めて言った。「きみの言うとおりだ」彼の目の前の歩道にいたのはパプーラだった。コングロシアンはあたりを見まわした。さほど遠くないところにジャロピー・ジャングルがあるのが見えた。陽の光を浴びて、ずらりと並んだジャロピーがきらきらと輝いている。展示ロットの中央には小さなオフィスビルがあり、このジャングルの支配人がいた。コングロシアンはオフィスに向けて慎重に歩を運びはじめた。パプーラもあとに続いた。コングロシアンについていきながら、パプーラはコングロシアンに思念を送った。

「AG製薬のことはもう忘れて……あの人たちにはなにもできないよ」

そのとおりだ。コングロシアンは思った。なにもかももう完全に手遅れだ。あの時、ジャッドが即刻なにかを持ってきていたら話は違っていたかもしれない。しかし、今となっては――。

コングロシアンははっと気づいた。パ、プ、ー、ラ、に、は、わ、た、し、の、姿、が、見、え、る、ん、だ、。少なくともなんらかの器官か統覚機能でわたしを測定し、感知している。しかも――わたしの臭いを嫌がっていない。

「全然」パプーラが彼に話しかける。「ぼくには完璧にすてきな匂いです。不快感などまったくありません。本当にこれっぽっちも」

コングロシアンは再度足を止めて言った。「火星ではいつもこんなふうなのか？　誰にもわたしの姿が見えて——少なくとも感知できて、しかも、わたしのほうはみんなに嫌な思いをさせることもない」

「火星にはテオドルス・ニッツのコマーシャルはいません」パプーラの思念が届き、コングロシアンの高ぶった意識の内で明確な形を取っていった。「あそこでなら、少しずつ汚染が発散していきます。ピュアでまっさらな環境の中で。さあ、オフィスに入って、ミスター・コングロシアン。そして、営業主任のミスター・ミラーと話をしてください。ミスター・ミラーは心底からあなたのためになりたいと思っています。彼はあなたの要望を満たすために存在しているんです」

「ああ」コングロシアンは言って、オフィスのドアを開いた。目の前に先客が立っていた。ジャロピー・ジャングルの営業主任が契約書に必要事項を書きこむのを待っている。痩せて頭の薄くなりかけた長身の客は居心地が悪そうで、そわそわしていた。彼はコングロシアンにちらりと目をやると、一歩脇によけた。

臭いが不快感を与えたのだ。

「申しわけない」コングロシアンは口ごもりながら謝った。

「さあて、ミスター・ストライクロック」営業主任は先客に向けて、「ここにサインしてもらえれば――」と言って、契約書をくるりと逆向きにし、万年筆を差し出した。

客は手を引きつらせながらサインをすると、一歩あとじさった。緊張で震えているのがわかった。

「ぼくの人生最大の決断の時なんですよ」彼はコングロシアンに言った。「自分ひとりでこんなことを決める勇気はまるでありませんでした。でも、精神分析医が言ってくれたんです。ぼくにとってベストの選択だって」

「誰ですか、あなたの精神分析医は？」コングロシアンは当然の関心をそそられて言った。

「ひとりしかいません。今はね。ドクター・エゴン・スパーブです」

「わたしもだ！」コングロシアンは叫んだ。「スパーブはとてもいい人物だ。今回はまだ会ってなくて、話をしただけだが」

客はコングロシアンの顔をつくづくと眺め、それから、とてもつらそうにゆっくりと言った。「あなたが電話の相手だったんですね。ドクター・スパーブのオフィスに電話したでしょう。ぼくはあの時、オフィスにいたんです」

ジャロピー・ジャングルの営業主任が口をはさんだ。「ミスター・ストライクロック、一緒に展示場に行ってもらえれば、取扱説明書の内容についてご説明をしますよ。単に安全を期してということですけどね。それと、気に入ったジャロピーを選んでもらえます」それから、コングロシアンのほうを向いて、「そちらのお話はすぐにうかがいますので、申しわけありませんが、少しだけ待っていてください」

コングロシアンは突っかえながら言った。「わ、わたしの姿が見えるのか？　わたしの話を聞いてくれるのか？」

「どなたの話だってうかがいますよ」営業主任は言った。「時間さえくだされば」そして、彼はストライクロックと一緒にオフィスを出ていった。

「落ち着いて」コングロシアンの頭の中でパプーラが言った。パプーラはオフィスにとどまっていた。明らかに、コングロシアンの相手を続けるつもりだ。「なにもかもうまくいきます。アルはゆっくりあなたの話を聞いてくれます。すぐに、います〜ぐに」パプーラは歌うように言った。コングロシアンをあやすように。「なにもか〜もうまくいきま〜す」

不意に先客のミスター・ストライクロックがオフィスに戻ってきた。コングロシアンに向かって「やっと思い出しました、あなたが誰か！　ホワイトハウスでいつもニコルのために演奏している世界的なピアニスト、リヒャルト・コングロシアンだ！」

「ええ」コングロシアンは自分に気づいてもらえたことが嬉しかった。ただ、単に安全を期してのことながら、不快な思いをさせることがないよう、注意深くストライクロックとの距離を開いた。「驚いた」コングロシアンは言った。「あなたにもわたしが見えるんだ。ついさっきまで、わたしは透明になってしまっていて……実際、エゴン・スパーブとの電話で話していたのも、そのことなんだ。今は、再生の道を模索している。移住しようというのも、それが理由だ。わたしにとって、ここに、地球になんの希望もないのは明々白々だから」

きりで」

「その気持ちはよくわかります」チックはうなずきながら言った。「ぼくは今朝、仕事を辞めました。地球にいる誰とも、もうどんなつながりもありません。弟とも、そして——」チックは言葉を切った。顔が暗くなっていた。「誰とも。ぼくはひとりで出発します。ひとりきりで」

「そうだ」コングロシアンは衝動的に言った。「一緒に移住するというのはどうだろう？　それとも——わたしの恐怖性体臭が我慢ならないというのであれば……」

ストライクロックは、コングロシアンがなにを言っているのかわからないようだった。

「一緒に移住する？　土地の出資にもパートナーとして加わるってことですか？」

「金ならいくらでも持っている」コングロシアンが言う。「演奏会には数え切れないほど出たから。二人分でも簡単に出せる」資金の面はコングロシアンにとってはまったく問題ではなかった。さらに、この申し出はミスター・ストライクロックを助けることにもなるだろう。なんと言っても、仕事を辞めたばかりだというのだから。

「確かに、二人でならなんとかやっていけるかもしれませんね」ストライクロックは考えこむように言い、頭をゆっくりと上に下にと動かした。「火星での生活はとんでもなく寂しいものになるはずです。シミュラクラは連れていけるかもしれないが、それ以外には、隣人もまったくいない。実を言うと、ぼくはこれまでずっとシミュラクラを相手にしてきたもので、残りの人生を彼らだけを相手に過ごすと考えるだけで、気分が重くなっていたんですよ」

営業主任のミスター・ミラーが少しばかり狼狽したようすで戻ってきた。

「ぼくたちにジャロピーは一台でいい」ストライクロックが言った。「コングロシアンとぼくは一緒に移住する、パートナーとして」

ミラーは達観した面持ちで肩をすくめた。「それなら、お二人には、もう少し大型のモデルをお見せしましょう。家族サイズのモデルを」ミラーがオフィスのドアを押さえ、コングロシアンとチックは展示ロットに歩み出た。「お二人はお知り合いなんですか？」

「今の今まで知らなかった」ストライクロックが言った。「ただ、ぼくたちは二人とも同じ問題を抱えている。どちらも、ここ、地球では目に見えない人間なんだよ——言ってみればね」

「そのとおり」コングロシアンが言った。「わたしは人間の目には完全に見えない存在になってしまった。明らかに移住すべき時だ」

「ええ、そういう状況なら、わたしもきっとそう言うでしょう」ミラーは辛辣な口調で同意した。


電話をしてきた男が言った。「AG製薬のメリル・ジャッドといいます。お邪魔をして申しわけありませんが——」

「どうぞ続けて」ジャネット・レイマーは、彼女らしい形できちんと整えられた小さなデスクに着いた。ジャネットが秘書にうなずくと、秘書は即座にオフィスのドアを閉め、ホワイトハウスの廊下のざわめきを閉め出した。「リヒャルト・コングロシアンに関係があることだと言うのね」

「そのとおりです」画面上でメリル・ジャッドの小さな顔がうなずいた。「それで、あなたに連絡しなければと思ったんです。コングロシアンとホワイトハウスは緊密な関係にありますから。わたしにも、当然あなたが知りたがる情報だろうと思えました。三十分ほど前に、わたしはサンフランシスコのフランクリン・エイムズ神経精神医学病院にコングロシアンをたずねました。彼はいなくなっていました。病院のスタッフは彼の居所を突きとめられませんでした」

「わかったわ」

「明らかに彼はきわめて危うい状態にあります。彼が話したことからすると――」

「ええ」とジャネット。「彼はきわめて危うい状態にあるわ。ほかにわたしたちが知っておくべき情報はお持ち？　ないようだったら、こちらでただちにこの件に着手します」

ＡＧ製薬の精神薬開発主任はほかの情報は持っていなかった。彼は電話を切り、ジャネットは内線でホワイトハウスのいくつかのステーションに問い合わせたのち、ようやく名目上の上司であるハロルド・スレザクをつかまえることができた。

「コングロシアンが病院を抜け出して失踪しました。どこに行ったのかはわかりません。ジェンナーに戻った可能性はあります――もちろん、これはただちにチェックします。率直に言って、この捜索にはＮＰに加わってもらうべきだと思います。コングロシアンは不可欠です」

「〝不可欠〟」スレザクはおうむ返しに言い、鼻にしわを寄せた。「とりあえず、われわれは彼が好きだということにしておこう。彼なしでやりくりしなければならないなどという事態は、われわれの望むところではない。警察の介入についてはニコルの許可を得る。このシチュエーションに対するきみの判定は正しいと思う」スレザクは礼儀のかけらも見せず、いきなり電話を切った。ジャネットも切った。

彼女にできることはすべて終わった。この件はジャネットの手を離れた。

ふと気づくと、いつのまにかNPがひとり、ノートを手に、オフィスに立っていた。ワイルダー・ペンブローク——彼が長官になる前にも、ジャネットは何度となく顔を合わせている——は、彼女の向かいに腰をおろし、メモを取りはじめた。「フランクリン・エイムズ病院はすでにチェックした」NP長官は考えこむようにジャネットを見つめた。「コングロシアンがドクター・エゴン・スパーブに電話をした可能性はありそうだ。スパーブが何者かは承知しているな？　ただひとり残っている精神分析医だ。失踪後の足どりはつかめていない。きみが知っている範囲で、これまでコングロシアンはスパーブに会っていたか？」

「ええ、もちろん」ジャネットは言った。「以前から」

「きみはコングロシアンがどこに行ったと考えている？」

「ジェンナーを別にすれば——」

「ジェンナーにはいない。あのエリアにはすでに人を派遣している」

「それなら、わたしには見当がつかないわ。スパーブに聞いてみて」

「それもすでに進めている」

ジャネットは笑い出した。「きっとベルトルト・ゴルツの一団に参加したのよ」

長官はおもしろがる素振りも見せず、厳しい顔のまま言った。「その方面も当然調査する。さらに、常にありうる可能性として、ルーニー・ルークの販売ロットのどれかに駆けこんだということも考えられる。例の神出鬼没のジャロピー・ジャングルだ。どういうわけか、あの販売ロットは常に的確な時間・的確な場所に現われるように思えてならない。どうしてそんなことをやってのけられるのかは見当がつかないが、ともかく、いつもそうなのだ。あらゆる可能性の中で――」ペンブロークはなかば自分自身に向けてしゃべっていた。ひどく動揺しているようだった。「わたしの考えるかぎり、それが最悪のシナリオだ」

「コングロシアンが火星に行くことは絶対にないわ」ジャネットは言った。「火星には彼の才能を発揮できるマーケットはいっさいないのだから。火星の住人たちはコンサートピアニストなど必要としていない。それに、コングロシアンは見かけはエキセントリックでいかにも芸術家ふうだけれど、本当は臆病なの。本人もそのことはわかっているわ」

「演奏はあきらめるかもしれない」ペンブロークが言う。「なにか、もっといいもののためなら」

「念動力者がいったいどんな農夫になれるというの？」

「コングロシアンがいま考えているのも、まさにその点だろう」

「思うに――それなら、奥さんと息子を連れていきたいんじゃないかしら」

「たぶん、そうは思っていない。おそらくはそれが最大のポイントだ。きみは彼の息子に会ったことがあるか？　子供に？　ジェンナーの一帯について、あそこでなにが起こったかは知っているか？」

「ええ」彼女は硬い口調で言った。

「それなら、わかっているはずだ」

二人とも口を閉ざした。

イアン・ダンカンが、ドクター・エゴン・スパーブのデスクの前の座り心地のいい革椅子に腰をおろしたとたん、NPの一隊がオフィスに乱入してきた。

「診療はあとまわしにしてもらう」顎のとがった若い隊長が言って、ドクターに身分証をちらりと示した。「リヒャルト・コングロシアンがフランクリン・エイムズ病院から失踪して、われわれは彼の居場所を突きとめるべく捜索を進めている。あなたに連絡はあったか？」

「病院を出たあとは、連絡はない」ドクター・スパーブは言った。「その前、まだ病院にいる時に電話をしてきたが——」

「そのことはわかっている」隊長はスパーブを見据えた。「コングロシアンが〈ヨブの息子たち〉に加入した可能性はあると思うか？」

スパーブは即座に答えた。「絶対にありえない」

「結構」隊長はその言葉を書きとめた。「あなたの意見を聞かせてほしい——ルーニー・ルークの連中に近づく可能性は？　ジャロピーを使って移住する、もしくは移住を試みる可能性は？」

長い沈黙ののち、ドクター・スパーブは言った。「その可能性は大いにあると思う。彼は社会や人間との関係を絶つことを必要としている――それを永遠に探し求めている」

隊長はノートを閉じ、振り向いて隊員たちに言った。「そういうことだ。販売ロットをすべて閉鎖する」そして、携帯コムに向けて、「ドクター・スパーブは販売ロットについては肯定、〈ヨブの息子たち〉については否定的。われわれとしてはドクターの見解に即して行動すべきと考える。ドクターは確信があるように思える。即刻サンフランシスコ・エリアをチェックして、販売ロットが来ていないかどうかを確認せよ。以上」彼は携帯コムを切り、改めてスパーブに向いて言った。「助力に感謝する。彼が連絡してきたら、われわれに通報するように」彼は名刺をスパーブのデスクに置いた。

「彼に――手荒な真似をしないでくれ」スパーブは言った。「彼を見つけたとしても。彼の状態はひどく、ひどく悪い」

隊長はスパーブをちらりと見てかすかな笑みを浮かべ、そののち部隊をオフィスから退去させた。ドアが閉まり、イアン・ダンカンとドクター・スパーブは再び二人だけに戻った。

異様にかすれた声でイアンが言った。「相談はまた別の時にさせてもらわなきゃなりません」よろよろとイアンは立ち上がった。「さよなら」

「どうしたんだね？」スパーブも立ち上がって言った。

「行かなきゃならないんです」イアンはドアにつかみかかり、なんとか開けたのちに出ていった。ドアがバタンと閉じた。

妙だ。スパーブは思った。あの男――ダンカンと言ったか――は、自分が抱えている問題を口にする機会すらなかった。NPが現われたことが、どうして彼をあんなに動揺させたのだろう？

しばし考えてみたものの、答えは見つからなかった。スパーブは改めて腰をおろし、ボタンを押して、アマンダ・コナーズに、次の患者に入ってもらうようにと伝えた。待合室はこの時間もまだ患者でいっぱいで、男たちは（女性の多くも）こっそりと、アマンダと彼女の動きを逐一見つめていた。

「はい、ドクター」アマンダのやわらかな声が聞こえ、スパーブを少なからず元気づけた。

ドクターのオフィスを出るや、イアンは必死にオートキャブを探した。すぐにアルに伝えなくては。このままだとアルはNPに捕まってしまう。そうしたら、ダンカン&ミラー・クラシックジャグズは終わりだ。

ぴかぴかのモダンなオートキャブが呼びかけてきた。「おきゃくさんのりますか？」

「ああ」イアンは喘ぐように言い、オートキャブに乗るべく、車の行きから道路に踏み出した。

チャンスはある。オートキャブが指示した目的地に向かって進みはじめると、イアンは自分に言い聞かせた。連中のほうが先に着くかもしれない。だが、そうでないこともある。警察は事実上、街全体をくまなく探さなければならない。一ブロックまた一ブロックと。一方、おれのほうはナンバー3ロットが見つかる正確な場所がわかっていて、今そこに向けて走っている。だからチャンスはある。小さなものだが、間違いなくある。

アル、おまえが捕まったらおれも終わりだ。イアンは頭の中でつぶやいた。おれはひとりではやっていけない。ゴルツの一団に加わるか、でなければ死ぬか。そんな恐ろしい事態しか残っていない。それがなにかは問題じゃない。

オートキャブは、ルーニー・ルーク・ジャロピー・ジャングル・ナンバー3に向かって疾走していった。

11

チュッパーたちにもエスニックミュージックと言えるものがあるかもしれない。ナット・フリーガーは思った。エレクトロニック（E）・ミュージカル（M）・エンタープライズ（E）は、あらゆる音楽に対して偏（かたよ）りのない姿勢を貫いており、エスニックにも常に関心を抱いている。ただ、そうは言っても、それは今ここでの彼らの任務ではなかった。三人の行く手には、リヒャルト・コングロシアンの家が姿を現わしつつあった。淡い緑の木組みの三階建ての建物で、前庭には、信じがたいことに、どのくらいの年代を重ねているのかわからない褐色のシュロの樹が――剪定もされず葉を伸ばし放題の巨木がそびえ立っていた。

しかし、ゴルツが言ったところでは――。

「着いたわ」モリーがつぶやいた。

ポンコツのオートキャブはスピードを落とし、優柔不断な激しいきしみ音を上げたかと思うと、みずからすっぱりと運転回路を切った。そして、惰性でしばし進んだのちに停止すると、あとには静寂だけが残された。ナットの耳に、樹々のあいだを吹き抜けていく遠い風の音が届いた。そして、霧のような雨が跳ね返るかすかな音。霧雨はいたるところに降り落ちている。キャブにも、樹々にも、ボロボロの古い木の家にも。サンデッキには防水用のタール紙が貼られ、ずらりと並ぶ小さな四角い窓は何枚か割れていた。

ジム・プランクがコリーナ・コロナに火をつけて言った。「人のいる気配はないな」

そのとおりだ。やはり、ゴルツの言ったことは正しかったのだ。

「骨折り損だったみたいね」モリーが言って、キャブのドアを開け、恐る恐るジャンプした。着地したモリーの足の下で地面がずぶりと沈んだ。モリーは顔をしかめた。

「チュッパーがいる」ナットは言った。「チュッパーの音楽ならいつでも録音できる。彼らに音楽があるとしてだが」ナットもキャブから這い出してモリーの横に並んだ。二人は巨大な古い屋敷を見つめた。どちらも無言だった。

まさに気が滅入る光景だった。ナットは両手をポケットに突っこみ、家に向けて歩き出した。すぐに砂利の細道が現われた。両側に年代物のフクシアとツバキの藪が続いている。モリーもナットのあとに続いた。ジム・プランクはキャブの中にとどまっていた。

「ざっと見たら、すぐに戻りましょう」モリーが言って、ぶるっと体を震わせた。コットンのブラウスとショートパンツではとんでもなく寒いはずだ。

ナットはモリーの体を抱き寄せた。

「なんの真似？」モリーがきつい口調で言った。

「特に意味はない。ただ、突然きみが好きになっただけだ。今なら、じとじとぐしゃぐしゃしていないものはなんだって好きになる」ナットはすっとモリーをハグした。「少しは気分が良くなったかい？」

「いいえ」モリーは言った。「もしかしたら、イエスかもしれない。わからない」彼女の声には苛立ちが現われていた。「お願いだから、ポーチに上がってノックして！」ナットから離れると、モリーは彼の背中を押した。

ナットはたわんだ木の階段をのぼり、ポーチに達すると、ドアのベルを鳴らした。

「吐き気がする」モリーが言う。「なんでかしら？」

「湿気だ」圧迫感を覚えるほどの猛烈な湿気に、息をするのも苦しかった。ここの気候は録音装置のガニメデの生物にどう影響するだろう。アンペクF‐a2は湿気が好きだから、きっと元気いっぱいになるだろう。もしかしたら、自力で生きていくことも——この雨林地帯でなら永遠に生き延びることも可能かもしれない。だが、ぼくたちにとっては、この環境は火星以上に異質だ。火星とティフアナが、ジェンナーとティフアナよりも近い——地球外生態学の観点から言って——というのは、あまりにもおぞましい。

ドアが開いた。薄黄色のスモックを着た女性が入口をふさぐように立っていた。ナットを静かに見つめる女性の茶色の目は落ち着いていたが、どこか普通ではない警戒の色がうかがえた。

「ミセス・コングロシアンですか？」ナットは言った。ベス・コングロシアンはなかなかの美貌の持ち主だった。長い薄茶色の髪をリボンで束ねている。二十代後半か三十代の初めか。いずれにしても、ほっそりとはしているが健康そうだ。ナットは敬意と興味を持って彼女を見つめている自分に気づいた。

「録音スタジオから来られたんですね？」その声は低く、抑揚に乏しくて、不思議なほどに感情を欠いていた。「ミスター・ドンドルドが、あなたがたがこちらに向かっていると電話をくださいました。よかったらお入りください。でも、残念ながら、リヒャルトはおりません」彼女はドアをいっぱいに開いた。「リヒャルトは今、サンフランシスコの病院にいます」

まったくなんてついていないんだろう。ナットはモリーに顔を向け、二人は無言のまま短い視線を交わした。

「どうぞ」ベス・コングロシアンは促した。「お帰りになる前に、コーヒーか、なにか召し上がるものでも用意します。長い道のりですし」

ナットはモリーに言った。「ジムにも来るように言ってくれ。ぼくはミセス・コングロシアンの申し出を受けたい。とにもかくにもコーヒーが飲みたくてたまらない」

モリーはくるりと背を向けて階段をおりていった。

「お疲れのようですね」コングロシアン夫人が言う。「あなたがミスター・フリーガー？ミスター・ドンドルドが名前を教えてくれたので、書きとめておきました。リヒャルトがここにいたら、喜んであなたがたの録音に応じたはずです。それだけにとても残念でなりません」彼女はナットを居間に案内した。暗く冷たく、籐の家具でいっぱいの部屋だったが、少なくとも乾いてはいた。「なにか飲み物を——ジントニック？　でなければスコッチでも。

オンザロックがいいかしら？」

「コーヒーだけで結構です」ナットは言って、壁にかけられた写真を眺めた。男性が幼い男の子を背の高い金属のブランコに乗せて揺すっているシーン。「息子さんですか？」ナットは言ったが、夫人はすでに姿を消していた。

ナットは写真に近寄った。男の子はチュッパーの顎を持っていた。

モリーとジム・プランクが部屋に入ってきた。ナットは二人を招き寄せ、二人も写真をじっくりと眺めた。

「音楽――」ナットは言った。「彼らに音楽というものはあるんだろうか」

「彼らに歌は歌えないわ」モリーが言う。「そもそもしゃべれないのに、どうやって歌えるというの？」彼女は写真の前を離れ、腕組みをして窓辺に立つと、外のシュロの樹を見つめた。「なんて醜い樹」そう言ってナットに向きなおった。「そう思わない？」

「世界には、あらゆる種類の生き物がいられるだけの余地があると思う」ナットは言った。

ジム・プランクが静かに言った。「おれもそう思う」

ベス・コングロシアンが居間に戻ってきて、モリーとジム・プランクに言った。「お二人はなにがいいかしら。コーヒー？　アルコール？　なにか召し上がる？」

二人はどれにするか協議した。

カープ・ウント・ゾーネン・ヴェルケ・デトロイト支社の本館にあるオフィスで、ヴィンス・ストライクロックは、妻――正確には元妻――ジュリーからの電話を受けた。彼女は今では、最初に出会った時のジュリー・アップルクイストに戻っている。

相変わらず美しかったものの、ジュリーは不安げで、ひどく取り乱しているように見えた。

「ヴィンス、あなたのどうしようもない兄さんが――行っちゃったのよ」目を大きく見開き、懇願するようなまなざしで、彼女はヴィンスを見つめた。「わたし、どうしたらいいのかわからない」

ヴィンスはわざと落ち着いた口調で言った。「行ったって、どこへ？」

「たぶん――」言葉が喉につかえた。「ヴィンス、あの人、わたしを置いて移住するのよ。移住のことを話し合っていて、わたしは移住したくないって言ったの。だから、ひとりで行っちゃったのよ。あの時にもう心を決めていたんだわ。今になって、はっきりわかった。あの時は本気だなんてまるで思っていなかった」彼女の目に涙があふれ出した。

背後に上司が現われた。「ヘル・アントン・カープがスイート4で会いたいと言っている。できるだけ早く」上司は私用の電話であることを察知し、画面に険しい目を向けた。

ヴィンスはあわてた。「ジュリー、話を続けるわけにはいかない」

「わかったわ」ジュリーはうなずいた。「でも、ひとつだけお願い。チックを見つけて。やってくれるわね？　そうしたら、もう二度となにも頼まない。約束する。ただ、どうしてもチックには戻ってきてもらわなきゃならないの」

おまえたち二人のあいだで問題が解決するはずがないのはよくわかっている。ヴィンスは頭の中でそうつぶやき、残忍な喜びに包まれた。残念だな。もうどうしようもない！　おまえはミスをやらかしたんだ。チックのことはよくわかっている。おまえみたいな女がチックをすくみ上がらせてしまうのはわかっている。おまえが彼を怯えさせて逃げ出させたんだ。いったん走りはじめてしまったからには、チックは二度と戻ってこないし、振り返ることもしないだろう。なぜって、これは絶対に戻ってこない片道旅行なんだから。

しかし、ヴィンスはこう言った。「ぼくにできることはなんでもやる」

「ありがとう、ヴィンス」ジュリーが涙声で言う。「もうあなたを愛していないとしても、わたしはまだ――」

「それじゃ」と言って、ヴィンスは電話を切った。

即座にヴィンスは席を立ち、エレベーターでスイート4に向かった。

ヴィンスが来たのを目にしたとたん、アントン・カープが言った。「ヘル・ストライクロック、フラウエンツィンマー・アソシエーツという哀れなほどにちっぽけな会社で、きみの兄が働いているということだが、本当か？」カープのいかめしい顔が緊張で引きつっていた。

「はい」ヴィンスは、できるかぎりの注意を払って、ゆっくりと言った。「ですが――」彼はためらった。移住するつもりなら、チックは会社を辞めているはずだ。火星に仕事なんか持っていけるわけがない。いったいカープはなにを望んでいるんだ？　安全を期して、不要なことは口にしないほうがいい。「ですが、あの……」

カープが言った。「きみの兄はきみをフラウエンツィンマー・アソシエーツに入れることができるか？」

　ヴィンスは目をぱちくりさせた。「え、えーと、会社の構内にということですか？　ヴィジターとして。それとも――」中年のドイツ人である模造品（シミュラクラ）製造会社の社主の冷たい青い目に射すくめられているうちに、ヴィンスの心に不安がつのっていった。「よくわかりませんが、ヘル・カープ」ヴィンスはもごもごと言った。

「今日、政府は」カープは歯切れのよいスタッカートでとげとげしく言った。「あのシミュラクラの製造契約をヘル・フラウエンツィンマーのもとに移行させた。われわれは先ほどまでこのシチュエーションについて検討を重ねてきた。どう対応するかは、今後の状況次第で決める。この政府の発注でフラウエンツィンマーは拡大する。新たな従業員を雇い入れるはずだ。きみには、きみの兄を介してフラウエンツィンマーの社員になってほしい。可能なかぎり早く――できれば今日にでも」

　ヴィンスはカープをまじまじと見つめた。

「どうした？」

「び、びっくりして」ヴィンスはやっとのことで言った。

「フラウエンツィンマーに入社したら即刻、わたしに直接知らせてくれ。わたし以外の誰にもこのことは話してはならん」カープは勢いよく鼻をかきながら、カーペットを敷き詰めた広い室内を行きつ戻りつした。「その次にすべきことは改めて伝える。今のところはこれだけだ、ヘル・ストライクロック」

「わたしはフラウエンツィンマーでどんな仕事をしてもいいんでしょうか？」ヴィンスは弱々しく言った。「つまり、フラウエンツィンマーでの仕事の内容は重要な意味を持っているんでしょうか？」

「いいや」カープは言った。

ヴィンスがスイートを出ると、即座にドアがすべるように閉じた。ヴィンスはただひとり廊下に立ちつくし、ばらばらになってしまった思考をもう一度まとめ上げようとした。ちくしょう。連中はフラウエンツィンマーの製造ラインに靴（サボ）を投げこめと言っているのだ。わかっている。破壊工作かスパイか。なんにしても違法な行為だ。結果、ぼくは国家警察（NP）につかまることになる。つかまるのはぼくだ――カープではなくて。

実の兄の会社もろとも。

ヴィンスは完全な無力感にとらわれた。連中はぼくになんでも望むことをやらせることができる。カープの側は小指をひょいと立てればいいだけのことだ。

そして、ぼくはつぶされてしまう。

ヴィンスは自分のオフィスに戻り、ドアを閉めて、震えながら椅子に腰をおろした。ひとりきりでデスクの前にじっと座ったまま、模造タバコを吸いながら思いをめぐらせた。気づくと両手の感覚がなくなっていた。

ここから出ていかなければ。ヴィンスは自分に言い聞かせた。このままカープ・ヴェルケの取るに足らない三下（さんした）の子分でいつづけるわけにはいかない。そんなことをしていれば殺される羽目になる。ヴィンスは模造タバコをもみ消した。しかし、どこに行けばいい？　いったい、どこに行けば？　ぼくには助けが必要だ。どこに行けば助けが得られるんだ？

あの医者がいる。チックと一緒に診(み)てもらうことになっていた、あの精神分析医。

受話器を上げて、彼は交換台の番号を押した。「ドクター・エゴン・スパーブにつないでくれ」彼は交換嬢に言った。「ひとりだけ残っている分析医だ」

　そして、受話器を耳に押し当てたまま、惨めな思いに包まれて、電話がつながるのを待った。


　やらなければならないことが多すぎる。ニコル・ティボドーは思った。ヘルマン・ゲーリング相手の微妙でトリッキーな交渉を進めている今、ガース・マクレーに新しい大統領(デア・アルテ)の製作契約をカープではない小さなメーカーに移すように指示を出しはしたが、これから、リヒャルト・コングロシアンを見つけ出すためになにをしたらいいか決断しなければならない。マクファーソン法と、最後の分析医ドクター・スパーブの問題もある。そして、いま新たに出てきた問題――NPが軽率にも、わたしに相談することなく、前もって知らせることもなく、ルーニー・ルークのジャロピー・ジャングルに全力を挙げて急行するよう指令を出してしまった。

　ニコルは浮かない思いで、NPの指令書を見つめた。ヨーロッパ・アメリカ合衆国(USEA)じゅうの全NP部隊に、この指令書はすでに行きわたっている。これはわたしたちにとってまったく得にはならない。ルークを抱きこむことができないからというだけで、強制捜査をするなどとんでもないことだ。ただひたすら、わたしたちが愚か者だということを見せつける結果にしかならない。

しかも——わたしたちが全体主義政府であるような印象を与えてしまうではないか。巨大な軍と警察組織によってのみ存続している国家であるかのような。

NP長官のワイルダー・ペンブロークに短い視線を投げて、ニコルは言った。「もう販売ロットは見つけたの？　リヒャルト・コングロシアンがいるとあなたが考えている——考えているだけの——サンフランシスコの展示販売ロットを？」

「いいえ、まだ見つけていません」ペンブロークは神経質に額をぬぐった。強いストレス下にあることは明らかだった。「時間さえあれば、当然あなたの指示を仰ぐところでした。しかし、彼が火星に出立してしまったら——」

「ルークに時期尚早の強制捜査をかけるくらいなら、コングロシアンを失ったほうがましだわ」ニコルはルークに多大な敬意を抱いていた。ルークのことも、彼のやっていることも、ずっと以前からよく知っていた。ルークが市警察の手をやすやすとすり抜けるところも自分の目で見ていた。

「カープ・ヴェルケから興味深い報告が届いています」ペンブロークが話題を変えようとしているのは火を見るより明らかだった。「彼らはフラウエンツィンマー・アソシエーツに潜入することに決めたようです。目的は——」

「そんなことはあとにして」ニコルはペンブロークをにらみつけた。「自分がミスを犯したことはわかっているわね。実際、わたしはジャロピー・ジャングルのやっていることを楽しんでいるのよ。本当におもしろいわ。あなたにはまるでわからないでしょうね。警察官の心性しか持っていないから。すぐに、サンフランシスコの部隊に、展示ロットを見つけてもそのまま放置するように伝えなさい。まだ見つけていないのだったら、捜索をやめるように。部隊を呼び戻してこの件は忘れてしまいなさい。ルークへの攻撃を始める時が来たら、わたしがそう伝えるわ」

「ハロルド・スレザクA&R事務局長は、われわれがコングロシアンを捜索することに同意を――」

「スレザクは政策決定をする立場にはないわ。わたしが驚いているのは、あなたがこの件で大統領（デア・アルテ）の承認を得なかったことよ。NPの人間ならなおさらのこと、ちゃんとした手続きを踏むのが当然でしょう。本当にどうしようもない人ね」彼女はペンブロークが縮み上がるほどに激しくにらみつけた。「どうなの？　なにかおっしゃい」

ペンブロークは威厳をこめて言った。「部下たちはまだ展示ロットを突きとめていませんから、危害を加えるようなことはいっさい起こっていません」彼は通話装置をオンにし、「捜索を中止しろ」と言った。もはやそれほど堂々としているようには見えなかった。依然としておびただしい汗をかいていた。「この件についてはいっさい忘れろ。そうだ、そのとおりだ」彼は通話装置を切り、頭を上げてニコルを見た。

「あなたは逮捕されても当然なのよ」ニコルは言った。

「ほかになにか？　ミセス・ティボドー」ペンブロークは硬い声で言った。

「いいえ。さっさと出ていって」

ペンブロークはぎくしゃくとした強張った足どりで出ていった。

ニコルは腕時計を見た。午後七時をまわったところだ。今晩のエンタテインメントにはなにが予定されているのだろう？　彼女はまもなく、ホワイトハウスへの新たなゲストとともにテレビに出演することになっていた。今年になって七十五回目。ジャネットはそれなりのラインアップをそろえただろうか。だとしても、スレザクははたして的確な日程調整のもとにプログラムを組むことができているだろうか？

きっとできていない。

ニコルは執務室を出てホワイトハウスの廊下を歩いていった。そしてジャネット・レイマーの整然としたオフィスに入ると、「なにか目の覚めるような演目は予定されている？」と詰問口調で言った。

ジャネットは眉をひそめてメモのファイルをチェックした。「ひとつ、本当に驚異的と呼んで差しつかえないパフォーマンスがあります。ジャグ演奏です。クラシック。ダンカン&ミラー。エイブラハム・リンカーン共同住宅での演奏を聞きました。すごかったです」ジャネットは期待をこめてにっこり笑った。

ニコルはうなった。

「本当にすばらしいんです」ジャネットはめげるふうもなく主張した。今や命令していると言ってもいい口調になっていた。「リラックスできます。とにかく一度、聞いていただきたいと思います。今晩か明日か。スレザクの日程がどうなっているかは確認していませんけど」

「ジャグ演奏」ニコルは言った。「リヒャルト・コングロシアンから、そんなものに行ってしまうというわけ？　これなら、ベルトルト・ゴルツになにもかも任せたほうがいいような気がしてきたわ。確か〈蛮行の時代〉には、キルステン・フラグスタートのソプラノがみんなを楽しませていたのよね」

「次の大統領（デア・アルテ）が就任したら、状況はきっと上向きになります」ジャネットは言った。

ニコルはジャネットを鋭く見据えた。「あなたがそのことを知っているというのは、どういうこと？」

「ホワイトハウスの全員がその話をしています」気色（けしき）ばんだようすでジャネットが言った。「いずれにしても、わたしはＧｅですから」

「それはすばらしいことね」ニコルは嫌味たっぷりに言った。「それなら、あなたは本当に楽しい生活を送っているに違いないわ」

「お聞きしていいですか――次の大統領（デア・アルテ）はどんな感じなんですか？」

「年寄りよ」くたびれた老いぼれ――ニコルは頭の中で言った。痩せ衰えた豆のサヤ、堅苦しくて形式ばっていて、説教スピーチをぎっしり詰めこんだ年寄り。まさにＢｅの大衆に従順をたたきこむことのできるリーダーのタイプ。きしみを上げているこの支配体制を、いま少し持ちこたえさせることのできる人物。フォン・レッシンガー・システムの技術者たちによれば、彼は最後の大統領になるだろうという。少なくとも、それが最もありそうなことだと彼らは言っている。そして、どうしてそうなるのかは、よくわからないとも。わたしたちにチャンスはあるようには思えるけれど、でも、それはとても小さい。時代と歴史の弁証法の力は別の側に――考えうるかぎり最悪の生き物の側にある。あらゆることにくちばしを突っこんでくる、あの鼻持ちならない男、ベルトルト・ゴルツに。

しかし、未来は固定されてはいない。予想もしなかったこと、ありそうにもないことが立ち現われる余地は常にある。フォン・レッシンガー装置を使ってきた者なら誰でもそのことを理解している……タイムトラベルはまだ〝アート〟にすぎない。精密科学ではないのだ。

「彼はこう呼ばれることになるわ」ニコルは言った。「ディーター・ホグベン」

「あらまあ」ジャネットがくすくすと笑った。「そんな――〝ディーター・ホグベン〟だなんて。それとも〝ホグバイン〟ですか？　いったいぜんたい、ミセス・ティボドーはなにをなさろうとしているんです？」

「彼はとても威厳のある大統領になるわ」ニコルは硬い声で言った。

突然背後で物音がした。振り返ると、目の前にNP長官ワイルダー・ペンブロークがいた。ペンブロークは動揺しながらも喜んでいるように見えた。「ミセス・ティボドー、リヒャルト・コングロシアンを確保しました。ドクター・スパーブの推測どおり、ジャロピー・ジャングルにいて火星に出立する手はずを整えているところでした。ホワイトハウスに連れてきますか？　サンフランシスコ部隊は指示を待っています。まだ展示ロットにいます」

「わたしが行くわ」ニコルは衝動的にみずから出向いていくことに決めた。そして頭の中でこう続けた。移住の考えを放棄するように求めるのよ。自分から放棄するように。わたしなら彼を説得できる――間抜けな警察部隊を使う必要などない。

「彼は自分が透明人間だと言っています」ニコルとともに、屋上の超高速移動艇発着場に急ぎながら、ペンブロークが言った。「しかし、隊員たちは完璧に見えると言っています。少なくとも自分たちの目には見えると」

「新しい妄想よ」ニコルは言った。「すぐに解決できるわ。わたしが彼に、あなたは見えると言う。そうすれば見えるようになる」

「それと、体臭について――」

「もう、なんとでもしてちょうだい！」ニコルは言った。「彼の妄想にはうんざりよ。心理的な強迫観念で自分を甘やかすのも、もううんざり。国家の全権力と威信と権威を投げつけて、きっぱりと言ってやるわ。想像上の病気は放り捨てなければならないって」

「それで効果があればいいですが」ペンブロークは考えこむように言った。

「もちろん応じるわ。ほかに選択肢はないのだから。これがすべてのポイントよ。わたしは彼に頼むのではないの。教えてあげるのよ」

ペンブロークはニコルにちらりと目をやり、それから肩をすくめた。

「このことに関しては少し放置しすぎたわ。臭おうが臭わなかろうが、見えようが見えなかろうが、コングロシアンはホワイトハウスと契約をしているんだから、スケジュールどおりに演奏をしなければならないの。さもないと……。火星であれフランクリン・エイムズであれジェンナーであれ、ほかのどこであれ、こっそりと逃げ出すなんてことは絶対にできないのよ」

「イエス、マーム」ペンブロークは上の空で言った。彼の頭は、もつれ絡み合う自身のさまざまな思念で占拠されていた。

ダウンタウンのジャロピー・ジャングル・ナンバー3が間近になった時、イアン・ダンカンは、アルに警告するには遅すぎたことを知った。NPがすでに到着していたのだ。警察の車が何台も停まり、展示ロットには灰色の制服を着たNPたちが大勢群がっていた。

「ここで降ろしてくれ」イアンはオートキャブに指示した。展示ロットから一ブロック。充分な近さだ。

料金を払うと、イアンは用心深く歩道に降り立った。ほかになにもすることのない興味津々の通行人が小さな人垣を作っていた。イアンもそこに加わり、なぜNPが集まっているんだろうという振りをしながら、首を伸ばして展示ロットを眺めた。

「なにごとだろう?」隣にいた男がイアンに言った。「ジャロピーのロットを取り締まる気はないと思ってたんだがな。これまでは——」

「政方が変わったに違いないわ」イアンの左側にいた女性が言った。

「〝政方〟？」男が当惑したように繰り返した。

「Ｇｅの言葉よ」女性が偉そうに言う。「政府の方針ってこと」

「ああそうか」男が言って、素直にうなずいた。

イアンが男に言った。「今はあんたもＧｅの言葉を知っているというわけだ」

「そうか」男の顔がぱっと明るくなった。「おれはＧｅの言葉を知っているんだ」

「おれも昔、Ｇｅの言葉をひとつ知っていた」イアンは言った。ようやくアルの姿が目に入った。オフィスの中に座って、二人のNPと向き合っている。アルの横には別の男がいた。

実際には二人。ひとりはリヒャルト・コングロシアンだろう。そしてもうひとりは――イアンはその人物を知っていた。なんと、エイブラハム・リンカーン自治共同住宅の住人で、最上階に住んでいるチック・ストライクロックだった。これまで集会やカフェテリアで何度も会ったことがある。弟のヴィンスが身分証チェック係をやっている。「おれの知ってた言葉は」イアンはつぶやいた。「〝全失〟だ」

「〝全失〟ってどういう意味だ？」横の男がたずねる。

「全部失った」

まさに今の状況に当てはまる言葉。アルが逮捕された。実際にはストライクロックとコングロシアンも同じだろうが、イアンにとってこの二人はどうでもよかった。イアンの頭にあるのはダンカン＆ミラー・クラシックジャグズだけだった。アルがいま一度演奏すると決意した時に開けた未来だった。その未来が今、二人の目の前ですっぱりと閉じてしまったのだ。この事態は予想しておくべきだった。ホワイトハウスに行く直前にNPが踏みこんできてアルを逮捕し、すべてを終わりにしてしまうことを予測しておくべきだった。これがおれの人生にずっとつきまとってきた運命だ。それが、この今になって弱くなることなどあるわけがない。

アルが逮捕されたのなら、おれも逮捕されたほうがましだ。

見物人たちを押しのけ、展示ロットに向けて踏み出すと、イアンは一番近くにいるNPに近づいていった。

「立ちどまるな」灰色の制服のNPが言って、進みつづけるように身ぶりで示した。

「捕まえてくれ」イアンは言った。「おれも一味なんだ」

NPがにらみつけた。「行けと言ったろうが」

イアンはNPの股ぐらを蹴り上げた。

NPは悪態をつき、上着を探ってピストルを取り出した。「こんちくしょう、逮捕してやる!」その顔は真っ青になっていた。

「そこでなにをやっている?」上級のNPが言って、近づいてきた。

「こいつがわたしの股間を蹴りやがったんです」最初のNPはイアンに銃口を向けたまま、なんとか倒れまいと努力していた。

「おまえを逮捕する」上級のNPがイアンに告げた。

「わかっている」イアンはうなずいた。「おれは逮捕されたいんだ。だけど、この圧政体制はやがて倒れる」

「どの圧政体制だって?」上級NPは言った。「おまえは混乱しているようだ。留置所で頭を冷やすがいい」

ロットの中央のオフィスからアルが出てきた。見るからに憂鬱そうな表情でイアンに近づいてくると、「こんなところでなにをやってるんだ」と言った。イアンに会ったのが嬉しいというふうには見えなかった。

イアンは言った。「おれも一緒に行く。おまえとコングロシアンとチック・ストライクロックと一緒に。ひとりだけ残されるのは嫌だ。ここにはもう、おれにとってはなにもない」

アルが大きく口を開けてなにかを言いかけようとしたその時、頭上に政府の移動艇が現われた。輝く銀と黄色の移動艇は連続する轟音を上げて、慎重に着地にかかった。ただちにNPが全員を下がらせはじめた。気がついてみると、イアンはアルと一緒にロットの端に向けて走っていた。横にはまだ最初のNPがいて、イアンに険しい目を向けている。股間を蹴られたことで恨みを持っているようだ。

移動艇が着地し、艇からひとりの若い女性が現われた。それはニコル・ティボドーだった。彼女は美しかった。ほっそりとしていて、このうえなく美しかった。ルークは間違っていたんだ。でなければ嘘をついていたんだ。イアンは大きく喘ぎながら、ニコルを見つめた。アルが隣で驚きのうめきを上げ、声をひそめて言った。「ありえない! ぶったまげた。ニコルがこんなところでいったいなにをやるってんだ？」

明らかに最上位と見られるNPにエスコートされて、ニコルはロットを横切ってオフィスに向かった。足を速めてオフィスに入ると、リヒャルト・コングロシアンに歩み寄った。「目的は彼なんだ」アルは、ついでにといった口調でイアンに言った。「ピアノ演奏家だよ。なにもかもが彼をめぐってのことなんだ」アルはアルジェリア製のブライアパイプとセイルのパッケージを取り出して、「吸ってもいいですか？」とNPにきいた。

「だめだ」

パイプとタバコをしまいこむと、アルは興奮さめやらぬ口調で言った。「彼女がここ、ジャロピー・ジャングル・ナンバー3に来るなんて。夢にも思わなかった」彼は突然イアンの肩をつかみ、強烈な力をこめた。「自己紹介してくる」NPが口を開くより早く、アルは全速力で駆け出し、ジャロピーの列のあいだに入りこむと、あっというまに姿を消した。NPはなすすべもなく悪態をつき、イアンをピストルで小突いた。

一瞬ののち、小さなオフィスの入口に再びアルの姿が現われた。オフィスの中では、ニコルが立ったまま、リヒャルト・コングロシアンと話をしている。アルはドアを押し開けて、中に入っていった。

アルが入っていった時には、リヒャルト・コングロシアンが興奮気味にまくし立てていた。「でも、わたしはあなたのために演奏などできない。なにしろ、このひどい臭いだ！　近づきすぎないようにして——お願いだ、ニコル、どうかもっと下がって、頼むから！」コングロシアンはニコルから離れようとし、視線を上げてアルの姿を認めると、くってかかった。「どうして、あのジャロピーの説明をするのに、あんなに時間がかかったんだ！　どうしてすぐに出発できなかったんだ！」

「申しわけない」と言って、アルはニコルに向きなおった。「アル・ミラーと言います。この展示販売ロットを運営しています」彼は手を差し出した。その手は無視したものの、彼女の目はアルに向けられていた。「ミセス・ティボドー」アルは言った。「この人を行かせてあげてください。止めないでください。この人には、自分が望むのであれば移住する権利があります。人々を木偶(でく)人形みたいな奴隷にしないでください」彼に考えつくことができたのはこれですべてだった。いっきに言ってしまうと、彼は黙りこんだ。心臓が激しく打っていた。ルークの言はとんでもなく誤っていた。彼女はこれ以上想像もできないほどに美しかった。以前に彼が見た時のあらゆる印象を確定づけてくれた。以前に一度だけ、遠くからちらりと見た時の印象を。

ニコルが言った。「あなたには関係のないことよ」

「いいえ」アルは言った。「間違いなく関係があります。この人はわたしの客なんですから」

チック・ストライクロックもようやく声を取り戻した。「ミセス・ティボドー、お目にかかれて光栄です。本当に信じがたいことです——」声が震えた。チックは大きく息をのんで震え出し、それ以上話しつづけることができなかった。彼はニコルから離れ、黙りこんだままで固まった。まるでスイッチが切られたかのように。アルはうんざりした。

「わたしは病気なんだ」コングロシアンがつぶやく。

「リヒャルトを連れていって」ニコルは横に立っていたNP高官に言った。「ホワイトハウスに戻るわ」それからアルに向かって、「このロットはオープンしたままでいいわ。とりあえず、あなたがたに関心はないの。いずれ、また別の時に……」彼女はアルを見据えた。そのまなざしに悪意はなく、いま言ったとおり、関心のかけらもなかった。

「どきたまえ」灰色の制服姿のNP高官がアルに命じた。「そのままではわれわれが通れん」高官はコングロシアンの腕をつかみ、ビジネスライクかつ断固たる態度でアルを押しのけるようにかたわらを通りすぎた。ニコルもすぐに、豹皮のロングコートに両手を突っこんで二人のあとに続いた。なにか考えこんでいる風情(ふぜい)で、口を閉ざしていた。気まぐれなさまざまな思念のうちに引きこもっているようだ。

「わたしは病気なんだ」コングロシアンが低い声で繰り返した。

アルがニコルに言った。「サインをもらえませんか?」無意識の奥からふいに出てきた衝動的な言葉——無意味で無益な言葉。

「なんですって?」ニコルが驚いたようにアルを見た。そして笑い出した。白い歯まで見せて。「まったく」とひとこと言うと、NP高官とリヒャルト・コングロシアンに続いてオフィスを出ていった。アルはチック・ストライクロックとともに取り残された。チックは依然として自分の考えを表現する言葉を見つけ出そうとしていた。

「サインはもらいそこなったみたいだ」アルはチックに言った。

「か、彼女のこと、どう思う？」チックは突っかえながら言った。

「美しい」

「そうとも、信じられない美しさだ」チックは言った。「実際に彼女に会えるなんて、現実の世界で実際に会えるなんて、まったく考えたこともなかった。奇跡だ。そう思わないか？」チックは窓辺に移動し、駐機している超高速移動艇に向かうニコルとコングロシアンとNP高官の姿を追いつづけた。

「実に簡単だ」アルは言った。「あの女性と恋に落ちるのは」彼もまた、去っていくニコルを見つめた。NPの隊員たちも含めて全員が彼女を見つめつづけた。嫌になるくらい簡単だ。アルは思う。しかも、まもなくおれは彼女にもう一度会うことになっている。イアンも一緒に、彼女の前でジャグを演奏することになっている。この状況は変わったのだろうか？いいや。誰も逮捕されることはない。彼女がNPの指令を打ち消したのだ。おれはロットの運営を自由に続けていっていいんだ。NPはまもなく引き上げる。

アルはパイプに火をつけた。

イアン・ダンカンがアルの横に来て言った。「なあ、アル、彼女のおかげでジャロピーを一台売りそこなったな」ニコルの命令で、NPはイアンも放免した。イアンも自由の身だ。

アルは言った。「ストライクロックさんが買ってくれるさ。ですよね、ミスター・ストライクロック？」

しばしの間を置いて、ストライクロックが言った。「いや。気が変わった」

「あの女の力ときたら――」アルは悪態をついた。汚い言葉を大きな声ではっきりと言った。

「いずれにしても、ありがとう」とチック。「この件に関しては、いずれまた会うことになるかもしれないが」

「あんたは馬鹿だよ」アルが言う。「あの女性のおかげで、移住をあきらめてしまうなんて」

論理で説得しようとしても無駄なのは明らかだった。アルにははっきりとそれがわかったし、イアンもまたそれを見て取った。ニコルはまたひとり改宗者を獲得した。しかも、彼女はここにとどまって、それを楽しもうともしなかった。そんなことにはこれっぽっちも関心がないのだ。

「ああ」チックはうなずいた。代わりばえのしないルーティーンに。

「この場所にこの販売ロットは二度と来ない」アルは言う。「これは、疑いの余地なく絶対に、全人生を通じて地球から離れられる最後のチャンスなんだ」

「そうだね」チック・ストライクロックはつらそうにうなずいた。それでも、態度を変えようとはしなかった。

「それじゃ、頑張ってくれ」アルは辛辣に言って、チックと握手を交わした。

「ありがとう」チック・ストライクロックは言った。その顔には笑みのかけらもなかった。

「ど、う、し、て、だ？」アルはチックにたずねた。「どうして彼女にあれほどまで影響されてしまったのか、説明してもらえないか？」

「説明はできない」ストライクロックは言った。「感じているだけだ。考えているわけじゃない。論理的なシチュエーションじゃないんだ」

イアンがアルに言う。「おまえだってそう感じたんだろう？　見てたからわかる。おまえの顔にそう書いてあるのを見た」

「わかったよ！」アルはいらいらと言った。「それがどうした」アルは二人から離れ、ひとりでパイプを吹かしながら、オフィスの外に並んでいるジャロピーの列をじっと見つめた。

チック・ストライクロックは不安に包まれていた。モーリイは再び受け入れてくれるだろうか。たぶん、もう遅すぎる。ぼく自身が完全にもうあとには引き返せない状況を作ってしまったのだから。公衆電話のブースに入って、チックは社のモーリイ・フラウエンツィンマーの番号をダイヤルした。深い震える息を吐いて、チックは受話器を耳に押し当てて待った。

「チック！」モーリイ・フラウエンツィンマーの叫び声が聞こえ、次いで画像が現われた。その顔には満面の笑みが浮かんでいた。輝くばかりの意気揚々たる喜びにあふれた若者のようなその表情は、チックがこれまで一度として目にしたことがないものだった。「ああ、やっと連絡してきてくれて嬉しいかぎりだ！　戻ってきてくれ、頼むから――」

「なにがあったんです？」チックは言った。「どうしたんです、モーリイ？」

「電話では言えん。とんでもない注文を受けた。いま言えるのはそれだけだ。あちこちから人をかき集めている。おまえが必要なんだ。誰でもかれでも必要なんだ！　そうとも、チック、われわれが何年ものあいだ待ちつづけてきた、まさにその事態が到来したんだ！」モーリイはほとんど泣き出しそうに見えた。「どれくらいで戻ってこられる？」

チックはまごつきながら答えた。「できるだけ早く。たぶん」

「もうひとつ」モーリイが言う。「おまえの弟のヴィンスが電話してきた。おまえと連絡を取ろうと必死になっていた。仕事がほしいそうだ。カープのところをくびになったか辞めたか——とにかく、おまえを見つけようと、あらゆるところを探しまわっている。状況から考えれば、ここでおまえと一緒に働きたいということだな。わたしとしても、おまえが彼を推奨するというのであれば——」

「もちろんです」チックはなにも考えずにそう言った。「ヴィンスは一級の模造品技術者(シミユラクラ)です。モーリイ、教えてください。とんでもない注文ってなんなんです？」

モーリイの大きな顔にゆっくりと秘密めかした表情が浮かんだ。「こちらに着いたら教えてやる。わかったな？　だから、急げ！」

チックは言った。「ぼくは移住するつもりだったんです」

「移住。移住なんぞ聞いてあきれる。とにかく、この注文が入ったのだから、もうそんなことをする必要はない。われわれの今後は安泰だ。文字どおりに受け取ってくれ——おまえも、わたしも、おまえの弟も、誰もかれも！　じゃあな」モーリイは唐突に自分の側から電話を切った。画面が消えた。

政府との契約仕事に違いない。チックは思った。どんなものにせよ、カープがその仕事を失ったのだ。ヴィンスが失職したのはそのせいだ。そして、ヴィンスがモーリイのところで働きたいというのもそのせいだ。間違いない。

われわれは今やＧｅ企業なのだ。チックは茫然とつぶやいた。われわれはついに、とうとう、内側に入ったのだ。

ああ、移住しなくて本当によかった。ぎりぎりの瀬戸際、間一髪のタイミングだった。

結局、ぼくはついていたんだ。チックは思った。

今日は間違いなく生涯最高の日——最も決定的な日だ。生きているかぎり絶対に忘れることはないだろう。モーリイ・フラウエンツィンマーと同様、チックは突然、完璧な、まったき幸福感に包まれた。

やがて、彼は苦い思いでこの日のことを振り返ることになる……。

だが、今はそれを知る由もない。

なんと言っても、彼はフォン・レッシンガー装置にはアクセスできないのだから。

12

チック・ストライクロックはシートに背をあずけ、ゆったりと言った。「実際、わからないんだよ、ヴィンス。モーリイのところで仕事を見つけてやれるかもしれないし、見つけてやれないかもしれない」チックは完全にこのシチュエーションを楽しんでいた。

彼とヴィンスを乗せた車は、アウトバーンを一路、フラウエンツィンマー・アソシエーツに向かっていた。中央制御された自動操縦車はよどみなく超高速で疾走していく。この点に関して心配することはいっさいなく、車中では、もっと重要な問題にいくらでも集中することができた。

「でも、そっちはあらゆる職種の人間を雇うつもりなんだろう？」ヴィンスが指摘する。

「ぼくはボスじゃないからね」とチック。

「兄さんにできることをやってくれ」ヴィンスは言った。「それでオーケーだね？　本当に感謝してるよ。結局のところ、カープは徹底的な壊滅への道を歩まされつつあるんだ。それははっきりしている」ヴィンスの顔には、チックがこれまで見たことのない、妙に惨めっぽい、どこか卑屈な表情が浮かんでいた。「もちろん、兄さんが言うことはなんでも受け入れる」ヴィンスは小さくつぶやいた。「トラブルになるようなことはしたくない」

この件についてつらつらと考えつつ、チックは言った。「ジュリーのこともけりをつけるべきだろう。ちょうどいいタイミングだ」

ヴィンスの頭がぴくりと動いた。彼は顔をねじってチックを見つめた。「どういう意味だ？」

「抱き合わせの取引というところだな」

長い沈黙ののち、ヴィンスは硬い口調で言った。「わかった」

「だけど」と、ヴィンスは小刻みに体を震わせながら付け加える。「兄さん自身が言ったところでは――」

「ぼくが以前に言ったのは、基本的に、彼女がぼくをナーバスにさせるということだ。でも今は、ぼくは心理的にずっと安定していると感じている。要するに、あの時はくびになる寸前だったんだ。状況はすっかり変わった。ぼくは今では大きく成長しつつある会社の一員だ。ぼくたち二人とも、そのことはわかっている。ぼくは今、内側にいて、これが意味するところはとても大きい。今のぼくはジュリーをうまく扱えると思っている。実際、ぼくは妻を持つべきなんだ。地位を確固たるものにする助けになるからね」

「ジュリーと正式に結婚するというのか？」

チックはうなずいた。

「わかった」ややあって、ヴィンスは言った。「彼女を自分のものにすればいい。正直、ぼくはこれっぽっちも気にしちゃいない。これは兄さんの問題だ。モーリイ・フラウエンツィンマーの会社にいられるかぎり、ぼくはそんなことはどうでもいい。今、ぼくにとって問題なのは仕事のことだけだ」

妙だ、とチックは思った。ヴィンスがここまで――ほかの問題を排除してまで――仕事のことにだけこだわるのは見たことがない。チックは頭の片隅にこのことを書きとめた。きっとなにか別のことを意味しているに違いない。

「ぼくはフラウエンツィンマーにいろんな情報を提供できる」ヴィンスが言う。「たとえば、たまたまだが、ぼくは新しい大統領（デア・アルテ）の名前を知っている。カープを辞める前に噂で聞いたんだ。知りたいかい？」

チックは言った。「なんだって？　新しい〝なに〟と言った？」

「新しい大統領（デア・アルテ）だよ。それとも、兄さんはフラウエンツィンマーがカープから奪い取った契約がなにか知らないのか？」

チックは肩をすくめて言った。「もちろん知っている。ちょっとびっくりしただけだ」ショックのあまり耳がガンガン鳴っていた。「いいか」と、なんとか落ち着きを取り戻そうとしながら、こう言った。「新しい大統領（デア・アルテ）がアドルフ・ヒトラー・ヴァン・ベートーヴェンと呼ばれることになっても、ぼくは全然気にしない」そうだったのか。大統領（デア・アルテ）はシミュラクラだったのか。これを知ったことで、チックはいい気分になった。この世界、地球がとうとう住むに値するすばらしい場所になった。これは最大限に活用しなければ――真のＧｅになったからには。

「新しい大統領（デア・アルテ）はディーター・ホグベンという名前になるはずだ」ヴィンスが言った。

「モーリイはきっと知ってるさ」チックは平静を装って言った。しかし、内心では依然として困惑していた。実のところ、完全に困惑しきっていた。

ヴィンスが上体を曲げてカーラジオのスイッチを入れた。「これに関するニュースがもう流れているかもしれない」

「ちょっと早すぎるんじゃないか」

「静かに！」ヴィンスはボリュームを上げた。ニュース番組が始まっていた。ということは、ヨーロッパ・アメリカ合衆国（USEA）じゅうの全住人が耳を傾けているということだ。チックはほんの少しがっかりした。

「……医師団が明らかにしたところでは、軽度の心臓発作が起こったのは今朝の三時ごろだということです。この結果、ヘル・カルプフライシュが任期をまっとうするまで生き延びられないのではないかという不安が多方面に広がっています。大統領（デア・アルテ）の心臓および循環器系の状態はさまざまな臆測を呼んでおり、この予想外の心不全は同時に――」放送はなおもだらだらと続く。ヴィンスとチックは顔を見合わせ、そろって笑い出した。秘密を分かち合っている者どうしの心得顔の笑い。

「もう長くないな」チックは言った。ご老体は消滅の時に向かいつつある。現在は、最初の公式発表がなされたところだ。このプロセスがいつものコースをたどるであろうことは簡単に予想がついた。まず、軽度の心臓発作が起こる。当初、単なる消化不良だと考えられていたものが心臓発作だということになって、市民たちはショックを受けるが、同時にこの見解に慣れさせられ、先行きへの心構えをさせられることになる。Ｂｅには常にこの形でアプローチしなければならない。これは伝統的な方式であり、スムーズかつ効果的に機能するプロセスだ。これまで常にそうであったように。

　すべてが落ち着くべきところに落ち着く。大統領（デア・アルテ）の廃棄、ジュリーを手に入れるのがどちらか、弟とぼくがともに働く会社がどこか……未決事項はない。やっかいなことも積み残しもない。

　それでも――。

　もし、移住していたとしたらどうなっていただろう。今、ぼくはどこにいただろう？　人生はどのようなものになっていただろう？　ぼくとリヒャルト・コングロシアンの二人……はるかな地の植民者。だが、こんなことを考えてもなんの意味もない。もう放棄してしまったことだ。ぼくは移住しなかったし、選択の時期はもう過ぎた。チックはこの考えを脇に押しやり、いま目の前にある事柄へと意識を戻した。

「小さな会社で働けば、違うことがたくさんあるのがわかる」チックはヴィンスに言った。

「カルテルとは違うことが。カルテルの匿名性、非人間的で官僚的な制度とは――」

「静かに！」ヴィンスがさえぎった。「新しいニュースだ」ヴィンスは再度ボリュームを上げた。

「……今回の心臓発作によって、大統領（デア・アルテ）の任務は現在、副大統領が代行しています。そして、まもなく特別選挙が告知されるものと考えられています。ヘル・ルディ・カルプフライシュの容体は今のところ小康を保っていますが――」

「あまり猶予期間を与えてくれるつもりはないらしい」ヴィンスは言ってナーバスに顔をしかめ、下唇を噛んだ。

「なんとかなるさ」チックは心配していなかった。モーリイはなんとかする道を見つけ出す。チャンスを与えられたからには、ボスは絶対にやってのける。

これほどの大ブレークが到来したのだから、失敗など端的にありえない。誰にとっても。

しかし……ひょっとして、ぼくは心配しはじめているのだろうか？

国家元帥ヘルマン・ゲーリングは巨大な青の安楽椅子にどっかりと腰を据えて、ニコルの提案をじっくりと吟味した。ホワイトハウスのロータス・ルーム。ニコルは部屋の反対側にある公式の執務デスクの前に座って、アイスティーを飲んでいる。

「あなたが求めていることは」と、ゲーリングがようやく口を開いた。「アドルフ・ヒトラーへのわれわれの忠誠の誓いを否認せよという以外のなにものでもない。これは、あなたが指導者の原則（フューラー・プリンツィプ）を理解していないということなのだろうか？　なんならわたしから説明してさしあげてもいい。たとえば、船を考えてみよう。そこには――」

「レクチャーは結構」ニコルはぴしゃりと言った。「わたしは決断を求めているの。それとも、あなたには決断できないのかしら？　決断する能力がなくなってしまったのかしら？」

「もしそれを実行するとしても」とゲーリング。「われわれとしては、あの七月事件の首謀者たちよりましなことはまずできないだろう。実際のところ、まさに連中がやったのと同じように――あるいは、これからやると言うべきなのかもしれないが――爆弾をしかけねばならない」ゲーリングは疲れたようすで額をこすった。「これを成功させるのはとてつもなく難しいことだ。なぜこんなにも急いでいる？」

「この事態に決着をつけたいからよ」ニコルは言った。

ゲーリングはため息をついた。「ナチ・ドイツにおけるわれわれの最大の過ちは、女性の能力にきちんとハーネスをつけるのに失敗したことだな。われわれは女性を台所と寝室に追いやった。実際、戦争の場、管理や製造や党の機関内では、女性はまったく役に立たなかった。しかし、あなたを見ていると、われわれがとんでもない過ちを犯してしまったことがわかる」

「六時間以内に決断できなかったら」ニコルは言った。「フォン・レッシンガー・システムの技術者たちに命じて、あなたを〈蛮行の時代〉に戻すわ。そして、わたしたちのあいだの取引は――」ニコルは片手でスパッと切るような仕草をした。ゲーリングは不安な面持ちでそれを見つめた。「すべておしまい」

「端的に、わたしにはその権限がない」ゲーリングは言った。

「それなら」ニコルは彼に向けて上体を乗り出した。「その権限を手に入れればいい。ニュルンベルクの拘置所に転がった自分の膨れ上がった死体を見た時に、あなたはどう思った？どんな考えが頭をよぎった？　あなたはどちらかを選べる。あの死体か、それとも、わたしたちと交渉する権限を手に入れるか」ニコルは体を戻し、アイスティーをもうひとくち飲んだ。

ゲーリングはかすれ声で言った。「わたしは――もう少し考えたい。あと数時間。猶予期間を延ばしてくれたことには感謝する。個人的には、わたしはユダヤ人になんの反感も持っていない。わたしは喜んで――」

「それなら、実行なさい」ニコルは立ち上がった。国家元帥は安楽椅子に沈みこみ、考えこんでいた。彼女が立ち上がったことにも気づいていなかった。ニコルはゲーリングをひとり残してロータス・ルームを出ていった。なんて陰気で情けない男だろう。ニコルは思った。第三帝国の権力体制の中で骨抜きにされてしまっている。ひとりの個人として自分自身の頭で考えることもできないのだ。ナチが戦争に負けたのも不思議ではない。第一次大戦の時には勇猛果敢なエースパイロットだったのに。リヒトホーフェン大隊の一員として、あのちっぽけな木と針金の今にも壊れてしまいそうな飛行機で、とてつもない撃墜スコアを上げたというのに。あの時の彼と今のゲーリングが同一人物だなど、とうてい信じられない……。

ホワイトハウスの窓から、門の外に人垣ができているのが見えた。ルディの〝心臓発作〟のニュースを聞いて駆けつけてきた人々だ。ニコルは小さくほほえんだ。門の前で見守る人々……彼らはこれからもずっと門の前にいるだろう。夜になっても、明日になっても。まるでワールドシリーズのチケットの発売を待っているかのように。カルプフライシュが〝死ぬ〟まで。そして、大統領（デア・アルテ）が死ねば、彼らは静かに去っていく。

彼らはいったいなんのためにやってきているのか。ほかにやることはないのだろうか。以前にも、同様の状況下で、ニコルは考えたものだった。ひょっとして、いつも同じ人たちがやってきているとしたら？――これはなかなかおもしろい考えだ。

ニコルは角を曲がった。そして――目の前にベルトルト・ゴルッツがいるのに気づいた。

「ニュースを聞いて、できるだけ急いでやってきた」ゴルッツはゆったりと言った。「これまでなんとかかんとかやってきたご老体だが、今やさっさと片づけねばならないということになったわけだ。今回の大統領（デア・アルテ）はさほど長くはもたなかったな。そして、彼に代わるヘル・ホグベンは、しかるべき名前だけはあるものの、まだ存在してない謎のモデルだ。フラウエンツィンマー・ヴェルケにはもう行ってみたが、みんな、ばりばりと製作に当たっていたよ」

「なんのためにここに来たの？」ニコルは強い口調で言った。

ゴルッツは肩をすくめた。「会話かな。わたしはいつだって、おまえと話をするのが楽しくてならないんだ。ただし、今回は、実のところ、はっきりした目的がある。警告だ。カープ・ウント・ゾーネンはすでにフラウエンツィンマー・ヴェルケにスパイを送りこんでいる」

「それはわかっているわ」ニコルは言った。「それと、フラウエンツィンマーを〝ヴェルケ〟と呼ぶのはやめて。彼らはカルテルというには小さすぎるわ」

「小さなカルテルだってある。重要なのは独占企業だということだ。競争相手はいない――

フラウエンツィンマーが一手に握っている。なあ、ニコル、わたしの言うことをちゃんと聞いたほうがいい。フォン・レッシンガー・システムの技術者たちに、フラウエンツィンマーの連中にかかわる出来事を前もって調べさせたほうがいい。少なくとも、これからの二カ月かそこらの出来事を。きっと驚くぞ。カープはそんなにやすやすとあきらめたりはしない。そのことをちゃんと考えておくべきだ」

「わたしたちは状況を――」

「いいや、おまえたちはまったく状況をコントロール下に置いていない。未来に行って自分の目で見てみるんだな。おまえはどんどん独善的になっている。そこらの金持ちの有力者連中と同じだ」ゴルッツは、ニコルが喉もとの緊急ボタンに触れたのを見てにっこりと笑った。「アラームか、ニコル？　わたしのせいで？　それなら、わたしは散歩を続けることにするよ。ところで、コングロシアンを移住する前に止められたことはなによりだった。おまえの側にとっては、まさに大成功だったな。ただし――おまえにはまだわかっていないが、コングロシアンを連れ戻したことで、おまえは同時に、自分で予想していないことまで現実の場に引きずりこんでしまった。頼むからフォン・レッシンガー装置をちゃんと活用してくれ。このような状況下では、フォン・レッシンガー装置は二つとない価値ある存在となる」

廊下の端に灰色の制服の国家警察（NP）が二人現われた。ニコルがぞんざいに合図すると、二人は即座に銃を抜いた。

ゴルッツはあくびをしながら姿を消した。

「行ってしまったじゃないの」ニコルは咎めるように言った。もちろん、ゴルツはいつでも消えてしまう。それは、ニコルも予測していたことだ。ただ、消えたことで少なくとも会話は終わらせてくれた。とりあえず彼から逃れることはできた。

ゴルツの幼少期に戻って彼を抹殺すべきではないのか。ニコルは思った。しかし、ゴルツはそれも予測している。ずっと以前から、彼はみずからの幼少期に何度も戻っている。誕生の時から子供時代へと移動し、自身をガードし、自身を訓練し、幼少期の自己に繰り返し言い聞かせている。フォン・レッシンガー装置を使って、ベルトルト・ゴルツは、事実上、自分の親になったのだ。人生の最初の十五年間、彼は常に自分自身の仲間であり、自分自身のアリストテレス――家庭教師だった。だから、若き日のゴルツを驚かせたりすることは絶対にできないのだ。

驚き――これこそ、フォン・レッシンガー装置が政治の場からほぼ完璧に消し去ってしまったファクターだ。今ではすべてが純然たる因果律のもとにある。少なくともニコルはそうであることを願っている。

「ミセス・ティボドー」NPのひとりがこのうえない敬意をこめて言った。「面会の約束があるというAG製薬のかたがいます。ミスター・メリル・ジャッドというかたです。お部屋に通しておきました」

「ああ、そうだったわ」ニコルは言ってうなずいた。会う約束をしていたのだった。リヒャルト・コングロシアンの治療をどう進めるかに関して、ジャッドはいくつか新しいアイデアを持っており、コングロシアンが見つかったのを知って、即座にホワイトハウスに連絡をしたということだった。「ありがとう」ニコルは言って、カリフォルニアポピー・ルームに向かった。

あの忌々しいカープ親子、フェリックスとアントン。二人のNPを従えて絨毯を敷き詰めた廊下を急ぎ足に進みながら、ニコルは思った。彼らがディーター・ホグベン・プロジェクトの破壊工作を企んでいるとしたら……。たぶんゴルッツの言うとおりだ。彼らに対して強硬な手段を講じなければならない！　しかし、彼らは強大だ。資力・人材はもとより、機略にも長けている。カープ親子はビジネス界随一のプロであり、その点ではニコルをもしのいでいる。

ゴルッツが言おうとしていたのは正確にはどういうことだったのか。わたしたちがリヒャルト・コングロシアンを連れ戻した時に、実は予想していた以上のものを現実の場に引きずりこんだのだとか言っていた、あの言葉の本当の意味は。ルーニー・ルークに関係することだろうか？　ルーニー・ルーク——カープやゴルッツと同じくらい悪辣な人物。ニヒリストの海賊。国家を犠牲にしてもなんとも思わない独立独歩の人間。なにもかもが、なんと複雑になってしまったのだろう。しかも、ほかのなににもましてやっかいな問題が残っている。まだ決着のついていないゲーリングとの取引の問題。そう、国家元帥には決断できないし、決断しないだろう。彼がこの問題に最終的な決着を与えることは絶対にないだろう。彼の優柔不断さのおかげで歯車はストップし、わたしの意識はいつまでもそこに釘づけになってしまう。

その代償たるや計りしれない。今晩までにゲーリングが決断しなければ――。

先刻告げたとおり、彼はもとの時代に戻ることになる。敗北が確定した戦争のただなかに。その戦争は最終的に――彼自身の脳裏に鋭く刻みこまれているとおり――彼の命を無残に奪うことになる。

すぐにわかる。ニコルは自分に向けて猛々(たけだけ)しく言った。彼は当然受け取るべきものをきっちりと受け取ることになる。ゴルツもカープ親子も。ルーニー・ルークを含めて、彼ら全員が受け取るべきものを受け取ることになる。しかし、すべては慎重の上にも慎重を期してなされなければならない。ひとつひとつ順を追って対処していかねばならない。とりあえずは、なによりも切迫しているコングロシアンの問題がある。

ニコルは急ぎ足にカリフォルニアポピー・ルームに入り、AG製薬の精神薬開発主任メリル・ジャッドに挨拶した。


イアン・ダンカンは恐ろしい夢を見た。見るもおぞましい老婆が緑がかった皺だらけの鉤(かぎ)爪(づめ)で彼につかみかかり、哀れな声でなにかをしてくれと迫っていた。なにを言っているのか、彼には理解できなかった。老婆の声と言葉はボロボロに欠けた歯の奥に飲みこまれ、顎(あご)に向けてダラダラと流れ落ちる涎(よだれ)のねじ曲がった糸にからめとられて、不明瞭な靄のかたまりとなって漂うばかりだった。彼は必死に身を振りほどこうとした。眠りから覚めて老婆から逃げようとした……。

「おい！」アルの不機嫌な声が半睡状態の意識の層を通して届いてきた。「起きろったら！　ロットを移動させなきゃならん。ホワイトハウスには十二時に行くことになっているんだから」

ニコル。朦朧（もうろう）とした状態で体を起こしたイアンは気づいた。おれが夢で見ていたのはニコルだ。しなびて、乾ききって、縮んだ、腐りかけた粥（かゆ）みたいな老婆だったが、それでも、あれはニコルだった。「オーケー」とつぶやいて、イアンはふらふらと立ち上がった。「こんなふうに眠りこんでしまうつもりなんてなかったのに。おかげで、ひどい代償を払うことになった。ニコルのことで恐ろしい夢を見たんだ。なあ、アル、ニコルが本当にとんでもない年寄りだったとしたらどうだろう？　おれたちはこの目でニコルを見たけれど、あれはトリックというか、投影されたイリュージョンだったとしたら。つまり——」

「おれたちはこれから演奏をする」アルが言った。「ジャグを演奏するんだ」

「でも、おれには乗りきれそうにない」イアンは言った。「おれの適応能力はまるで当てにならない。これが悪夢になっていっている。ルークがパプーラを操作して、きっとニコルは年寄りで——このまま続けてなんの意味がある？　家に戻ってテレビでニコルを見ているわけにはいかないのか？　おれにはそれで充分だ。おれは、あれが、あのイメージがほしい。それでいいだろう？」

「だめだ」アルは譲らなかった。「おれたちはこの目で最後まで見届けなくちゃならない。忘れるな、おまえはいつだって火星に移住できるんだ。その手段はここに、目の前にあるんだから」

ジャロピー・ジャングル・ナンバー3はすでに浮上を終え、一路、東海岸に、ワシントンDCに向けて進んでいった。

ロットが着地すると、丸々と肥った愛想のよい小男、ハロルド・スレザクがにこやかに彼らを迎えた。握手を交わしたのち、スレザクは二人の気分をほぐそうとしながら、ホワイトハウスの通用口のほうに案内していった。「あなたがたのプログラムはとても意欲的ですが」スレザクはなめらかな口調でしゃべりつづけた。「これをさらに充実させることも可能で、そうなればわたしにとって喜ばしいのはもちろん、ここにいるわたしたち、つまり、ファーストファミリーということですが、とりわけ、あらゆる形態のオリジナルな芸術性にたいへんな熱意をお持ちのファーストレディその人にとって、このうえなく満足すべきものとなることでしょう。プロフィールによれば、お二人は、二十世紀前半、それも一九二〇年代という早い時期のいくつかのジャグバンドの録音レコードを徹底的にチェックされたということで、それからすると、まさに正統的なジャグ演奏家であるわけですが、ただ、もちろん、あなたがたはフォークでなくクラシックを演奏されるところが違うということですね」

「ええ」アルが言った。

「どうでしょう、フォーク作品を一、二曲加えるというのは?」一行は通用口に立つNPの警備員の横を通りすぎ、ホワイトハウスに入ると、一定の間隔を置いて人工のキャンドルが並ぶ静まり返った長い廊下を進んでいった。「たとえば《ロッカバイ・マイ・サラ・ジェーン》は？　あなたがたのレパートリーに入っていますか？　入っていない？」

「入っています」アルは短く言った。その顔に一瞬、嫌悪の色が浮かんだが、即座に消え去った。

「すばらしい」スレザクは言って、愛想よく二人を先に行くよう促した。「ところで、うかがってもよろしいですか？　あなたがたが連れているその生き物はいったいなんなのですか？」スレザクは熱意が少し薄れたようすで、アルが抱えているパプーラにちらりと目を向けた。「生きているんですか？」

「われわれのトーテム動物です」アルが言った。

「縁起をかつぐお守りという意味ですか？　マスコット？」

「そのとおり」とアル。「こいつがいると不安がやわらぐんです」彼はパプーラの頭を軽くたたいた。「ついでに、われわれのパフォーマンスの一部でもあるんです。われわれが演奏しているあいだ、こいつがダンスをします。猿みたいに」

「おお、そういうことですか」スレザクの熱意が回復した。「わかりました。ニコルも喜ぶでしょう。ニコルはやわらかくてふわふわしたものが大好きですから」スレザクは二人のためにドアを押さえた。

そこに、ニコルが座っていた。

ルークはどうしてあれほど間違ったことが言えたんだろう？　イアンは改めて思った。ロットでちらりと見た時よりもなお、彼女は美しかった。テレビの映像と比べるなら、その美しさは段違いに際立っていた。根本的な違いは、有無を言わせぬほどに確固たる彼女の容貌、五感に与える、そのリアリティだ。五感にはその差異がわかる。退色させた青い綿のパンツ、小さな足を包むモカシン、無造作にボタンをかけた白いシャツの奥に見える――見えたとイアンが想像しただけかもしれないが――日焼けしたなめらかな皮膚。なんてカジュアルな格好だろう。虚栄の装いはいっさいない。髪は短くカットされ、見事な形の首と耳がすっかり見えている。その首と耳はイアンを魅了した。目を離すことができなかった。しかも――とイアンは思う。こんなにも若い。ニコルは二十歳にも見えなかった。ニコルがおれを憶えているなんてことがあるだろうか。おれかアルを。なんらかの奇跡によって。

「ニコル」スレザクが言った。「クラシックジャグの演奏者たちです」

タイムズを読んでいたニコルが目を上げた。そして、歓迎の笑みを浮かべた。「こんにちは。ランチはもう召し上がった？　よかったら、カナディアンベーコンとバターロールとコーヒーくらいは用意できるわ」その声は妙なことに彼女の口から発せられているようには聞こえなかった。部屋の上部、ほとんど天井に近いところから発せられているようだ。そちらに目を向けたイアンは、一連のスピーカーが設置されているのを知った。と同時に、ニコルと彼らのあいだにガラスかプラスチックのバリヤーがあるのに気づいてハッとした。ファーストレディを守るためのセキュリティ設備だ。がっかりしたものの、それでも、バリヤーが必要な理由は理解できた。万一、彼女の身になにかが起こったら――。

「もう食べました、ミセス・ティボドー」アルが言った。「ありがとうございます」アルも上方のスピーカーに目をやっていた。

もう食べましたいいい、ミセス・ティボドーを。イアンの頭にとんでもない思いが浮かんだ。実際は逆じゃないのか？　彼女のほうが、青い綿パンと白いシャツを着てそこに座っている彼女のほうが、おれたちをむさぼり食らっているんじゃないか？　今まで思ってもみなかった考え……。

「あらまあ」ニコルがスレザクに言った。「あのちっちゃなパプーラが一緒じゃないの――楽しいこと」そして、アルに向かって、「見せてもらっていいかしら？　この中に入れて」

ニコルが合図を送ると、透明な壁が音もなく上がりはじめた。

アルが床におろすと、パプーラはちょこまかとニコルのほうに向かい、セキュリティバリヤーの下をくぐり抜けた。そして、ひょいと跳び上がった時、突然、ニコルがその力強い手でパプーラをつかみ上げ、奥の奥まで見透かそうとしているかのようにじっと見つめた。

「なによ。生きてないわ。ただのおもちゃじゃないの」

「生き残っているものはいません」アルが説明する。「わたしが知っているかぎり。でも、これは正式なモデルです。火星で発見された化石をもとにして作ったものです」アルは一歩、ニコルのほうに踏み出した。

バリヤーが突如下がって、もとの位置に戻った。アルはパプーラから切り離され、ぽかんと口を開けて棒立ちになった。動転しているようだった。次いで、本能的に腰のコントローラーに触れた。パプーラはニコルの手からするりと逃げ出して無様に床に跳びおりた。ニコルは嬉しそうに大声を上げた。目が輝いている。

「一匹ほしいですか、ニッキー?」スレザクが言う。「間違いなく手に入れてさしあげますよ。なんだったら二匹でも三匹でも」

「これはなにをするの?」

スレザクがしゃべりはじめた。「ダンスをします、マーム、このかたたちが演奏を始めたら骨格の内部でリズムを取るんです——ですよね、ミスター・ダンカン? 今、なにか短い曲を演奏して、ミセス・ティボドーにダンスをお見せできますか?」丸々とした両手を勢いよくこすり合わせながら、スレザクはイアンとアルに向けてうなずいてみせた。

「え、ええ」アルが言って、二人はたがいを見やった。「ええと、シューベルトの小曲を演奏します。《鱒》のアレンジを。いいな、イアン、準備しろ」アルはケースの留め金をはずし、ジャグを取り出すと、おずおずと構えた。イアンもそれにならった。「アル・ミラー、第一ジャグです」アルは言った。「そして、横にいるのはパートナーのイアン・ダンカン、第二ジャグを担当します。クラシックの名曲をそろえたコンサートにご案内します。最初はシューベルトの小曲から」

バムバム、**バムバム**、バーンバム、バ・バムバム、ババババーーーー……。

突然、ニコルが言った。「思い出したわ、あなたたち二人に会ったのを。特に、あなた、ミスター・ミラーのことはよく憶えている」

二人はジャグをおろして、不安そうにニコルの次の言葉を待った。

「ジャロピー・ジャングルで。昨日、リヒャルトを連れ戻しにいった時。あなたはわたしに話しかけて、リヒャルトを放っておいてくれと言ったわね」

「ええ」アルは言った。

「わたしが憶えていないとでも思っていたの?」ニコルが言う。「どうして?」

アルは言った。「あなたは大勢の人に会われるから――」

「でも、わたしはとても記憶力がいいの。相手がそれほど重要でない人たちであってもね。ここに来るのをもう少しあとにしておけばよかったのに……それとも、そんなことはどうでもいいのかしら」

「どうでもよくありません」アルが言った。「われわれにとってはこのうえなく重要なことです」

ニコルはアルをじっくり観察した。「ミュージシャンっておもしろい人たちよね」やがて、ニコルは言った。「ミュージシャンはほかの人たちのような考え方はしないということを、わたしは発見したのよ。ミュージシャンは自分だけの幻想世界に生きている。リヒャルトがそうであるように。彼は最悪。でも、同時に最高でもある。リヒャルトはホワイトハウスのミュージシャンの中で最高にすばらしい。この両面は、どちらが欠けてもいけないのかもしれないけれど、わたしにはよくわからなくて、この点についてはなんの理論も立てられないのよ。誰か、このテーマに関して厳密かつ科学的な研究をして、きっぱり決着をつけてくれないものかしら。どうぞ演奏を続けて」

「はい」アルは言ってすばやくイアンに目を向けた。

「あんなことを彼女に言ったなんて話してくれなかったじゃないか」イアンがささやいた。

「彼女にコングロシアンを放っておいてくれと頼んだなんて——まるっきり言ってくれなかった」

「知ってると思ってたんだよ。おまえもあそこにいたし、聞いていたとばかり思ってた」アルは肩をすくめた。「いずれにしても、彼女がおれのことを憶えているなんて信じられない」アルがそんなことはありえないと思っていることは明らかだった。その顔は不信の迷宮さながらだった。

二人は再び演奏を始めた。

バムバム、**バムバム**、バーンバム……。

ニコルがくすくすと笑った。

おれたちは終わりだ。イアンは思った。ああ、最悪の結果になってしまった。おれたちは笑いものにされた。イアンは演奏をやめた。だが、アルは頬を真っ赤にふくらませて、ジャグを吹きつづけた。ニコルは片手で口もとを覆ったものの、彼らとその演奏がおかしくてたまらないという表情は隠しようもなかった。アルはそんなことには気づいていないように、ひとりで演奏を続け、最後まで吹き終えてからジャグをおろした。

「パプーラは」と、ニコルはできるかぎり平静を装って言った。「ダンスをしなかったわ。一歩もステップを踏まなかった——なぜ？」そして再び、抑えきれないといったようすで笑い出した。

アルが硬い口調で言った。「おれには――操作できないからです。今はリモートコントロール状態です」そして、イアンに向かって、「今もルークが操作している」と言うと、パプーラに向きなおって大声で言った。「ダンスをしたほうがいい」

「あらまあ、なんてこと！」ニコルは言った。ちょうどその時、ひとりの女性が部屋に入ってきた。イアンは、それがジャネット・レイマーであることに気づいた。ニコルはジャネットに向かって、「ねえ、この人形にはダンスをしてくれって頼まなきゃならないのよ」と言った。「ダンスをしてちょうだい。なんという名前か知らないけど、火星のパプーラ人形ちゃん。それとも火星の模造パプーラ人形と言うべきなのかしら」ニコルはモカシンの先でパプーラをつつき、なんとか動かそうとした。「ねえ、ダンスをして。ワイヤだけでできてる、ちっちゃな大昔のキュートな生き物ちゃん。お願いだから」彼女はもう少し強く小突いた。

パプーラが彼女に跳びかかった。そして嚙みついた。

ニコルは悲鳴を上げた。背後でパンという鋭い音がし、パプーラは渦巻く粒子となって姿を消した。ホワイトハウスのNPがライフルを手に現われ、ニコルと漂う粒子を見つめた。表情は落ち着いていたが、手とライフルは震えていた。アルが悪態をつきはじめ、抑揚のない口調で、ある言葉を繰り返した。同じ言葉を三回か四回立て続けに唱えた。

次いで、アルはイアンに向かって「ルークだ」と言った。「ルークがやったんだ。復讐だ。おれたちは終わりだ」と言った。その顔は、とんでもなく歳をとり、やつれ、憔悴しきっているように見えた。彼は反射的に、いま一度ジャグ演奏を始めようとした。ぎくしゃくと機械的に一ステップずつ進めていって、ジャグを体の前に構えた。

「おまえたちを逮捕する」背後から現われた新たなNPが二人にライフルの銃口を向けた。

「ああ」アルが無表情に言った。頭が上下左右にうつろに揺れていた。「おれたちはこれには無関係だ。逮捕でもなんでもすればいい」

ニコルはジャネット・レイマーの助けを借りて立ち上がり、アルとイアンのほうにゆっくりと歩み寄った。そして、透明なバリヤーの前で立ちどまった。「あれが嚙みついたのは、わたしが笑ったから？」彼女は低い声で言った。

スレザクは額をぬぐっていた。なにも言わず、ただ見つめているばかりだった。それも、まるで目が見えない人間のように。

「ごめんなさい」ニコルが言った。「わたしがあの子を怒らせたのね。そうでしょ？ 残念だわ。今夜のディナーのあとの、あなたたちの演奏を楽しみにしていたのに」

「ルークがやったんです」アルが言った。

「ルークですって？」ニコルはアルをじっと見つめた。「そう、そうだったわね。ルークがあなたの雇い主だったわね」そう言うと、ジャネット・レイマーに向きなおった。「ルークも逮捕したほうがいいわ。そう思わない？」と言った。

「なんでもおっしゃるとおりにします」ジャネット・レイマーは青ざめ、ひどく怯えているようすだった。

ニコルが言った。「このジャグ演奏は……なにからなにまで、わたしたちに対する直接的な敵対行為を隠しておくためだったんだわ。国家に対する反逆行為。どうやら、ホワイトハウスに演奏家を招くというアイデアそのものを見なおさなければならないようね。もしかしたら、そもそもの始まりから間違っていたのかもしれない。わたしたちに敵意を抱く者たちに、たいへんなチャンスを与えてしまうわけだから。残念だけれど」ニコルは悲しげだった。腕を組み、体を前後に揺らしながら、自分だけの思考の淵に沈みこんだ。

「信じてください、ニコル――」アルが口を開いた。

ニコルはみずからの内奥を見つめるかのような口調で言った。「わたしはニコルではないの。だから、そんなふうに呼ばないで。ニコル・ティボドーはもう何年も前に亡くなったわ。わたしはケイト・ルパート――ニコルの四代目よ。ただの女優で、この仕事を続けていけるほど、初代のニコルにそっくりだったというだけ。これまでにも何度か、そう、今回のようなことが起こった時に、こんな仕事を受けなければよかったと思ったものだわ。わたしには実際の権限はいっさいないの。究極的な意味でね。真に統括しているのは〝評議会〟……わたしが評議会のメンバーに会うことはいっさいない。彼らはわたしに興味を持っていないし、わたしのほうも同じ。その意味では対等ね」

ややあって、アルが言った。「これまでに、あなたの――命を狙う試みは何回くらいあったんですか？」

「六回か七回。正確には憶えていない。どれもこれも心理的な理由によるものだったわ。未解決状態のエディプスコンプレックスとか、そういった異常な心理。わたしにとってはどうでもいいことだけれど」彼女はNPたちのほうに向きなおった。今では複数の部隊が集結していた。アルとイアンを指差して、ニコルは言った。「なにが起こっているのか、彼らが知っているようには思えないわ。たぶん潔白よ」次いで、ハロルド・スレザクとジャネット・レイマーに向かって、「それでも、抹消しなければならないかしら？　わたしには、脳の記憶細胞の一部を除去するだけで釈放していいと思えるんだけれど、どう？」

スレザクはジャネット・レイマーをちらりと見やったのち、肩をすくめた。「そのようにするのがお望みであれば」

「ええ。そのほうがいいわ。わたしの仕事も楽になるし。ベセスダの医療センターに連れていって、処置が終わったら釈放してやって。それじゃ、続けるとしましょうか。あとの演奏者たちにも聞き手が必要だろうから」

NPのひとりが銃の背でイアンを小突いた。「廊下に出て」

「オーケー」イアンはなんとかつぶやいて、ジャグをつかんだ。いったいどういうことなのか、イアンにはまるで理解できなかった。この女性は本当はニコルではなくて、もっと悪いことにはニコルはどこにもいなくて、結局のところ、ただのテレビの画像だけ、メディアのイリュージョンがあるだけで、しかも、背後には、彼女の背後には、すべてを支配している別のグループがいるという。会社の役員会みたいなものが。でも、彼らはいったい何者で、どうやって権力を握ったんだろう？　いつごろから彼らが権力を握っているんだろう？　いずれはおれたちにもわかるんだろうか？　ただ、実際になにが進行しているのかは、ほとんどわかったような気がする。イリュージョンの裏にある現実、これまでずっとおれたちには知らされずにきた秘密……これ以上は教えてもらえないんだろうか？　きっと、これ以上のことなど、たいしてないんだろう。それに、今となっては、そんなことを知ってもなんの違いもない。

「さよなら」アルが言った。

「な、なんだって？」イアンは驚愕した。「どうしてそんなことを言うんだ？　おれたちは釈放されるんだろう？」

「おれたちはおたがいのことを憶えていない状態になるんだよ。嘘じゃない。そういう記憶はいっさい保持することを許されないんだ。だから――」アルは片手を差し出した。「だから、さよなら、イアン。でも、おれたちはホワイトハウスに来ることに成功した。これも忘れてしまうだろうけど、それでも真実であることは間違いない。おれたちはやってのけたんだ」彼は歪（ゆが）んだ笑みを浮かべた。

「足を止めるな」NPが二人に言った。

なおも――無意味に――ジャグを握ったまま、アル・ミラーとイアン・ダンカンは、ホワイトハウスの外に出るドアに向かって廊下を一歩一歩進んでいった。ドアの外に医療センターの黒いヴァンが待っていることは、二人にもわかっていた。

夜。イアン・ダンカンは、人けのない街角にいるのに気づいた。寒く、体が震えている。市内の公共移送機関の乗場の白いライトに、イアンは目をぱちくりさせた。こんなところで、おれはいったいなにをやっているんだろう？　当惑に包まれて彼は自問した。腕時計を見る。八時。住民総会に出るはずじゃなかっただろうか？　ぼんやりとイアンは思った。

今回は欠席するわけにはいかない。二回続けてとなれば、とんでもない罰金が科せられる。破綻だ。彼は歩きはじめた。

見慣れた高層ビル——いくつものタワーや窓が連なるエイブラハム・リンカーン自治共同住宅が行く手に現われた。もうさほど遠くはない。急ぎ足になったイアンは深く息を吸い、着実なペースを保とうとした。中央の大ホールの明かりは灯っていなかった。もう終わってしまったに違いない。ちくしょう。彼は絶望の吐息をついた。

「総会は終わったのか？」ドアマンに言ってロビーに入ると、身分証を公式読み取り装置に向けて突き出した。

「なにか混乱しているみたいだな、ミスター・ダンカン」ヴィンス・ストライクロックが言った。「総会は昨晩だよ。今日は木曜だ」

なにかおかしい。そう思ったものの、イアンはなにも言わず、うなずいただけでエレベーターに急いだ。自分の部屋のあるフロアでエレベーターから出ると、一室のドアが開いて、誰かが人目を避けるように手招きした。「ちょっと、ダンカン！」

コーリーという名の居住者だった。コーリーのことはほとんど知らなかった。こんなふうに呼びとめられるのは、なにかとんでもない事態の可能性もある。イアンは警戒心をつのらせながら近づいていった。「なんだ？」

「噂が広まっているんだ」コーリーは早口で言った。不安があふれ出さんばかりの声だった。「前回のあんたの宗政試験の件で――なにか不正があったらしい。明日の朝五時か六時にあんたをたたき起こして、抜き打ちの試験をするというんだ」コーリーは廊下の右左に目を走らせた。「特に一九八〇年代の宗教集産主義者運動についてよく予習しておくんだ。わかったか？」

「ああ」イアンは感謝の念をこめて言った。「ありがとう。いつかきっとおれも同じことを――」イアンが言いかけたところで、コーリーはそそくさと自分の部屋に引っこんでドアを閉めてしまった。イアンはひとり廊下に取り残された。

本当になんていいやつなんだろう。部屋に向かいながら、イアンは思った。たぶん、これでうまくいく。ここから即座に強制退去させられないですむだろう。いま退去させられたら、永遠に戻ってこられない。

部屋に入ると、イアンは気持ちを落ち着け、手持ちの合衆国の政治史に関する参考書を全部まわりに広げた。今日は徹夜で勉強しよう。どうあっても抜き打ち試験にはパスしなければならない。ほかに選択肢はない。

眠りこんでしまわないようにと、彼はテレビをつけた。即座に、慣れ親しんだあたたかな姿、ファーストレディの画像が現われ、部屋をその存在感で満たしていった。

「……そして、今宵の音楽の夕べには」彼女が話している。「サキソフォンカルテットを迎え、ワグナーの楽劇でも特にわたしのお気に入りの《マイスタージンガー》から、いくつかのテーマを演奏してもらいます。誰もが深く心に残る、そして生涯忘れられないひとときを味わっていただけることと思います。そして、そのあとには、みなさんが昔からたいへんお好きな世界的チェリスト、アンリ・ルクレルクをいま一度お迎えすることになっています。プログラムは、ジェローム・カーンとコール・ポーターのナンバーで構成されています」彼女はほほえんだ。参考書の山の前で、イアンも笑みを返した。

ホワイトハウスで演奏するというのはいったいどんな感じなんだろうな。イアンはつぶやいた。ファーストレディの前で演奏するというのは。楽器を一度も習わなかったのは残念と言うしかない。おれは、演劇も、詩を書くことも、ダンスも、歌を歌うこともできない――なにひとつ。こんなおれにいったいどんな希望があるというんだ。もしおれが音楽一家に生まれていたなら、おれに音楽を教えてくれる父親か母親がいたなら……。

イアンはむっつりと、一九七五年のフランス系キリスト教ファシストの台頭に関して、走り書きでいくつかメモを取った。だが、そこまでやったところで、いつものように気持ちはテレビに向かい、結局ペンを置いて、テレビと向き合うように椅子の向きを変えた。ニコルは、ドイツのシュヴァインフルトの小さな店で選んできたという一枚のデルフトタイルを視聴者に見せていた。なんて美しいクリアな色なんだろう……イアンは魅入られたように画面を見つめた。ニコルのほっそりした力強い指が、エナメルを焼きつけたタイルの輝く表面を撫でた。

「ごらんなさい、このタイルを」ニコルはハスキーな声でささやくように言った。「こんなタイルをほしいと思いませんか？　美しいでしょう？」

「ええ」イアン・ダンカンは言った。

「いつか、このようなタイルを自分の目で見てみたいと思う人は、どれくらいいるかしら？いたら手を挙げてみて」

イアンは期待をこめて手を挙げた。

「まあ、大勢だこと」ニコルは言って、親しげな輝くばかりの笑顔を見せた。「それじゃ、いずれ新たなホワイトハウスツアーをすることにしましょう。どうかしら？」

イアンは椅子から跳び上がって言った。「ええ、ぜひ行きたいです！」

テレビ画面のニコルが自分に直接笑いかけているように思えた。だから、イアンも笑みを返した。そののち、とてつもない重みがのしかかってくるのを感じながら、不承不承、参考書に戻った。日々の終わりなき生活という厳しい現実。

部屋の窓になにかがぶつかる音がして、ガラスに隔てられたくぐもった声が呼びかけてきた。「イアン・ダンカン、時間がない！」

くるりと振り向いたイアンは、窓の外の夜の闇の中になにかが浮かんでいるのを見た。卵形をした乗物。中には男が乗っていて、力いっぱい手を振りながら、なおも呼びかけてくる。卵が鈍いパタパタという音を上げてアイドリングしているなか、男はハッチを蹴とばして開き、体を持ち上げて外に出てきた。

もう抜き打ち試験が始まったのか？　イアンはひとりごち、絶望的な思いで立ち上がった。こんなに早く……まだ準備ができていない。

男は怒ったようすでジェットの噴出部を回転させた。白い排気が建物の壁を直撃した。部屋全体が激しく揺れ、漆喰の一部が剝がれ落ちた。ジェットの高温の噴出流を受けて窓全体が崩れ落ちる。その穴に向けて、男はいま一度大声を上げ、茫然とするイアンの注意をなんとか自分に向けさせようとした。

「ダンカン！　急げ！　相棒はもう救出した。彼はいま別の船で航行中だ！」ほんの少し時代遅れだが高級な自然素材の青いピンストライプのスーツを着た年配の男は、ホバリングしている卵形の乗物から巧みに体をおろしていき、足から先にイアンの部屋に降り立った。「逃げおおせるつもりなら、すぐに出発しなければならん。わたしを憶えていないのか？　アルもそうだったが」

イアン・ダンカンは男を見つめながら思った。この男は誰だ。アルって誰だ。

「ママの精神医学者たちは見事な仕事をやってのけたな」男は荒い息をついた。「あのベセスダは——なかなかどうして、たいした場所のようだ」イアンに歩み寄ると、男は肩をぐいとつかんだ。「NPはジャロピー・ジャングルをすべて閉鎖するつもりだ。わたしは火星にずらからねばならん。おまえも連れていってやる。もとに戻せるよう、やってみよう。わたしはルーニー・ルークだ——今は憶えていないようだが、火星に着いたら思い出せるようになる。アルにもまた会える。さあ、行こう」ルークは部屋の壁に開いた穴——それまでは窓だったところ——に向けて、イアンをせき立てた。その先には卵形の乗物がホバリングしている。ジャロピーっていうんだ。イアンは思った。

「オーケー」そう言って、イアンはなにを持っていくべきかと考えた。火星で必要なものは？　歯ブラシ、パジャマ、厚手のコートもいるだろうか？　彼は必死にアパート内を見まわした。それが見おさめだった。

遠くでパトカーのサイレンが響いた。

ルークは急いでジャロピーに戻った。イアンもそのあとに続き、男が差し出した手をつかんだ。船内に入ると、驚いたことに、床の上を妙なものがいっぱい這いまわっていた。オレンジ色の昆虫のような生き物——そのあいだにイアンが横たわると、彼らの触角がいっせいにイアンに向けて波打った。パプーラだ。イアンは思い出した。確かそんな名前だった。

いいいいいいもう大丈夫だよ。パプーラたちはユニゾンで思念を送ってきた。心配しないで。ルーニー・ルークはまにあった。間一髪であなたを助け出した。リラックスして。

「うん」イアンはジャロピーの側壁に体を寄せて仰向けになり、リラックスした。超小型宇宙船はいっきに上昇していった——なにもない闇の空間に向けて、その先に待ち受けている新世界に向けて。

13

「一刻も早く出ていきたい。ここにはいたくない」リヒャルト・コングロシアンはいらいらと、彼をガードしている国家警察たちに言った。苛立ちとともに、彼は恐れも感じており、ペンブローク長官からできるだけ離れていようとした。いっさいを指揮しているのがペンブロークであることはわかっていた。

ワイルダー・ペンブロークが言った。「AG製薬の精神薬開発主任ジャッド氏がまもなく来ます。いま少し辛抱していてください、ミスター・コングロシアン」その声は落ち着いていたものの、彼をなだめようという意図はいっさい感じられなかった。鋭い刃のようなそのトーンに、コングロシアンはいっそう落ち着きを失った。

「こんなことは耐えられない。あなたは、こんなふうにわたしをガードさせて、わたしのやることを逐一見張っている。わたしは見張られているというだけで耐えられないんだ。わたしは感受性パラノイアなんだ。それがわからないのか？」

ドアをノックする音がした。「ミスター・ジャッドがミスター・コングロシアンに会いにこられました」ホワイトハウスの職員が告げた。

ペンブロークがドアを開けて確認した。ＡＧ製薬のブリーフケースを手に、メリル・ジャッドがきびきびと室内に入ってきた。「ミスター・コングロシアン、ようやくお会いできて嬉しく思います」

「やあ、ジャッド」コングロシアンはつぶやいた。周囲で起こっているなにもかもが気に入らなかった。

「あなたのための実験的な新薬をいくつかお持ちしました」ジャッドは言ってブリーフケースを開いた。「塩酸イミプラミン、一日に二回、五〇ミリグラムずつ。オレンジ色の錠剤です。茶色の錠剤はわれわれが新しく開発した酸化メタビレティンで、一回につき一〇〇ミリグラム――」

「毒だ」コングロシアンがさえぎった。

「は？」ジャッドは怪訝な顔で耳もとに手を持っていった。

「わたしは飲まない。これは、わたしを殺すために周到に仕組まれた計画の一部だ」コングロシアンにとって、それは疑いようのない事実だった。ジャッドがＡＧ製薬のブリーフケースを手に入ってきた瞬間にコングロシアンは確信していた。

「決してそんなことはありません」ジャッドは言って、ペンブロークに鋭い視線を投げた。「保証します。わたしはあなたを助けようとしているんです。あなたを助けるのがわたしたちの仕事です」

「だから、わたしを誘拐したというのか？」

「わたしは誘拐などしていません」ジャッドは慎重に言った。「それに関しては――」

「おまえたちはみんな共謀している」コングロシアンは返答を用意していた。これまで、それを発現する正確なタイミングを測っていたのだった。念動力を呼び起こしつつ、両腕を上げると、コングロシアンは、その力をダイレクトにAG製薬の精神薬開発主任メリル・ジャッドに向けた。

ジャッドが床から浮かび上がり、空に宙づりになった。AG製薬のブリーフケースをつかんだまま、彼はあんぐりと口を開けてコングロシアンとペンブロークを見た。目をむいてなにか言おうとしかけたその時、コングロシアンは閉じたドアめがけてジャッドを弾きとばした。ジャッドが激突した瞬間、中空の板張りドアは木っ端微塵になり、彼の体はそのままドアをくぐり抜けていった。ジャッドはコングロシアンの視界から消えた。コングロシアンとともに室内に残っているのは、ペンブロークと部下のNPたちだけとなった。

ワイルダー・ペンブロークが咳払いをし、かすれ声で言った。「怪我がどの程度か――確認しにいったほうがいい」そして破壊されたドアに向かいながら、肩ごしにこう付け加えた。「この件でAG製薬は立腹するだろうと思いますよ。控えめに言っても」

「AG製薬などどうでもいい」コングロシアンは言った。「わたしに必要なのは、わたしの主治医だ。あなたが連れてくる人間は誰も信用しない。だいたい彼がAG製薬の人間だなんて、どうしてわたしにわかると言うんだ。偽者かもしれないじゃないか」

「いずれにせよ、あなたはもう彼のことを気にする必要はないというわけです」ペンブロークはドアの残骸を恐る恐る開いた。

「彼は本当にAG製薬の人間なのか？」コングロシアンはそうたずねると、ペンブロークに続いて廊下に出た。

「ご自分で電話で話されたでしょう？　そもそも、彼に最初に電話したのもあなたなんですよ」ペンブロークは今では、怒っているとともに動揺しているようでもあった。彼はジャッドの痕跡を探りながら廊下を進んでいった。「彼は今どこにいるんです？」強い口調でペンブロークは言った。「いったいぜんたい、彼になにをしたんですか？」

コングロシアンは気乗りのしないようすで言った。「階段から地下の洗濯室に移動させた。命に別状はない」

「フォン・レッシンガー原理がどういうものか知っていますか？」ペンブロークは言って、緊張したまなざしを向けた。

「もちろん」

「高位のNPとして、わたしはフォン・レッシンガー装置にアクセスする権限があります。あなたが次にその念動力を誰に対して使うことになるか、知りたいとは思いませんか？」

「いいや」

「知ったほうがあなたにとってもプラスになるでしょう。というのも、相手を知れば、力を使うのをやめたくなる可能性があるからです。なにも知らずに使ってしまえば、後悔することになります」

こう聞いて、コングロシアンは「それは誰なんだ?」と言った。

「ニコルです」ペンブロークは言った。「よかったら教えていただきたい。あなたがこれまで念動力を政治的に使うのを控えてきたのは、どのような行使セオリーのもとにあるのか――

――」

「〝政治的に〟?」コングロシアンは言った。念動力を政治的に使うというのがどういうことなのか、彼には理解できなかった。

「改めて思い起こしてもらうならば、政治とは、ほかの人間に、自分がやってもらいたいと思うことをやらせる行為です。必要とあれば力ずくでも。あなたがたったいま行使した念動力は、その直接性において尋常ではないと言うべきでしょうが、それでも、いま言ったような意味で政治的な行為であることには違いありません」

コングロシアンは言った。「わたしはずっと、この力を人間に対して使うのは間違っていると思ってきた」

「でも、たった今――」

「今は状況が違う。わたしは捕らえられている。誰もがわたしに敵対している。あなただってそうだ。わたしは、あなたに対してもこの力を使うかもしれない」

「そんなことはしないでください」ペンブロークは引きつった笑みを浮かべた。「わたしは単に政府機関に雇われている身です。自分の仕事をしているだけです」

「あなたはそれ以上の存在だ」コングロシアンは言った。「わたしがニコルにどんなふうにこの力を使うことになるのか、ぜひとも知りたい」コングロシアンは自分がそんなことをするなど想像もできなかった。彼はニコルを畏怖している。極端なまでに崇敬している。

ペンブロークが言った。「待っていれば、そのうちにわかります」

「いま気がついたが」とコングロシアン。「わたしに関することを知るだけのために、わざわざフォン・レッシンガー装置を使うなど、どう考えてもおかしい。わたしは完全に価値のない存在なんだ。人間の世界から追放された人間、生まれてくるべきでなかった異常者なんだ」

「それは、あなたの病が言わせていることです。あなたがそんなことを言う時には、いつもそうなのです。そして、心のどこか奥底では、あなたもそれを知っている」

「しかし、あなたが使ったような形でフォン・レッシンガー装置を使うのが普通でないことは認めるべきだ」コングロシアンは引かなかった。「目的はいったいなんなんだ？」本当の目的は——と、コングロシアンは頭の中で言った。

「わたしの任務はニコルを守ることです。あなたがまもなく彼女に対して明白な行動をとるのははっきりしていて——」

「あなたは嘘をついている」コングロシアンがさえぎった。「わたしには、そんなことは絶対にできない。ニコルに対しては、絶対に」

ペンブロークは眉を上げ、エレベーターの操作盤のボタンを押して、AG製薬の開発主任の捜索に着手した。

「いったいなにを企んでいる？」いずれにせよ、コングロシアンはNPには強い疑念を抱いていた。これまでもそうだったし、これからもそれは変わらない。特に、NPがジャロピー・ジャングルにやってきて彼を捕まえた時から、疑念はいっそう強まっていた。しかも、この男はわたしに対して、わたし以上とさえ言っていい疑念と敵意に駆り立てられている。理由はまったくわからないが。

「わたしは自分の仕事をやっているだけです」ペンブロークは繰り返した。

コングロシアンは依然として、自身では明確にわからない理由によって、ペンブロークの言葉を信じなかった。

エレベーターの扉が開くと、ペンブロークは言った。「AG製薬の開発主任を投げ飛ばしてしまって、いったいどうやって自分を治すつもりなんです？」

「主治医がいる。エゴン・スパーブ。スパーブなら今でもわたしを治すことができる」

「彼に診てもらいたいですか？　その手配はできます」

「もちろんだ！」コングロシアンは熱をこめて言った。「一刻も早く。この世界でわたしに敵対していないのはスパーブだけだ」

「いずれスパーブのところに連れていってあげましょう」ペンブロークの平板な厳しい顔に考えこむような表情が浮かんでいた。「そうしたほうがいいと思えた時に……現時点ではそれほど確信が持てません」

「連れていかないなら、念動力を使ってポトマック川に投げこんでやる」

ペンブロークは肩をすくめた。「間違いなくあなたにはそれができるんでしょう。ただ、フォン・レッシンガー装置によれば、おそらくあなたはそうはしない。わたしはそのチャンスに賭けます」

「フォン・レッシンガー原理は、われわれのような超能力者に対しては適切に働かない」コングロシアンは苛立ちもあらわにそう言って、エレベーターに乗りこんだ。「少なくとも、わたしはそう聞いている。われわれは因果律とは無関係なファクターとして機能する」ペンブロークは相手にするのが難しい人間だった。自分が積極的に嫌っている——嫌っている、もしくは信用していない——者に対しては強固な姿勢を崩さない。

単なる警官のメンタリティにすぎないのかもしれない。下降するエレベーターの中で、コングロシアンは思った。

しかし、それ以上のものかもしれない。

ニコル。あなたはよくわかっているはずだ。あなたに対しては、わたしはいかなることもできない。わたしがあなたになにかをするなど絶対に絶対にありえない。そんなことをすれば、わたしの全世界が崩壊する。自分の母親か妹を、聖なる存在を傷つけるにも等しい行為なのだから。わたしは念動力の行使を抑止しなければならない。コングロシアンは思った。神よ、わたしがニコルのそばにいる時には、どうか念動力を使わないでいられるよう、お助けください。お願いです！

エレベーターがおりていくあいだ、コングロシアンは熱烈に神の返事を待った。

「ところで」と、ペンブロークがいきなりコングロシアンの思考に割りこんできた。「あなたの体臭ですが、すっかり消えてしまったようですよ」

「消えてしまった！」そう叫んだコングロシアンだったが、次の瞬間、NP長官の言が意味していることに気づいてハッとした。「わたしの恐怖性体臭を感じていたということか？でも、そんなことはありえない！　あれは実際には――」コングロシアンは当惑して言葉を切った。「しかもそれが消えたと、あなたは言っている」彼には理解できなかった。

ペンブロークはコングロシアンを見つめた。「体臭があれば、このエレベーター内で二人きりになった時に気づかないわけがありません。もちろん臭いは戻ってくるかもしれません。その時には喜んで教えてさしあげます」

「ありがとう」コングロシアンは言った。そして思った。この男はどういうわけか、わたしより優位に立ちつつある。一貫して。この男は熟達した心理学者なのか……それとも、彼がさっき言った定義によれば、熟達した政治的戦略家なのか？

「タバコはいかがです？」ペンブロークは紙巻タバコのパックを差し出した。

コングロシアンはぞっとして跳びすさった。「とんでもない。タバコは違法じゃないか――危険すぎる。そんなものは一本たりと吸うつもりはない」

「危険というなら、いつだって危険ですよ」ペンブロークは言って、タバコに火をつけた。

「そうじゃありませんか？　絶えまなく危険にさらされている世界。一時たりと注意を怠ってはならない。コングロシアン、あなたに必要なのはボディガードです。厳選されたチーム、厳しい訓練を積んだNPの要員が常にあなたとともにいる必要があります。さもないと——」

「さもないと、わたしが生き延びられる可能性は低い？」

ペンブロークはうなずいた。「ほとんどありません。これは、フォン・レッシンガー装置を使用しての結論だと申し上げておきます」

それ以後、二人は無言のままだった。

エレベーターが停まり、扉が開いた。ホワイトハウスの地下。コングロシアンとペンブロークは廊下に踏み出した。

ひとりの男が二人を待っていた。二人ともすぐに、それが誰であるかがわかった。「あなたに聞いてもらいたいことがある、コングロシアン」ベルトルト・ゴルツが言った。

NP長官が目にもとまらぬ速さでピストルを抜き、ゴルツに向けて発射した。

しかし、ゴルツはすでに消えていた。

彼が立っていたところに、折りたたんだ一枚の紙があった。ゴルツが落としていったのだ。

コングロシアンは上体を屈めて紙に手を伸ばした。

「触ってはいけない！」ペンブロークが鋭く言った。

遅すぎた。コングロシアンは紙を手にとって開いていた。それには、こう記されてあった。

ペンブロークはあなたを死に導く

「おもしろい」コングロシアンはそう言って、紙片をペンブロークに渡した。ピストルをホルスターに戻して紙片を受け取ったペンブロークは、怒りに顔を歪めながら子細に眺めた。

二人の背後でゴルツが言った。「ペンブロークはもう何カ月も、あなたが、ここホワイトハウスで自分たちの監督下に入るのを待っていた。もう時間はあまり残されていない」

ペンブロークはくるりと振り返り、再度ピストルを引き抜いて発射した。ゴルツは、軽蔑あふれる辛辣な笑いを残して、またも消え去った。彼をつかまえることは決してできない。彼がフォン・レッシンガー装置を自由に使えるかぎり。

しかし、なんのための時間が残されていないというのか？　これからいったいなにが起こるのか？　ゴルツにはわかっているように思える。おそらくはペンブロークにも。二人ともまったく同じ装置を使って未来を見ているのだから。

そして、わたしはそこにどう関与するのか？

わたしと、そして、わたしの念動力。わたしは念動力の行使を抑止すると誓った。わたしが関与するというのは、結局、わたしが念動力を使うということを意味しているのだろうか？

これが当たっているという感触はまったく感じられなかった。いずれにしても、コングロシアンにできることはほとんどなさそうに思えた。

家の外から子供たちの歌声が聞こえてきた。葬送歌のようなリズムで詠唱されるその歌は、これまでずっと音楽業界に身を置いてきたナット・フリーガーにもまったく馴染みのないものだった。しかも、どれほど頑張ってみても、言葉はただのひとつも聞き取れない。不思議なほどに茫洋(ぼうよう)とした言葉が融合して流れていくばかりだった。

「ちょっと覗いてもいいですか?」ナットはベス・コングロシアンに言って、きしむ籐の椅子から立ち上がった。

ベス・コングロシアンの顔が青くなった。「あの――やめてください。子供たちを見ないでください。お願いです!」

ナットは穏やかに言った。「わが社は音楽の企業なんです。どんなものであれ、音楽はすべてわれわれのビジネスです」窓辺に行って外を覗くのをやめるなど不可能だった。正しいか間違っているかはともかく、それがナットの血の中にある本能であり、その本能が礼節や思いやりよりも――ほかのなによりも先に現われ出てきたのだった。ナットは窓ごしに子供たちを覗き見た。子供たちは輪になって座っていた。全員がチュッパーだった。どの子がプラウトス・コングロシアンなのだろう。ナットの目には全員がそっくりに見えた。黄色のショートパンツとTシャツの、脇のほうにいる幼い少年がそうだろうか。ナットはモリーとジムを手招きした。二人も窓辺にやってきた。

五人のネアンデルタール人の子供たち。時間の流れから隔絶された子供たち。過去から切り離されて、この時代に、現代に貼りつけられた子供たちの声を、EMEのぼくたちが盗み聞きし、録音しようとしている。社のアート部門はこのアルバムにどんなジャケットをつけようとするだろうか。それ以上、窓外の情景を見ていたくなくなって、ナットは目を閉じた。

それでもぼくたちは録音を実行する。ここに来たのはなにかを得るためだ。空手で戻るわけにはいかない——少なくとも、そんなことはしたくない。そして——この子供たちの歌は重要なものだ。プロとして対応しなければならないものだ。もしかしたら、リヒャルト・コングロシアンの演奏よりも重要かもしれない。デリケートな感情にとらわれてためらってい る余裕はないのだ。

「ジム」ナットは言った。「アンペクF - a2を取ってきてくれ。今すぐに。あの子たちが歌い終わってしまわないうちに」

ベス・コングロシアンが言った。「録音するのは許しません」

「録音します」ナットは言った。「フォークミュージックのセッションで、現場で録音することはこれまでにもよくやっています。USEA裁判所で何度も争われましたが、常にレコード会社が勝っています」ナットは録音装置の準備を手伝うために、ジム・プランクのあとに続いた。

「ミスター・フリーガー、あなたは、あの子たちがなんなのか、わかっておられるの?」コングロシアン夫人が背後から大きな声で呼びかけた。

「ええ」とナットは歩みを止めずに言った。

アンペクF - a2のセットアップが整った。ガニメデの生命体は眠たげに脈打ち、空腹だとでも言うかのように、偽足（ぎそく）をゆったりとくねらせている。ここの湿度の高い環境はほとんど影響を与えていないようで、むしろ活性は落ちていた。

ベス・コングロシアンがやってきた。もう落ち着いていて、その顔には意を決したといった表情が現われていた。彼女は低い声で言った。「聞いてください。夜に、それも今日の夜に、彼らの集まりがあります。大人たちのです。森の中にある集会所で。ここからすぐ近く、彼らが使っている赤色岩の脇道ぞいにあります。そこは、彼らが――彼らの組織が所有している場所で、ダンスと歌が山のように披露されます。まさしくあなたがたが望んでいるものです。ここであの子たちが歌っているよりも、ずっとずっとたくさんの歌が聞けます。だから、どうかしばらく待って、そちらのほうを録音してください」

ナットは「両方録（と）ります」と言って、ジムにアンペクF‐a2を子供たちのところに運ぶよう合図した。

「今晩はここにお泊まりいただいて結構です」ベス・コングロシアンは言って、急いで彼のあとを追った。「今夜遅く、午前二時ごろに、彼らはすばらしい歌を歌います。言葉はほとんどわかりませんけれど、でも――」夫人はナットの腕をつかんだ。「リヒャルトとわたしは、子供を大人たちとは別個にトレーニングしようとしてきました。子供たちは若いので、実際、大人たちの歌には加われないんです。子供からは本物の音楽は得られません。大人たちの歌を直接聞いてみれば――」ベス・コングロシアンは言葉を切り、低い声で締めくくった。「そうすれば、わたしの言っていることがわかります」

モリーがナットに言った。「夜まで待ちましょう」

ナットはためらいながらジム・プランクを見た。ジムもうなずいた。

「オーケー」ナットはコングロシアン夫人に言った。「彼らが集まるところに連れていってもらえるのであれば。そして、ぼくたちが入れるように計らってもらえるのであれば」

「ええ、そうします。ありがとう、ミスター・フリーガー」

ナットは内心では罪悪感を覚えつつ、しかし、口ではこう言った。「オーケー。それと――」罪悪感がどんどんつのっていった。「ここに泊めてもらうには及びません。ジェンナーに泊まります」

「泊まっていただきたいんです」ベス・コングロシアンは言った。「本当に寂しいんです。一緒にいてくれる人が必要なんです、リヒャルトがいない時には。おわかりにならないでしょうね、外の――世界から人が来て、ほんの少しでも一緒に過ごしてくれるというのがどういうことか」

大人たちに気づいた子供たちが不意に恥ずかしそうに歌うのをやめ、目を見開いてナットとモリーとジムを見つめた。いずれにしても、彼らの歌を録音するのは無理だったようだ。だから、ぼくの側はこの取引でなにも失ってはいない。

「驚かれました？　ここの住人たちに」ベス・コングロシアンが言った。

ナットは肩をすくめた。「いいえ。全然」

「政府はこのことを承知しています。人類学者やら、そのほかなにやらわからない人たちを、これまでいったいどれだけ調査に送りこんできたことか。その全員がこう言っています。これはひとつのことを証明している、先史時代、クロマニヨン人が登場する以前の時代に――」彼女は悲しげに言葉を切った。

「彼らは異種交雑したのだと」ナットが補った。「イスラエルの洞窟で発見された複数の骨が示唆しているように」

「ええ」ベス・コングロシアンはうなずいた。「たぶん、いわゆる亜種のすべてと交雑したのだろうと。それらの亜種はどれも生き延びませんでした。みな、ホモ・サピエンスに吸収されてしまったんです」

「ぼくは違う推測をしています」ナットは言った。「いわゆる亜種はみな突然変異だというほうが、可能性としては高いように思える。彼らは短期間生存したのちに、先細りになって消えていった。うまく適応できなかったからです。たぶん、当時の放射能が関係しているんでしょう」

「その見方には賛成できません」ベス・コングロシアンは言った。「それに、フォン・レッシンガー装置を使って行なわれた学者たちの調査の結果も、わたしの見解を支持しているように思えます。あなたの見方では、彼らも単なる――突然変異種でしかないということになってしまう。でも、わたしは、彼らはれっきとした種だと信じています……たぶん、同じ霊長類プロコンスルから分かれて進化してきたのだと。そして、最終的にホモ・サピエンスと遭遇するに至った――ホモ・サピエンスが彼らの生活圏に移住してきた時に」

モリーが、「コーヒーをもう一杯いただけるかしら？　寒くって」と、震えながら言った。

「この湿った空気はこたえるわ」

「家に入りましょう」ベス・コングロシアンも同意した。「あなたがたは、ここの気候に慣れておられないから。わかります。わたしたちも最初にここに来た時にどんなだったか、よく憶えています」

「プラウトスはここで生まれたのではないんですね」ナットが言った。

「ええ」ベス・コングロシアンはうなずいた。「あの子が理由で、わたしたち、ここに来たんです」

「政府は連れていこうとしなかったんですか？　政府は放射能の生存者のための特別学校を運営している」ナットはあえて正確な用語を使わなかった。正しくは〝放射能による変異種〟と言うべきところだ。

「ここのほうが幸せだと思ったんです」ベス・コングロシアンが言う。「彼らのほとんどが――彼らが自称しているところではチュッパーですが――ここにいます。みな、この二十年のあいだに世界じゅうのいたるところからやってきたんですよ」

四人は再び、あたたかく乾いた家の中に戻った。

「本当にかわいらしいおチビちゃん」モリーが言った。「とてもやさしくて繊細な顔立ちだわ、あの――」彼女は言いよどんだ。

「あの顎と引きずるような歩き方は」コングロシアン夫人はなんの感情も交えずに言った。

「まだ完全に発現していないんです。本当にはっきりしはじめるのは十三歳くらいからです」彼女はキッチンでコーヒー用の湯を沸かしはじめた。

この旅行から、ぼくたちは不思議なものを持ち帰ろうとしている。ナットは思った。ぼくたちもレオも予想もしていなかったものを。

はたしてこれは、どのくらい売れるだろうか。

アマンダ・コナーズの快い澄んだ声が突然インターコムから聞こえてきて、ドクター・スパーブを驚かせた。スパーブは今日の予約をチェックしているところだった。「お会いになりたいというかたが来ておられます。ミスター・ワイルダー・ペンブロークとおっしゃるかたです」

ワイルダー・ペンブローク！　ドクター・スパーブは体が強張るのを感じながら、反射的に予約帳を脇に押しやって上体を起こした。あのNP高官が今度はなんの用だ？　スパーブは強い本能的な警戒心を覚え、インターコムに向かってこう言った。「少し待ってもらってくれ」ついにここは閉鎖されるのか？　だとしたら、わたしは、その特定の患者に、それと気づかぬままに会っていたことになる。わたしが存在しているのは、その人物を診るためだった。あるいは診そこなうためにと言うべきか。わたしが治療に失敗するという人物。

額に汗が噴き出した。わたしの精神分析医としてのキャリアは、USEAのほかのすべての分析医と同様、終わるのだ。そのあと、わたしはなにをすればいい？　同業者の中には共産主義圏に亡命した者もいるが、彼らの生活が良くなっていることは絶対にない。何人かは月や火星に移住した。そして、一部は――驚くほど多数の〝一部〟が――AG製薬の求人に応募した。自分たちの仕事を奪ったそもそもの元凶である組織に。

わたしは引退するにはまだ早いし、これから別の技能を学ぶには歳を取りすぎている。スパーブは苦い思いに包まれた。つまり、現実にわたしにできることはなにもない。これぞまさに、わたしの患者たちがはまりこんでいるジレンマではないか。今のわたしは彼らに、そして彼らの人生を織りなしている混沌に、これまで以上の共感を持つことができる。

スパーブはインターコムに言った。「ペンブローク長官に入ってもらってくれ」

目つきは鋭いものの話しぶりは静かなNP長官が、前回と同様の私服姿でゆっくりとオフィスに入ってきて、スパーブと向き合う椅子に腰をおろした。

「なかなかの娘だな」ペンブロークは言って、唇をなめた。「さてさて、彼女はいったいどうなるのか。われわれとしてはおそらく――」

「なにが望みだ？」スパーブは言った。

「答えだ。今からたずねる質問への」ペンブロークは椅子に背をあずけ、前世紀の品と思える金のシガレットケースを取り出して、同じく骨董物のライターでタバコに火をつけた。深々と一服して煙を吐くと、くつろいだようすで脚を組んだ。「あなたの患者、リヒャルト・コングロシアンは、自分に反撃ができることを発見した」

「誰に対してなの？」

「彼を抑圧する者。われわれは言うまでもない。抑圧に同調する者なら誰でもだ。この点に関して知りたいことがある。わたしはリヒャルト・コングロシアンとともに働きたいのだが、同時に、この身を守らなければならない。率直に言って、わたしは彼を恐れている。今では世界じゅうの誰よりも彼を恐れている。理由はわかっている――わたしはフォン・レッシンガー装置を使ってきたから、いま話していることについては正確にわかっている。彼の精神にとってのキーはなんだ？　どうすればコングロシアンを――」ペンブロークは言葉を探し、改めて手ぶりを交えながら言った。「信頼できる存在にすることができる？　なにを言っているかはわかるな。いつか、ちょっとしたもめごとが起こった時に、ひょいとつまみ上げられて地下二メートルのところに送りこまれるような事態になるのだけはごめんこうむりたい」そう言うペンブロークの顔から血の気が失せ、椅子の上で体が強張っていった。

しばしの間を置いて、スパーブは言った。「わたしが待っていた患者が誰なのか、ようやくわかった。わたしが治療に失敗するとあなたが言ったのは嘘だ。わたしは失敗を期待されているわけではない。それどころか、決定的に必要とされている。加えて、その患者はまったく正常だ」

ペンブロークはじっとスパーブを見つめたが、なにも言わなかった。

「あなたこそ、その患者だ。しかも、あなたはずっと明確な意図のもとに事を進めてきた。あなたを通して、わたしは誤った方向に導かれてきたのだ。最初から」

ややあって、ペンブロークはうなずいた。

「さらに、これは政府の方針ではない」スパーブは言った。「あなた自身の計画だ。ニコルにはなんの関係もない」少なくとも直接的には。

「発言には注意したまえ」ペンブロークは軍用ピストルを取り出し、無造作に膝の上に置いた。片手はピストルをすぐ取れる位置にあった。

「コングロシアンのコントロールの仕方を教えることは、わたしにはできない。わたし自身、彼をコントロールはできない。それは知ってのとおりだ」

「だが、わたしが彼と一緒に働けるかどうか、誰かが知っているとしたら、それはあなた以外にはありえない」ペンブロークが言う。「あなたは彼に関して多くのことを知っている」ペンブロークはスパーブを見据えた。まばたきひとつせず、スパーブの答えを待っている。「コングロシアンになにを申し出るつもりなのか、それを聞かせてもらわなければならない」

ペンブロークはピストルを取り上げ、スパーブに銃口を向けた。「彼がニコルにどのような気持ちを抱いているのかを教えてくれ」

「彼にとってニコルはマグナ・マーテルの表象だ。われわれ全員にとってそうであるように」

「マグナ・マーテル？」ペンブロークは上体を乗り出した。「それはなんだ？」

「偉大なる根源的な母親」

「ということは、言葉を換えれば、コングロシアンはニコルを偶像視しているということだな。彼にとってニコルは女神なわけだ。人間ではない存在。はたして、彼はどう反応するだろう――」ペンブロークは言いよどんだ。「彼が突然Ｇｅに、本物のＧｅになって、これまで最大の注意を払って守られてきた政府の機密事項のひとつを知ったなら。ニコルはもう何年も前に死んでしまっていて、現在〝ニコル〟と呼ばれている女性はただの女優だということを――ケイト・ルパートという名の女性であることを知ったなら」

耳が激しく鳴った。スパーブはペンブロークを見つめ、そして彼の言葉が偽りではないこと、それこそが絶対的な現実なのだということを知った。この会見が終わったら、ペンブロークはわたしを殺すつもりなのだろう。

「なぜなら」とペンブローク。「それが真実だからだ」彼はピストルをホルスターに戻した。「この事実を知ったら、コングロシアンはニコルに対する畏敬の念を失うだろうか？　彼はわれわれに――協力できるようになるだろうか？」

しばしの間を置いて、スパーブは「ああ。彼はそうする。間違いなくそうする」と言った。みるみるペンブロークの緊張が解けた。震えが止まり、痩せた平板な顔にいくらか血色が戻ってきた。「結構。あなたには、いま教えた真実をあちこちに広く伝えてもらいたい。もしそうしなければ、わたしは再び戻ってきて、なにがあろうともあなたを殺す」ペンブロークは不意に立ち上がった。「では」

スパーブは言った。「わたしの仕事は――これで終わりなのか？」

「もちろん。これ以上診療を続けてどうする？」ペンブロークは平然と言った。「あなたはもう誰にとってもなんの意味もない。それはあなたも承知のはずだ、ドクター。分析医の時代は終わったんだ。おもしろいジョークがある。それによると――」

「あなたがいま言ったことをそっくり、わたしがあなたに言ったとしたら――」

「ああ、いくらでも言ってくれ。わたしとしては、そのほうが仕事がずっとやりやすくなるというものだ。わかっているだろう、わたしは、この最高機密（ゲハイムニス）を公に、Ｂｅの人々に知らせようとしているんだ。同時に、カープ・ウント・ゾーネン・ヴェルケがいまひとつの国家機密を明らかにすることになっている」

「もうひとつの機密とは？」

「しばらくすればわかる」ペンブロークは言った。「フェリックスとアントンのカープ親子が、明らかにする準備が整ったと思った時にな」ペンブロークはオフィスのドアを開けた。

「すぐにまた会うことになる。助力に感謝する」ドアが閉まった。

ドクター・スパーブは思った。わたしは国家の最高機密を知った。わたしは今やＧｅ社会の頂点にいる。

そして、それにはなんの意味もない。この情報を、わたしのキャリアを維持していくための手段として使う道はいっさいないのだから。わたしに関するかぎり、すべてはそこにしかない。キャリア。それ以外にはなにもない。くそっ、なにもないのだ！

ペンブロークへの猛烈な、敵意に満ちみちた、なまなましい憎悪の念が湧き上がってきた。殺せるものならば、あいつを殺してやる。今すぐに。あいつのあとを追って――。

「ドクター」インターコムからアマンダの声が届いた。「ミスター・ペンブロークが、このオフィスは閉鎖しなければならないと言いました」その声は震えていた。「本当ですか？わたし、もうしばらく続けさせてもらえると思っていました」

「彼の言うとおりだ」スパーブは認めた。「すべて終わった。予約をしてある患者全員に電話して、事の次第を説明してもらえるだろうか」

「わかりました、ドクター」アマンダは涙声になってインターコムを切った。

あいつなんぞくたばるがいい。スパーブはつぶやいた。オフィスの閉鎖に関して、わたしにできることはない。なにひとつ。

いま一度インターコムが鳴り、アマンダのためらいがちな声が聞こえてきた。「あの人、もうひとつ、別のことを言いました。お話ししないでおこうと思ったんですけど——絶対にドクターを怒らせるのがわかっていましたから。わたしに関することです」

「なんと言ったんだね？」

「あの——わたしをものにしてやる、と。具体的なことは言いませんでしたけど、でも、わたし——」アマンダは一瞬口をつぐみ、「吐き気がしました」と言った。「今まで一度だってそんな気持ちになったことはありません。誰がどんなふうにわたしを見ても、なにを話しかけてきても。誰がなにを言おうとも。でも、今回は——違いました」

スパーブは立ち上がり、オフィスのドアを開いた。当然ながら、すでにペンブロークの姿はなかった。表のオフィスでは、アマンダ・コナーズがただひとり、デスクに向かってティシューで目をぬぐっていた。スパーブはつかつかと建物の正面入口に行き、階段をおりていっていた。

駐車場まで行き、停めておいたホイールのトランクを開けてジャッキを取り出した。ジャッキを手に、彼は歩道を歩き出した。冷たいスチールのシャフトが握りしめた手の汗でつるつるとすべった。スパーブはペンブローク長官の姿を探した。

はるかかなたに小さく縮んだ人影が見えた。遠近法が生み出す錯覚が彼を小さく見せている。もちろん実際にはそんなに小さくはない。スパーブはジャッキを振りかざして、NP長官に近づいていった。

ペンブロークの姿が大きくなっていく。

ペンブロークはスパーブに目も向けなかった。スパーブが近づいていくのにも気づいていないようで、微動だにせず、通行人の一団とともに、巡回ニュースマシンの画面に映し出されたヘッドラインを食い入るように見つめていた。

ヘッドラインは巨大で黒々としていて不吉な雰囲気がみなぎっていた。近づいていくとともに文字が読み取れるようになっていった。スパーブは歩みをゆるめ、ジャッキをおろし、ついに、ほかの人々と同じようにその場に立ちつくした。

「カープが政府の超巨大秘密を暴露！」ニュースマシンが、音声の届く範囲内にいるすべての人に向けて金切り声を上げた。「大統領(デア・アルテ)はシミュラクラだった！　新しいシミュラクラがすでに建造中！」

ニュースマシンは購買者を探して移動を始めた。ここでニュースを買おうという人は誰もいなかった。全員が凍りついていた。スパーブには夢だとしか思えなかった。彼は目を閉じて思った。こんなことを信じるなんてとても無理だ。絶対に無理だ。

「カープの従業員が次期大統領（デア・アルテ）シミュラクラ計画を盗み出す！」半ブロック先に到達したニュースマシンが叫ぶ。その声がエコーを伴って響きわたる。「計画の全貌が白日のもとに！」

こんなにも長いあいだ、われわれはダミーを崇拝してきたのだ。自力では動けない存在を、命なき物体を。

スパーブは目を開けてペンブロークを見た。ペンブロークは、遠ざかっていくニュースマシンの音声を聞き取ろうとグロテスクに体をよじった。そして、まるで催眠術をかけられたかのようにマシンのあとを追って歩みはじめた。

ペンブロークの体が先刻のように縮んでいく。あとを追わねば。再び等身大にせねば。実在の彼に戻さねば。やらねばならないことをやってやれるように。スパーブの手は、ほとんどジャッキを握っていることもできないほどに汗でぐっしょりと濡れていた。

「ペンブローク！」スパーブは大声を上げた。

ペンブロークが足を止め、振り返って寒々とした笑みを浮かべた。「あなたは今や二大機密の両方を知ったというわけだ。そんな者はほかにはいないぞ、スパーブ」ペンブロークはスパーブのほうに引き返してきた。「アドバイスがある。レポーターマシンに連絡して、自分が持っているニュースを伝えるのだ。怖いか？」

　スパーブはようやくのことで言った。「それは——今すぐというわけにはいかない。少し考えてみる必要がある」混乱のさなかにあるスパーブは、特報をまくしたてるニュースマシンの声に耳をすませた。それはまだ聞こえていた。

「結局はそうすることになる」ペンブロークはなおも笑みを浮かべたまま、軍用ピストルを抜き出し、熟練した手つきでスパーブの額に狙いを定めた。「命令する、レポーターマシンに連絡しろ」ペンブロークはゆっくりと歩を進め、スパーブに近づいてきた。「もう時間は残っていない。カープ・ウント・ゾーネンが動いたからには。今がまさにその時だ、ドクター。われらがドイツの友人たちの言うところでは、Augenblick。そう思わないかね？」

「レポーターマシンに——連絡する」スパーブは言った。

「情報源は明かすな。一緒にオフィスに戻ることにしよう」ペンブロークはスパーブをせき立て、オフィスの建物まで戻ると、階段をのぼり、正面入口の前に立った。「こう言うだけでいい——患者のひとり、Ｇｅがこっそりと教えてくれたのだが、黙っているには重大にすぎると思った、と」

「わかった」スパーブはうなずいた。

「この情報が国民に及ぼす心理的な影響については心配しなくていい」ペンブロークが言った。「Ｂｅたち一般大衆は、最初のショックが薄れてしまえば、あとは持ちこたえられる。もちろん、なんらかのリアクションはあるだろう。わたしとしては、現政府のシステムは瓦解(かい)するだろうと予想している。そう思わないかね？　もはや新たな大統領(デア・アルテ)は登場せず、〝ニコル〟なる存在もいなくなる。GeとBeの区分も消え去ってしまう。なぜなら、今やわれわれ全員がGeだからだ。だろう？」

「ああ」スパーブは言った。表のオフィスを一歩一歩進み、アマンダ・コナーズの前を通りすぎた。アマンダは声もなくスパーブとペンブロークを見つめていた。

ペンブロークがなかば自分に向けてつぶやいた。「心配なのはただひとつ、ベルトルト・ゴルツの反応だ。それ以外はすべてが着実に進むと思えるが、あのファクターだけは予測がつかない」

スパーブは立ちどまって、アマンダのほうに振り向いた。「ニューヨークタイムズのレポーターマシンに電話をして、つながったらわたしにまわしてくれないか」

アマンダは強張った手で受話器を上げ、ダイヤルした。


モーリイ・フラウエンツィンマーは真っ青になり、騒々しく息をのみこんで新聞をおろした。そしてチックに向かってつぶやくように言った。「誰がこのニュースをリークしたか知っているか？」顔の肉がすっかり垂れ下がっていた。死が忍び寄っているかのようだった。

「ぼくは――」

「おまえの弟のヴィンスだ。おまえがカープから連れてきたばかりのやつだよ。そう、これでわれわれはおしまいだ。ヴィンスはカープのために働いていたんだ。連中はヴィンスをくびにしたんじゃない——送りこんだんだ」モーリイは両手で新聞をもみくちゃにした。「ああ、おまえが移住してさえいれば。おまえが行ってしまっていれば、あいつがここにもぐりこむなど絶対になかったのに。おまえの言葉がなければ、あいつを雇ってなどいなかったのに」モーリイはパニックでいっぱいの目を上げ、チックをにらみつけた。「どうしてあのままおまえを行かせなかったんだろう？」

フラウエンツィンマー・アソシエーツの工場の外で、ニュースマシンが金切り声を上げていた。「……政府の超巨大秘密を暴露！ 大統領（デア・アルテ）はシミュラクラだった！ 新しいシミュラクラがすでに建造中！」中央回路で機械的に制御されたマシンは、またも同じことを繰り返しはじめた。

「なんとかしてくれ」モーリイがしわがれた声でチックに言った。「あそこにいる——あの機械だ。追っ払ってくれ、頼むから」

チックは重い声で言った。「だめです。もうやってみました。最初にあのニュースを聞いた時に」

向かい合って座った二人——チックとボスのモーリイ・フラウエンツィンマーは、どちらももう口をきくことができなかった。どのみち話すこともうもなかった。フラウエンツィンマー・アソシエーツは終わったのだ。

そして、たぶん二人の人生も。

長い沈黙が続いたのち、モーリイが言った。「あのルーニー・ルークの展示販売ロット。

あのジャロピー・ジャングル。政府はあれを全部閉鎖してしまったんだったな」チックは言った。「どういうことです?」

「移住したいんだよ」モーリィは言った。「わたしはここから出ていかなきゃならん。おまえもだ」

「ジャロピー・ジャングルは全部閉鎖されました」チックはうなずきながら言った。

「われわれがまのあたりにしているのがなにかわかるか?」モーリィが言った。「クーデターだ。USEA政府に対する反逆だ。誰かが、あるいは誰かの集団がくわだてたクーデター。それも内部のやつらだ。ゴルツのような外部の者じゃない。しかも連中はカルテルと、カルテル最大のカープと手を組んでいる。これは街なかでの喧嘩なんかじゃない。チンピラどもの乱闘なんかじゃない。おそろしい力を持っているんだ。これは赤くなった、汗びっしょりの顔をハンカチでごしごしと拭いた。「ああ、気分が悪くなってきた。ちくしょうめ、われわれはそれに巻きこまれてしまったんだ。おまえもわたしも。いつNPの連中がやってきても不思議じゃない」

「でも、NPにはわかっているはずです。われわれにそんな意図などないことは――」

「連中はなにも知らん。誰かれかまわず引っつかまえる。あらゆるところで」モーリィは大きく目を見開き、耳をすませた。遠くからサイレンの音が聞こえてきた。

14

状況を把握するや、ニコル・ティボドーはただちに国家元帥ヘルマン・ゲーリングを処刑するよう命令を出した。

これは必要不可欠だった。反乱者集団が彼と手を組む可能性は非常に高く、いずれにしても、このリスクを負うわけにはいかなかった。危険はあまりに大きすぎた。

近くの陸軍基地から招集された兵士の一団が、ホワイトハウスの奥まった中庭で、命じられた仕事を実行した。高出力レーザーライフルがいっせいに発射された、かすかな、ほとんど聞こえないほどの銃撃音にぼんやりと耳を傾けながら、ニコルは、これが――この人物の死が――第三帝国で彼が保持していた力がいかに小さなものであったかを証明していると思った。ゲーリングの死は、この時代、この現在にはなんの変化ももたらさない。この出来事は変化の小波(さざなみ)すら起こさない。まさしく、ナチ・ドイツの政権構造に対する適切なコメントと言うべきだ。

続いて、ニコルは国家警察(NP)長官ワイルダー・ペンブロークを呼び入れた。

「レポートを出して」彼女は長官に告げた。「カープ親子が外部から得ている支持行動に関する正確なレポートを。もちろん、彼ら自身のリソースについても。同調者たちを当てにできると思わないかぎり、彼らがここまで事を進めることがなかったのははっきりしているわ」彼女はNPの最高幹部に、意図的な、厳密に計算した強い視線を向けた。「国家警察の現状はどうなっているの？」

ワイルダー・ペンブロークは落ち着いて言った。「首謀者たちに対処する準備は整っています」動揺しているようすはなかった。実のところ、ニコルの目には、いつも以上に沈着であるように見えた。「実際、すでに一斉検挙にかかっています。カープの社員と執行役員、フラウエンツィンマーの従業員。そのほか関与している者は全員。これに関しては、フォン・レッシンガー装置を用いて全力で取り組んでいます」

「フォン・レッシンガー装置という手段がありながら、どうしてこの事態そのものへの準備ができていなかったの？」ニコルは鋭く言った。

「この事態が予見されていなかったとは言いません。ただし、可能性は最も低いと言っていいもので、可能な未来としての確率は百万分の一程度でした。われわれとしては夢にも――

――」

「あなたを罷免します」ニコルは言った。「スタッフを部屋に入れて。彼らの中から新しいNP長官を選ぶわ」

ペンブロークの顔が赤くなった。彼は信じられないという面持ちで口ごもりながら言った。

「しかし、あらゆる仮定的瞬間において危険な可能未来は無数にあって、中でもとりわけ危ういと考えられるものに対しては、もしわれわれが――」

「でも、わたしに攻撃の手が向けられることはわかっていたはずよ」ニコルは言った。「あの火星の生き物がわたしに嚙みついた時に、あなたはあれを警告と受け取らなければならなかった。わたしたちに対する全面攻撃が起こることは当然予測していなければならなかった。あれが発端だったのだから」

「ルークを――逮捕しますか?」

「ルークはつかまえられない。彼は火星に向かっているわ。全員が行ってしまった。ここで演奏をしたあの二人も含めて。ルークが彼らを連れていったのよ」ニコルは報告書をペンブロークに投げつけた。「いずれにせよ、あなたにはもうなんの権限もないわ」

張り詰めた沈黙がおりた。

「あの生き物に嚙みつかれた時に、わたしには、まもなく困難な状況に直面するということがわかった」でも、ある意味では、あれに嚙まれたのはよかった。警戒心を呼び覚ましてくれたのだから。もう不意をつかれることはない。わたしには準備ができている。今後、なにかが、あるいは誰かが、再び嚙みつくことがあるとしても――比喩としてであれ、実際にであれ――それは遠い先のことだ。

「どうか、ミセス・ティボドー――」ペンブロークが話しはじめた。

「やめなさい。泣きごとを言うのは。あなたは罷免されたの。そういうことよ」あなたは信頼できない。そう感じさせた最大の要因は、たぶん、あのパプーラがホワイトハウスに入ってきてわたしに近づくのを、わざと見過ごしたから。あの時に、あなたへの疑念が生まれた。

あれが、あなたの転落の、長官の座から転げ落ちることになるきっかけになった。

そして、これで、わたしもほとんど終わりだと言っていい。

執務室の扉が開いて、リヒャルト・コングロシアンが満面の笑みを浮かべて現われた。

「ニコル、あのAG製薬の主任を地下の洗濯室に移動させてやってから、わたしは完全に目に見えるようになった。奇跡だ！」

「よかったわね、リヒャルト」ニコルは言った。「ただ、申しわけないんだけど、今、極秘の会議の最中なの。もう少しあとでまた来てくれる？」

その時、コングロシアンはペンブロークに気づいた。表情が一瞬にして変わった。敵意……ニコルはなぜだろうと思った。敵意と――恐れ。

「リヒャルト」彼女は唐突に言った。「あなた、NPの長官になりたくない？　この人は――」とペンブロークを指差して、「くびになったの」

「冗談はやめてくれ」コングロシアンは言った。

「そうね、少なくとも、ある意味では冗談だけれど、ある意味ではそうでもないのよ」ニコルにはコングロシアンが必要だった。ただ、どんな形でだろう？　どうすれば、彼と彼の能力を利用することができるのだろう？　今の段階ではわからないと言うしかなかった。

ペンブロークが硬い声で言った。「ミセス・ティボドー、もし気を変えるようなことがあれば――」

「いいえ」

「とにかく」と、ペンブロークは覚悟ができたといった静かなトーンで言った。「あなたが気を変えられたら、わたしは喜んでもとのポジションに戻ってあなたのために働きます」そして即座に執務室を出ていった。彼の背後で扉が閉じた。

すぐにコングロシアンが言った。「あいつはなにかを企んでいる。なにかはわからないが。こんな時に、誰が忠実かなんてわかったもんじゃない。個人的に、わたしはあいつを信用していない。きっと、わたしに対する陰謀をくわだてている地球規模のネットワークの一員なんだ」と言ってから、あわててこう付け加えた。「もちろん、あなたに対する陰謀もくわだてている。彼らはあなたも狙っている。そうじゃないか？」

「そうよ」ニコルはため息をついた。

ホワイトハウスの外でニュースマシンが金切り声を上げていた。それは新大統領ディータ・ホグベンに関する詳細なニュースだった。ニュースマシンはすべての情報を手にし、それをとことん利用している。ニコルは再度ため息をついた。疑う余地もなく、最高統括評議会——ニコルの行動ひとつひとつの背後にいる、影に包まれた不気味な評議会のメンバーは、今や最高度の覚醒状態にあることだろう。眠りから覚めたように。彼らはどうするつもりだろう。彼らにはたいへんな知恵がある。集団としての彼らは遠い昔から存在している。蛇のように冷たく黙しているが、しかし、真の活力はすさまじい。このうえなくアクティヴながら、しかし、表には出ない。彼らがテレビに登場することは決してない。ガイドツアーを行なうことは決してない。

この今、彼らと立場を入れ替えることができたなら……。ニコルは心からそう思った。

その時、突然、彼女はなにかが起こったことに気づいた。ニュースマシンが、彼女に関するニュースを売っている。次の大統領(デア・アルテ)ではなく、いまひとりのGeに関するニュースを。ニコルは、もう少しちゃんと聞き取れないかと窓辺に行った。ニュースマシンが言っているのは……彼女は聴覚に意識を集中させた。

「ニコルは死んでいる！」ニュースマシンが叫ぶ。「何十年も前に！ ニコルの地位にいるのは女優のケイト・ルパート！ 政府の全機構がまやかしの……」そこでニュースマシンは移動を始め、その先は、どれほど頑張ってももはや聞き取ることはできなかった。

リヒャルト・コングロシアンの顔に困惑と不安の皺が生まれていた。「い、いまのはなんだ、ニコル？ あなたが死んだと言っていた」

「わたしが死んでるように見える？」彼女は辛辣(しんらつ)に言った。

「でも、女優があなたの地位に……」コングロシアンは茫然とニコルを見つめた。まったく理解できないという面持ちだ。「あなたはただの女優なのか、ニコル？ 大統領(デア・アルテ)と同じ、偽者なのか？」彼はニコルを見つめつづけた。当惑と悲しみに打ちひしがれたその目からは、今にも涙があふれ出してきそうだった。

「ただのセンセーショナルなニュースよ」ニコルはきっぱりと言った。しかし、実際には全身が凍りついてしまったように感じていた。真っ黒な物理的な恐怖に感覚が麻痺してしまっていた。すべてが暴露されてしまった。誰か高位にあるＧｅが、カープ親子よりもホワイトハウスに近い何者かが、この最後の最高機密をリークしたのだ。

もはや隠しておくべきことはなにもない。したがって、絶対多数のＢｅとごく少数のＧｅの区分ももはや存在しない。

ノックの音がし、厳しい顔をした国務次官補のガース・マクレーが返事を待たずに入ってきた。彼はニューヨークタイムズのコピーを持っていた。「精神分析医のエゴン・スパーブがレポーターマシンに情報を流したんです。スパーブがどうしてこのことを知ったのか、わたしには皆目見当がつきません——彼はあなたに関する情報を直接入手できる立場にはありませんから。明らかに誰かが意図的に彼にリークしたんです」マクレーは口を動かしながら、記事の内容を確認した。「患者です。Ｇｅの患者が彼に秘密を打ち明けたんです。そして、われわれにはまったくわからない理由によって、スパーブは新聞社に連絡をした」

ニコルは言った。「彼を逮捕してもなんの意味もないと思うわ。わたしが知りたいのは、彼を利用したのが誰かということ。関心があるのはそれだけよ」しかし、それは希望のない、ただの願望にすぎない。なんの成果も得られないのは目に見えている。スパーブは絶対に情報源を明かさないだろう。職業上の秘密だという立場を貫くだろう。自分の患者を危機にさらしたくないという振りをするだろう。

「ベルトルト・ゴルツですら、このことは知りません」マクレーは言った。「たとえ、好き勝手にホワイトハウスをうろついているとしても」

「いま人々がなにを求めているのかを理解するのに必要なのは」ニコルは言った。「大統領選挙よ」そして、この機密暴露がなされた今となっては、選ばれるのは絶対に彼女ではない。司法長官のエプスタインは、わたしへの訴追手続きを取ることを自分の仕事だと考えるだろうか。軍は当てにできるとして、最高裁判所はどうだろう？　わたしが合法的に権力の地位についたのではないと裁定する可能性は高い。この現状下では、実際、最高裁判所はそう裁定することができる。

評議会に表に出てもらわねばならない。公の場で、実際に政権を保持しているのは評議会であって、ほかの誰でもないことを認めてもらわねばならない。

そして、評議会は選挙によって政権の座についたわけではない。いかなる形の選挙によっても。彼らは法とはまったく無関係の存在なのだ。

ゴルツならこう言うかもしれない。それも自信たっぷりに。自分には評議会と同様に統治する権利がある、と。

今ならなおさらのこと、ゴルツと〈ヨブの息子たち〉には大勢の支持者がいるのだから。

不意にこんな思いが浮かんだ。ニコルになってからの期間に、どうして評議会についてもっと学んでおかなかったのだろう。構成メンバーは誰なのか、どのような風貌なのか、彼らの真の目的はなんなのか。ニコルは評議会が実際に協議している現場を一度も見たことがなかった。評議会は常に、入念に遮蔽（しゃへい）処理された電子装置類を介して間接的にニコルに対応してきた。

「テレビカメラの前で、直接、国民に話しかけたほうがいいんじゃないかしら」ニコルはガース・マクレーに言った。「実際にわたしの姿を見れば、きっと、みんな、あんなニュースは真面目に受け取らなくなるわ」彼女の存在が持つ潜在力、彼女のイメージが以前から発揮してきた魔術的な力、これらがおそらくは勝つのではないか。なんと言っても、大衆は彼女の姿を見ることに慣れている。大衆は彼女を信じている。何十年にもわたる条件づけの結果として。今もなお、伝統によって聖別された飴と鞭が機能する可能性はある。少なくともある程度は。少なくとも一部では。

人々は、自分たちが信じたいのであれば、信じるはずだ。ニコルは思った。ニュースマシンが売り歩いているニュースがどうであろうとも。ニュースマシン――〝真実〟を伝達する、あの冷たい非人間的な機械。人間の主観を持たない、究極の現実の伝達者。

「わたしはとにかく努力を続けるわ」ニコルはマクレーに言った。

この間、リヒャルト・コングロシアンはずっとニコルを見つめつづけていた。ニコルから目を離すことができないようだった。彼はしわがれた声で言った。「わたしはあんなニュースなど信じない、ニコル。あなたは現実の存在だ、そうだろう？　わたしにはあなたが見える。だから、あなたは間違いなく現実の存在だ！」彼はこのうえなく惨めなようすでニコルを見つめた。

「わたしは現実の存在よ」ニコルは言って、悲しみに包まれた。大勢の人間がコングロシアンと同じ心理になるだろう。これまで慣れ親しんできたものと変わることのない、なんらダメージを受けていない彼女のイメージを必死に維持しつづけようとするだろう。それでも――それで事足りるのか？

コングロシアンのように、リアリティの原理を捨て去ることのできる人間が、はたしてどれくらいいるものか。理性でイリュージョンだとわかっているものを信じつづけられる人間が、はたしてどのくらいいるものか。

とどのつまり、コングロシアンほどに病んでいる人間はほとんどいないのだ。

逆に言うと、権力の座にとどまるとすれば、それは、精神的に病んだ国家を統治しなければならないということを意味する。これが魅力的なあり方であるとは、ニコルにはとうてい思えなかった。

扉が開いた。ジャネット・レイマーが立っていた。小柄でビジネスライクな女性。「ニコル、わたしと一緒に来てください」ドライで小さな声だったが、そこには有無を言わせぬものがあった。

ニコルは立ち上がった。評議会の呼び出しだった。評議会は、スポークスマンであるジャネット・レイマーを通して指示を伝えてくるのが通例になっていた。

「わかったわ」ニコルはジャネットに言ったのち、コングロシアンとマクレーに向かって、「ごめんなさい、失礼しなければ。ガース、一時的にNP長官として働いてもらえるかしら。ワイルダー・ペンブロークは罷免したの。あなたが来る直前にね。あなたのことは信用しているわ」と言って二人の横を通りすぎ、ジャネット・レイマーのあとについて執務室を出ていった。廊下を進んでいくジャネットの足どりはきびきびとしていて、ニコルは遅れないよう急ぎ足にならざるをえなかった。

コングロシアンは惨めなようすで両腕を上下に振りながら、ニコルに叫びかけた。「あなたが存在していないのなら、わたしはもう一度透明になる――いや、もっとひどいことになる！」

ニコルは立ちどまらなかった。

「怖いんだ！」コングロシアンは叫んだ。「自分がやるかもしれないことが！　そんなことは起こってほしくない！」彼はニコルを追って廊下に出た。「どうかわたしを助けてくれ！　手遅れにならないうちに！」

ニコルにできることはなにもなかった。彼女は振り返りさえしなかった。

ジャネットはニコルをエレベーターの前に導いた。「今回は地下二階で待っています。九人全員がすでに集まっています。このシチュエーションの重さに鑑みて、今回は直接顔を合わせてあなたと話すことにしたというわけです」

エレベーターはゆっくりと下降していった。

地下二階に到着し、ニコルがジャネットのあとに続いて踏み出したのは、前世紀にホワイトハウスの水爆シェルターとして建造された空間だった。ライトがついていて、長い樫のテーブルについている六人の男性と三人の女性の姿が見えた。ひとりを除けば、初めて見る顔ばかりだった。一片の記憶もない、完全に見知らぬ人々。しかし――中央に座っている男性はニコルの知っている人物だった。ニコルは信じられないという思いに包まれて男を見つめた。その着席位置から、男は評議会の議長だと思われ、その堂々たる確信に満ちた物腰もほかの八人をわずかに凌駕していた。

それはベルトルト・ゴルツだった。

「あなたなの。街なかの扇動者。こんなことはまるで予想していなかった」ニコルはこのうえない驚愕と疲労感に包まれた。そして、ためらいがちに、九人の評議会のメンバーと向き合う、背のまっすぐな木の椅子に腰をおろした。

ゴルツが眉をひそめて言った。「わたしがフォン・レッシンガー装置を使っていることは、おまえも知っていたではないか。タイムトラベル装置は政府の独占領域にある。つまり、わたしがきわめて高いレベルで政府とつながっていることは明白だったわけだ。だが、それはどうでもいい。今は、もっと差し迫った問題を協議しなければならない」

ジャネット・レイマーが言った。「わたしは上に戻ります」

「ご苦労」ゴルツがうなずきながら言った。そして、ジャネットが出ていくと、ニコルに向けて陰鬱に言った。「おまえは無能な小娘だ、ケイト。だが、とにもかくにも、われわれが保持している情報に基づいて進めていこう。フォン・レッシンガー装置がありうべき未来のひとつとしてきわめて明確に示しているのが、NP長官ペンブロークが完全な独裁者として支配している状況だ。ここから推測するに、ワイルダー・ペンブロークは、おまえを権力の座から追い落とそうというカープ親子の陰謀に深く関与している。ペンブロークは即刻連行して処刑すべきだと考える」

「ペンブロークは長官の地位から離れました」ニコルは言った。「十分足らず前に彼を解任しました」

「そして、そのまま放免したというの？」女性の評議会メンバーが言った。

「ええ」ニコルはしぶしぶ言った。

　ゴルツが言った。「ということは、もう彼を勾留するには遅すぎるということだ。しかし、先に進もう。ニコル、おまえがこれから取るべき最初の行動は、二大怪物カルテル、カープとAG製薬への攻撃だ。とりわけ危険なのがフェリックスとアントンのカープ親子——彼らがおまえを殺し、少なくとも十年以上にわたって権力を掌握する未来を、われわれは複数確認している。これだけは絶対に阻止しなければならない。ほかになにをするにせよ、また、なにをしないにせよ」

「わかりました」ニコルは理性的にうなずいた。それはニコルにも良い考えだと思えた。たとえ評議会から勧告されなくとも、カープ親子に対する攻撃行動を取っているところだ。

「まるでなにをなすべきか、われわれに言われるまでもないと考えているように見えるが」ゴルツが言う。「しかし、実際には、おまえはわれわれをどうしようもなく必要としているのだ。みずからの命を救うべき方法をわれわれは教えてやる。文字どおり身体的に生き延びる方法を。二次的には、おまえの公的な地位を保持する方法を。われわれがいなければ、おまえは即刻死んでいる。信じたまえ、フォン・レッシンガー装置を使ってきたわれわれにはわかっているのだ」

「それを主導してきたのがあなただという事実に馴染めないだけよ」ニコルは言った。

「しかし、事実、主導してきたのはわたしだ。おまえが知らなかったとしても。おまえが今そのことを知ったということを除けば、なにひとつ変わってはいない。さらに、この事態の全体からすれば、そんなことは些末事にすぎない。さあ、おまえは生きていたいのか？　われわれから指示をほしいと思っているか？　それとも、ワイルダー・ペンブロークとカープ親子に処刑されたいか？　どこかの壁を背に立たされて」ゴルツは厳しい口調で言った。

「もちろん協力します」ニコルは言った。

「結構」ゴルツはうなずいて評議員たちを見やった。「おまえが最初に出す命令は――当然ながら大統領（デア・アルテ）ルディ・カルプフライシュを介してということになるが――ＵＳＥＡ全域のカープ・ウント・ゾーネン・ヴェルケの国営化だ。カープの全資産はＵＳＥＡ政府の所有下に入る。軍にはこう指示せよ――カープの全支社の制圧がタスクである。これは武装部隊とおそらくは移動重兵器を使って実行しなければならないだろう。この指令は即刻出す必要がある。夜になる前に」

「わかりました」

「司令官を多数、少なくとも三名から四名、ベルリンのカープの本社施設に送り、カープ一族を拘束、最寄りの陸軍基地に連行して、軍事法廷での審理ののち、ただちに処刑する。これも夜までに実行せよ。ペンブロークだが、これは〈ヨブの息子たち〉の暗殺部隊に任せるのがよいと思う。これには軍は関与させないでおく」ゴルツのトーンが変わった。「その表情はなんだ、ケイト?」

「頭痛がするの」ニコルは言った。「それと、わたしをケイトと呼ぶのはやめて。わたしが今の地位にあるかぎり、ニコルと呼ぶのが当然でしょう」

「今の指示に動揺しているようだな」

「ええ。わたしは誰も殺したくない。たとえペンブロークやカープ親子でも。国家元帥だけで充分——充分すぎる。わたしに嚙みついた、あのパプーラをホワイトハウスに連れこんだジャグプレイヤーの二人も、わたしは殺さなかった。ルーニー・ルークの手下。わたしは彼らが火星に移住するのを許した」

「今度ばかりはそういうわけにはいかない」

ニコルの背後でシェルターの扉が開いた。ニコルはジャネットだと思って振り返った。戸口に立っていたのは、ピストルを手に、NPの一団を従えたワイルダー・ペンブロークだった。「おまえたちを逮捕する」ペンブロークは言った。「全員だ」

ゴルツがはじかれたように立ち上がり、上着に手を入れた。

ペンブロークが一発でゴルツをしとめた。ゴルツは後ろ向きにはじき飛ばされ、椅子に激突した。椅子は後ろざまに引っくりかえり、ゴルツは樫のテーブルの向こうに脇腹を下にして転がった。

誰も動かなかった。

ペンブロークはニコルに言った。「おまえは上に行け。テレビに出るんだ。今すぐに」彼は銃身を揺らし、震える手でニコルに向けた。「急げ！　放送は十分後に始まる」彼はポケットから何重にも折りたたんだ紙を取り出した。「話すことはここに書いてある」そして、無意識の神経反応に顔面を痙攣（けいれん）させながら付け加えた。「辞任表明だ。厳密には執務室を明け渡すということだが。さらに、どちらのニュースも――大統領（デア・アルテ）とおまえ自身に関するニュースのどちらも正しいことを認めるのだ」

ニコルは言った。「わたしが辞任して、あとはいったい誰が引き継ぐの？」その声はかぼそかったものの、少なくともそこに哀願の色はなかった。ニコルは嬉しく思った。

「非常時警察委員会だ」ペンブロークが言う。「これがきたるべき大統領選挙の監視に当たる。その後はもちろん、新大統領（デア・アルテ）が統治する」

ショック状態にある評議会の八人のメンバーも無言のまま、ニコルのあとに続こうとした。

「だめだ」ペンブロークは彼らに言った。「おまえたちはここに残れ」その顔は真っ白だった。「警察隊と一緒に」

「彼がなにをするつもりなのか、わかっているんだろう？」評議員のひとりがニコルに言った。「われわれを殺すよう命令を出しているんだ」その声はほとんど聞き取れないほどに小さかった。

「その点に関して、彼女にできることはなにもない」ペンブロークは言って、再度ニコルに向けて銃を振った。

「この状況はフォン・レッシンガー装置で見ていたわ」女性の評議員がニコルに言った。「でも、実際にこうなるとは思ってもみなかった。ベルトルトはこの未来を捨て去った。あまりにもありそうにもないから、と。全員、こんな蛮行はとうに絶滅したものと思っていた」

ニコルはペンブロークとともにエレベーターに乗りこんだ。エレベーターは上昇していった。

「あの人たちを殺さないで」ニコルは言った。「お願い」

ペンブロークは腕時計を確認して言った。「もうすでに死んでいる」

エレベーターのドアが開いた。いつのまにか停止していた。

「まっすぐに執務室に行け」ペンブロークが命じる。「テレビ放送は執務室で行なう。それにしても、おもしろい話だ。いかに可能性が低いとはいえ、わたしがつかまるより早く、逆に自分たちがつかまるかもしれないという未来を、評議会が真剣に考えなかったというのは。自分たちの絶対権力に確信を持ちすぎていたがために、わたしが羊のようにみずからの破滅に向かうものと思いこんでしまったのだ。実のところ、この数ヵ月間の未来については、きちんと見る努力すら怠っていたのではないかと思わざるをえない。論理的に考えれば、わたしが権力を掌握する充分な可能性があることは間違いなくわかっていたはずなのに、彼らは明らかに、そのシチュエーションをフォローすることはもとより、どのように展開していくかを把握しようともしなかった」

「彼らがそんなに愚かだったなんて、わたしには信じられない」ニコルは言った。「彼らが言ったこと、あなたが言ったことを聞いた今でも信じられない。フォン・レッシンガー装置を好きなように使える立場にありながら——」ベルトルト・ゴルツと評議員たちがあんなにも簡単に殺されるなど、ニコルには、まったくありえないこととしか思えなかった。彼らは手の届かない存在ではなかったのか。

「彼らは恐怖を抱いていた」ペンブロークが言った。「人は恐怖にとらえられると思考能力を失う」

執務室が近くなった。

部屋の前の廊下に死体が転がっていた。ジャネット・レイマーだった。

「気づいた時には、こうせざるをえない状況にあった」ペンブロークが言った。「いや、率直に言おう、われわれは進んでこれを行なった。おたがい正直であらねばならんな。そう、こんなことをする必要などなかった。ミス・レイマーを処理するのは純然たる意図に基づく楽しい行為だった」ペンブロークはジャネットの死体をまたぎ、執務室の扉を開いた。

室内にはリヒャルト・コングロシアンが茫然と突っ立っていた。

「とんでもないいいいいいいいいことがわたしの身に起こっている」二人の姿を見るや、コングロシアンは叫んだ。「わたしはもう、わたし自身とわたしのまわりにあるものを区別しておくことができない。この感覚がどういうものかわかるか？　なんと、なんと恐ろしい！」コングロシアンは目に見えてがたがたと震えながら、二人のほうに歩み寄ってきた。どうしようもない恐怖に目を見開き、首筋と額と手には大量の汗が噴き出していた。「あなたたちに、これが理解できるか？」

「あとにしてくれ」ペンブロークがナーバスに言った。ニコルは再びペンブロークの顔に意志とはかかわりのない痙攣が生まれたのを見て取った。ペンブロークはニコルに向けて、「まずは先ほど渡した原稿を読んでもらう。すぐにだ」と言って、いま一度腕時計を確認した。「テレビの技術スタッフが来て準備を終えているはずなんだが」

　コングロシアンが言った。「わたしが追い払った。彼らのおかげで事態がさらに悪化したんだ。ほら、その机が見えるか？　わたしは今その机の一部で、机はわたしの一部なんだ！よく見ていろ、すぐにわかるから」コングロシアンは口を動かしながらデスクを凝視した。すると、机の上にあったクリーム色のバラを生けた花瓶がふわりと浮き上がり、空（くう）を横切ってコングロシアンのほうに移動してきた。二人が見つめるなか、花瓶はそのままコングロシアンの胸の中に消えた。「花瓶は今わたしの内側にある」コングロシアンは震える声で言った。「わたしが吸収した。もう花瓶はわたしなんだ。そして――」コングロシアンは机に手を差し伸べた。「わたしはあれだ！」

　机の上の花瓶があった場所に、密度と質量と色彩を備えたものが生まれつつあった。複雑に絡み合った有機物質、なめらかな赤い管と内分泌系の一部と思われる物体。ニコルは気づいた。コングロシアンの体内の一部分だ。たぶん、脾臓（ひぞう）と、それにつながっている循環器系。

正確になんであるかはともかく、その器官は規則正しく脈動していた。生きて活動していた。なんと精妙な動きだろう。ニコルは目を離すことができなかった。ワイルダー・ペンブロークでさえ、凍りついたようにじっと見つめている。

「内と外が入れ替わっているんだ!」コングロシアンは泣きながら叫んだ。「これがこのまま続けば、まもなくわたしは全宇宙を取りこむことになってしまう。そうすれば、わたしの外にあるのはわたしの内臓だけになってしまって、わたしはほぼ間違いなく死ぬ!」

「コングロシアン」ペンブロークが厳しい声で言った。彼はピストルを念動力ピアニストに向けた。「どういうつもりでテレビクルーをここから出した? 彼らにはこの執務室にいてもらわなければならないんだ。これからニコルが国民に向けて発表をする。彼らに戻ってくるように伝えろ」彼は銃で行けという仕草をした。「でなければ、ホワイトハウスの職員を――」

ペンブロークの言葉が途切れた。ピストルが手から離れて飛んでいった。

「助けてくれ!」コングロシアンが喚く。「これがわたしになる、わたしはこれにならなければならない!」

ピストルはコングロシアンの体内に消えた。

ペンブロークの手に、肺組織のスポンジ状のピンクの塊が現われた。彼は即座に塊を床に落とした。同時にコングロシアンが苦痛の金切り声を上げた。

ニコルは目を閉じた。「リヒャルト」彼女はきしむような声でうめいた。「やめて。自分をコントロールして」

「もちろん」コングロシアンは絶望的にくすくすと笑った。「自分を奮い立たせて、自分を拾い集めるくらいできる。内臓も重要な器官もそこらじゅうに散らばっている。床にも落ちている。なんとかすれば、もう一度体の中に詰めこみなおすことはできるだろう。たぶん」

ニコルは目を開いて言った。「わたしをここから連れ出すことはできる？　今すぐに。わたしを遠いところに移動させて、リヒャルト。お願い」

「息ができない」コングロシアンは喘いだ。「ペンブロークがわたしの呼吸器官の一部を床に落としてしまったからだ。丁寧に扱おうともせずに——わたしを落としたんだ」コングロシアンはペンブロークに向けて、なにか手ぶりを見せた。

ペンブロークの顔から静かに血の色と通常の生命プロセスの活気が消えていった。「わたしの中のなにかを遮断した。重要な器官を」

「そのとおり！」コングロシアンは絶叫した。「遮断してやった。だが、どの器官かは教えてやらない」コングロシアンは楽しそうにペンブロークに指を突きつけ、小刻みに震わせた。

「これだけ言っておこう。おまえの命は、そう、あと四時間だ」彼は大声で笑い出した。

「なにか言うことは？」

「もとに戻せるのか？」ペンブロークはやっとのことで言った。顔に苦痛の色が浸み出している。苦しがっている。

「そうしたいと思えばな」コングロシアンが言う。「だが、そうしたくはない。だって時間がないんだから。わたしは自分自身を拾い集めなければならないんだから」コングロシアンは顔をしかめて念動力を集中させた。「わたしの中に入りこんだ異物をひとつひとつ追い出すのに忙しいんだよ」とニコルとペンブロークに向けて説明する。「それに、わたしも自分に戻りたい。わたし自身を全部、もう一度体内に取りこまないと」コングロシアンは肺組織のピンクのスポンジ状の塊を苦々しくにらみつけた。「おまえはわたしだ」と肺組織に話しかける。「おまえはわたしの世界の一部だ。〝非わたし〟の世界の一部ではなくて。わかったか？」

「どうか、わたしをどこか遠いところに送って」ニコルが言った。

「オーケーオーケー」コングロシアンはいらいらと言った。「どこに行きたい？　まるっきり別の街か？　火星？　わたしがあなたをどこまで移動させられるか、誰にわかるっていうんだ――わたしにはわからない。ミスター・ペンブロークが言ったとおり、わたしは自分の能力の政治的な使い方をちゃんと学んでこなかったんだ。これだけ長い時間があったというのに。でも、とにもかくにも、わたしは今、政治のただなかにいる」コングロシアンは嬉しそうに笑った。「ベルリンはどうだ？　ここからベルリンになら移動させてあげられる。これには自信がある」

「どこだっていいわ」とニコル。

「そうだ、わかったぞ、どこに送ればいいか！」コングロシアンは叫んだ。「どこなら安全か、わたしにはわかっている。わかってくれるね、わたしはあなたに安全でいてほしいんだ。

わたしはあなたを信じている。実在していることを知っている。あの忌まわしいニュースマシンどもがなにを言おうとも。あいつらは嘘をついている。間違いない。あいつらは、わたしのあなたに対する確信を揺るがそうとしているんだ。まったく同じことをわめき散らしながら群がって襲いかかってきて」そこでコングロシアンは、こう説明を加えた。「あなたをカリフォルニアのジェンナーにあるわたしの家に送る。あそこでなら、わたしの妻と息子と一緒にいられる。ペンブロークにはもう手が出せない。なぜって、あなたがジェンナーに着くころにはもう完全に死んでしまっているから。実は、もうひとつ別の器官を遮断してやったんだ。今度のは——どれかなんてことは気にしなくていい——さっきのよりももっと重要な器官だ。余命はあと六分だな」

ニコルが言った。「リヒャルト、彼を——」彼女は言葉を切った。すべてがふいっと消えてしまった。コングロシアンもペンブロークもホワイトハウスの執務室も、なにもかもが消失し、そしてニコルは陰気な雨林の中にたたずんでいた。きらきら光る木の葉のあいだから霧のような雨が降ってくる。足の下の地面はやわらかく、水分をいっぱいに含んでいた。なんの音も聞こえなかった。湿気が充満した森は完全な静寂に包まれていた。

彼女はひとりきりだった。

やがて、彼女は歩きはじめた。全身が強張って、すっかり老いてしまったように感じられ、足を動かすのも大儀だった。この静寂と霧雨の中に百万年も立っていたような気がした。永遠にここにいたかのような気がした。

前方、蔓植物が絡み合う濡れた低木の藪を通して、ペンキの塗りなおしもされていない古びた杉材の建物が見えた。家だ。ニコルは腕を組み、寒さに震えながら、家に向かって歩いていった。

伸び放題の最後の樹の枝を脇に押しのけると、家の車寄せと思える道の真ん中に、見るからに年代物のオートキャブが停まっていた。

キャブのドアを開いて、「一番近い町に連れていって」と言った。

キャブのメカニズムは反応しなかった。まるで死にかけているかのように、じっとしたままだった。

「聞こえないの？」ニコルは声を上げた。

少し離れたところから、女性の声が聞こえてきた。「申しわけありません。そのキャブはレコード会社の人たちのなんです。そのかたたちがまだ使っている状態なので、応答しないんです」

ニコルは背筋を伸ばすと、キャブのドアを閉めた。「あなたはリヒャルト・コングロシアンの奥さん？」

「ええ、そうです」女性は言ってポーチの木の階段をおりてきた。「どちらさま――」と言いかけて、彼女はまばたきした。「ニコル・ティボドーですね」

「ええ」ニコルは言った。「中に入って、なにかあたたかい飲み物をいただけるかしら？　具合があまり良くないの」

「もちろんですわ」コングロシアン夫人は言った。「どうぞ。リヒャルトに会いにいらしたんですか？ 今は不在なんです。最後に聞いたところでは、サンフランシスコのフランクリン・エイムズ神経精神医学病院にいると言っていました。ご存じですか？」

「ええ。でも、もうそこにはいないわ。いいえ、彼を探しているわけではないの」ニコルは夫人のあとに続いてフロントポーチに上がっていった。

「レコード会社の人たちはもう三日もいるんですよ」コングロシアン夫人が言った。「朝から晩まで録音また録音で、戻る気がないんじゃないかと思いはじめているところです。とてもいい人たちで、一緒にいるのを楽しんでいます。夜にはここに泊まってくれて。そもそもは、アート・コーポとの古い契約のもとで夫の演奏を録音するために来られたんですけど、でも、いま言ったとおり夫は不在なので」彼女は玄関のドアを押さえて、ニコルが家に入るのを待った。

「ご親切に感謝するわ」家はあたたかく、乾いていた。外のわびしい風景の中を歩いてきたあとでは、それは安堵以外のなにものでもなかった。暖炉には火が燃えていた。ニコルは炉端に歩み寄った。

「ついさっき、テレビで、間違いとしか思えない不思議な話を聞きました」コングロシアン夫人は言った。「あなたに関することです。わたしにはわけがわかりませんでした。あなたに関係があることで――そう、存在していないとかなんとか言っていたと思います。わたしがなにを言っているのか、わかります？ テレビではいったいなんの話をしていたんですか？」

「わたしにもわからないわ」ニコルは体をあたためながら言った。

「コーヒーをいれてきますね。あのかたたち――ミスター・フリーガーとほかにEMEの人が二人――も、もうまもなく戻ってくるはずです。ディナーの時間ですから。あなたはおひとり？　お連れはいらっしゃらないんですか？」彼女は当惑しているようだった。

「完全にわたしだけ」そう言って、ニコルは考えた。ワイルダー・ペンブロークはもう死んでしまっただろうか。自分のために、そうであることを願った。「あなたのご主人は本当にすばらしい人ね。わたしは彼にとてつもない借りがあるの」事実、命を助けられたのだ。

「あの人も、あなたのことをとても大切に思っています」コングロシアン夫人は言った。

「ここに泊めてもらえるかしら？」ニコルは唐突に言った。

「もちろんです。いつまででも、お好きなだけいてください」

「ありがとう」ニコルは少し気分が回復したのを感じた。たぶん、永遠に戻ることはないだろう。実際、どこに戻る場所があるというのか。ジャネットは死んだ。ゴルツも死んだ。国家元帥のゲーリングも死んだ。そして、言うまでもなくペンブロークも。ペンブロークも今は死んでしまっている。そして評議会のメンバーたち、ずっとニコルの背後にいて統治を続けていた、なかば影の存在だった彼らの全員も。もちろんNPたちが命令を実行したとすればだが、実行したであろうことに疑問の余地はない。

　そして、わたしにはもはや統治することはできない。ニュースマシンたちが、なにも考えていない効率的で機械的な形で、そうなるように計らった。そう、ニュースマシンとカープ親子が。ということは、今度はカープが支配者の座につくということだ。彼らはしばらくのあいだ権力を保持していられるだろう。わたしと同様、次の誰かに取って代わられるまでは。

　ニコルは思う。わたしは火星にも行くことができない。少なくともジャロピーでは！　わたしは自分でジャロピーを使えないようにしてしまった。ただ、ほかの方法はある。合法的な大型商用宇宙船と政府の宇宙船。軍が所有している超高速船。あのうちの一隻を徴用できるのではないか。ルディを、死の床に就いているとはいえ、彼を、あるいは〝あれ〟を介して。軍は法的に大統領（デア・アルテ）に忠誠を誓っている。彼ないし〝あれ〟が言うことを実行するのが軍の務めだ。

「コーヒーが入りましたけど。大丈夫ですか？　あちらに行きますか？」コングロシアン夫人はニコルをじっと見つめた。

「ええ」ニコルは言った。「大丈夫」そして、コングロシアン夫人のあとについて、古い屋敷のキッチンに入っていった。

　外の雨が激しくなっていた。ニコルは身を震わせ、雨に目を向けないようにした。雨は恐ろしかった。不吉な兆（きざ）しのように思えてならなかった。まもなくやってくる忌まわしい運命を警告しているかのような。

「なにを恐れているんです？」コングロシアン夫人が不意に言った。

「わからないの」ニコルは正直に言った。

「そんな状態のリヒャルトをずっと見てきました。きっと、ここの天候のせいに違いありません。陰鬱で単調な天候。でも、リヒャルトが話してくれていたことから、わたし、あなたがそんな状態になることは絶対にないと思っていました。リヒャルトがいつも話していたあなたは、とても勇敢で、とても強い女性でした」

「がっかりさせてごめんなさい」

コングロシアン夫人はニコルの腕をそっとたたいた。「がっかりさせるなんて、とんでもない。わたし、あなたが大好きです。気分を滅入らせているのは天候に違いありません」

「たぶん、そうね」ニコルは言った。しかし、彼女にはよくわかっていた。それは雨よりももっと恐ろしいもの、はるかに恐ろしいものだ。

15

プロフェッショナルを絵に描いたような険しい目つきの中年の国家警察(NP)が、モーリイ・フラウエンツィンマーとチック・ストライクロックに言った。「おまえたちを逮捕する。一緒に来い」

「わかったか？」モーリイが火傷(やけど)をしそうなほどに強烈な非難をこめてチックに言った。「だからそう言ったろう！　連中がつかまえにくるって。われわれは完全にだまされた。梯子(はしご)の一番下まで転げ落ちた間抜けだ。究極のど阿呆(あほう)だ」

チックはモーリイとともに、フラウエンツィンマー・アソシエーツの慣れ親しんだ散らかり放題の小さなオフィスを出ていった。NPは二人のすぐ後ろにぴったりとついていた。チックとモーリイはなにも言わず、むっつりと、停車しているパトカーに向かってとぼとぼと歩いていった。

「二時間前」とモーリイがいきなり吐き出すように言った。「われわれはすべてを手にしていた。それが、おまえの弟のおかげでどうなった。すっからかんだ」

チックは答えなかった。彼に答えられることはなにひとつなかった。「おまえはまた雇ってやる、チック」パトカーがエンジンをかけ、アウトバーンに向かって走り出すと、モーリイは言った。「だから、神よ、助けたまえ」

「抜け出せますよ、この状態からは」チックは言った。「これまでもいろいろなトラブルに出遭ってきたけれど、いつもクリアしてきたじゃありませんか。なんとかして」

「おまえが移住してさえいたら」モーリイが言った。

本当にそうだったらどんなによかったことか。チックは思った。リヒャルト・コングロシアンとぼくはこの今――どこにいた？　深宇宙のただなか、フロンティアの農場に向かう旅の途上。なににも汚されていない、まったく新しい人生を始めるための。それなのに……このざまだ。今、コングロシアンはどこにいるんだろう。あの時のひどい状態のままなのか。それはないだろう。

「今度おまえが会社を辞める時は――」モーリイがしつこく言いはじめる。

「わかりましたよ！」チックは荒々しく言った。「いいかげんにしてください。こんな時にそんなことを言って、いったいどうなるっていうんです？」ぼくがこてんぱんにしてやりたいのはヴィンスだ。そして、ヴィンスのあとはフェリックスとアントンのカープ親子だ。

チックの隣に座っていたNPが突然、運転席のNPに言った。「見ろ、シド。道路封鎖だ」

パトカーが速度を落とした。窓から覗いたチックは、封鎖地点に軍の機動武器運搬車が停まっているのを見た。その上に設置された巨大な銃砲が不気味に、八車線の道路を封鎖しているバリケードの脇に停車させられた車とホイールの列に向けられている。チックの横にいるNPがピストルを抜いた。運転席のNPもそれにならった。

「なにごとです？」チックは言った。心臓が激しく打っていた。

NPは二人ともチックの問いには答えず、訓練された効率的な形でアウトバーンをブロックしている陸軍部隊を凝視していた。二人とも恐ろしく緊張の度を高めているのがチックには感じ取れた。緊張は車内いっぱいに広がっていた。

その時、前方の車に接触せんばかりのところをジリジリと前進していたパトカーの開いた窓から、テオドルス・ニッツのコマーシャルマシンがひとつ、するりと入りこんできた。

「みんなに、服を透して裸の体を見られているような気がしませんか？」コマーシャルはコウモリのようなキーキー声で叫び、フロントシートの下にずるずると入っていった。「大勢がいる中でズボンのジッパーがおろされたような気がして、思わず下を見てしまうというようなことが――」

コマーシャルはパタリと沈黙した。全身に敵意をみなぎらせた運転手のNPがピストルで撃ったのだ。「くそったれ、こいつらは大っ嫌いなんだ」嫌悪感もあらわに、NPは吐き捨てるように言った。

ピストルの発射音のおかげで、パトカーはただちに兵士の群れに取り囲まれた。兵士の全員が武装し、全員が即応態勢に入っている。

「銃を置け！」分隊長の軍曹が吠えた。

二人のNPはしぶしぶピストルを脇に投げ出した。兵士のひとりがパトカーのドアをぐいと引き開けた。二人は両手を上げて用心深く車から降り立った。チックとモーリイもそれに続いた。

「誰に向かって発砲した？」軍曹が詰問した。「われわれか？」

「ニッツのコマーシャルです」NPのひとりが震え声で言った。「車の中を見てください。シートの下です。あなたがたを撃ったわけじゃない――本当だ！」

「本当のことを言っています」兵士が車内を調べたのちに言った。「シートの下に死んだテオドルス・ニッツ・コマーシャルが転がっています」

軍曹はしばし思案したのちに言った。「行っていい。ただし、武器は置いていけ」そして、こう付け加えた。「その二人の囚人もだ。今後、指令はすべて軍のGHQから出されることになる。警察本部からではない」

二人のNPは即座にパトカーに飛び乗り、ピストルを放り出してドアをバタンと閉めるや、バリケードの通過口を抜け、ものすごい勢いでアウトバーンを走り去っていった。チックとモーリイは、パトカーの姿が見えなくなるまでじっと見送っていた。

「なにが起こっているんですか？」チックがたずねた。

「おまえたちは好きなようにしていい」軍曹が告げた。「家に戻って外に出ないようにしていろ。街なかで起こっていることにはいっさいかかわらないように。なにが起こっているように思えてもだ」そして、分隊は去っていき、チックとモーリイは二人だけで取り残された。

「反乱だ」モーリイの顎がだらりと下がった。「軍の」

「でなければ、警察の」チックは言って、すばやく考えた。「街に戻るにはヒッチハイクをしないと」子供の時以来、ヒッチハイクなどしたことはない。今、この歳でそんなことをするのは不思議な気分だった。ほとんど爽快な気分だと言ってもよかった。チックは親指を上げて、少しずつ前進している車列の横を歩きはじめた。風が顔に吹きつけてくる。大地と水と大都市の匂いがした。チックは胸いっぱいにその空気を吸いこんだ。

「待ってくれ!」モーリイが叫び、あわててあとを追ってきた。

北の空に突然、煙の柱が立ちのぼり、みるみる巨大なキノコ雲が形成されていった。重い轟音が地面を揺るがせ、チックは思わず跳び上がった。目の上に手をかざして、そちらのほうを見やる――なにが起こったんだ? 爆発。たぶん小型の戦術核兵器。ほどなく焦げくさい不快な臭いが届き、チックはそれがなんであるかをはっきりと知った。

ひとりの兵士が通りすぎざま、チックに顔を向けて言った。「カープ・ウント・ゾーネン・ヴェルケのデトロイト支社だ」兵士はにやりと笑い、そのまま急いで歩きつづけた。

モーリイが低い声で言った。「彼らが吹き飛ばしたんだ。軍がカープを吹き飛ばしたんだ」

「そのようですね」頭がぐらぐらした。チックは再度、反射的に親指を立てて、乗せてくれる車を待った。

頭上、軍のミサイルが二基、高速でNPの飛行艇を追っていった。チックは、それらが視界から消えるまでじっと見つめていた。

全面戦争だ。チックは頭の中でつぶやいて、おののいた。

「われわれも吹き飛ばすつもりだろうか」モーリイが言った。「工場のことだ。フラウエンツィンマー・アソシエーツも吹き飛ばすつもりだろうか」

「うちの会社は小さすぎますよ」チックが言う。

「ああ。そのとおりだな」モーリイは言って、大丈夫だと自分に言い聞かせるようにうなずいた。

小さいことはいいことだ。チックはしみじみ思った。こんな時代には。それも、小さければ小さいほどいい。そのまま消失点まで行ってしまえばいい。

チックとモーリイの前方で停まった一台の車があった。二人はそのほうに歩いていった。

今度は東の方角に新たなキノコ雲が現われ、どんどん大きくなっていった。そして再び地面が揺れた。AG製薬だ。チックはそう思いながら、待ってくれていた車に乗りこんだ。

「どこに行きたいんだ?」運転手が言った。丸々と肥った赤毛の男だった。

モーリイが言う。「どこでもいい。とにかく、この騒動から一刻も早く離れたい」

「同感だ」肥った赤毛男は言って車を発進させた。「まったくもって同感だ」古い時代遅れの車ではあったが、走るには充分だった。チックはシートに深々と座り、楽な姿勢をとった。隣で、モーリイも見るからに安堵したようすで、同じようにシートに背をあずけた。

「巨大カルテルどもをぶっつぶすつもりだと思う」赤毛の男は言って、前の車についてゆっくりと前進し、バリケードの狭い開口部から反対側に出た。

「違いない」モーリイが言った。

「そろそろ潮時だったな」と赤毛男。

「確かに」チックは言った。「その点では同じ意見だ」

車は速度を上げた。


大きな古い木造の建物のなか、埃とエコーが充満するなかで、チュッパーたちが動きまわっていた。たがいにしゃべり合い、コークを飲み、ダンスをしている者も数人いる。ナットの関心を引いたのはダンスだった。彼はポータブルのアンペクF－a2録音機をそちらのほうに持っていこうとした。

「ダンスはノー」ジム・プランクが言った。「歌はイエス。もう一度歌が始まるまで待て。まあ、あれを〝歌〟と呼んで、立派なものに見せられると言うんだったらだがな」

ナットは言った。「あのダンスのサウンドはリズミックだ。あれも拾っておくべきだと思う」

「形式上はおまえがこのベンチャーのリーダーだが」ジムは言った。「しかし、おれもこれまで、とんでもない量の録音をやってきた。言わせてもらえば、これはまったく使いものにならない。確かにテープ上には残るだろうさ。もっと正確に言うなら、その虫けらの中にな。しかし、これはまるっきり音楽には聞こえない。まるっきり」ジムは非情にナットをにらみつけた。

それでも、ぼくはとにかくやってみるつもりだ。ナットは頭の中で言った。「全員が……そして、ひどく背中が曲がっている」

「みんな、ひどく背が低い。ほとんどがわたしほどの背丈もない」モリーがナットの横に来て言った。

「彼らは失われた人種なんだ」ジムが短く肩をすくめて言った。「憶えてるか？　二十万年前だったか？　三十万年前だったか？　とにかく、とんでもない大昔に出現して数万年前に滅びた。今回、先祖返りで復活した彼らが、以前よりも大幅に長く生き延びるとは思えない。今の世界で彼らがそれをなしとげられるようには見えない。彼らは——たいへんな重荷を負っている」

そのとおりだ。ナットは思った。チュッパーたち——ネアンデルタール人に先祖返りした者たち——は、重荷に、それも実現不可能なタスクに、押しつぶされかかっているように見える。そのタスクとは生存しつづけることそのものだ。ジムの言っていることは百パーセント正しい。彼らには、そのタスクを達成するのに必要な物理的条件が完全に欠けている。小さく、背中が曲がっていて、従順で、謝ってばかりいて、足を引きずり、なにごとかぶつぶつとつぶやきながら、ほそぼそと自分たちの生存の道をよろめき歩いている。一刻一刻と終わりの時に向かっている。

だからこそ、ぼくたちはできるあいだに彼らの音楽を録音しておくべきなのだ。なぜなら、彼らのありようから見るかぎり、その生存の時はもうそれほど長くは続かないだろうから。

それとも……この考えが間違っていることはあるだろうか？

格子縞のシャツと薄い灰色の作業ズボン姿の大人の男性チュッパーがナットにぶつかり、はっきりしない言葉でもぐもぐと謝った。

「気にしないでいい」ナットは安心させるように言った。その時、自分の考えをテストしてみたい、この滅びゆく種を、先祖返りをなんとか元気づけたいという思いに駆られた。「ビールを一杯おごるよ」彼は、そのチュッパーに言った。「いいだろう？」全体が大きなレクリエーションホールになっているこの建物の裏手に、バーのようなものがあるのは知っていた。この建物はチュッパーたちが共同で所有しているらしい。

　チュッパーはおずおずとナットに目をやり、結構です、とつぶやいた。

「どうして？」ナットは言った。

「どうしてって――」チュッパーはナットの視線を受けとめられないようだった。床を見つめ、拳を握ったり開いたりした。その仕草は閉鎖回路を思わせたが、実際には一過的な痙攣（けいれん）を起こしているようだ。「できないから」と、ようやくチュッパーは言ったものの、立ち去ろうとはしなかった。ナットの前に立ったまま、床を見つめ、顔をしかめつづけている。きっと怯えているんだ。ナットは思った。怯え、まごついて、ひたすら消えてしまいたいという思いになっているんだ。

　ジム・ブランクがチュッパーにゆっくりと言った。「なあ、なにかすてきなチュッパーソングを歌ってくれないか？　録音するから」ジムはナットにウィンクした。

「放っといてあげなさいよ」モリーが言った。「歌えないのはわかってるでしょ。なにもできないのよ――はっきりしてるじゃないの」彼女は離れていった。明らかに二人に腹を立てていた。チュッパーはぼんやりと彼女のほうに目を向け、チュッパー特有の格好でうなだれた。その目はどんよりとしていた。

このよどんだ目を輝かせられるものがあるのか？　生きることが彼らにとってほとんどなにも意味していないのなら、どうして生き延びたいなどと思うだろう？　しかしその時、ナットの頭に突然、こんな思いが浮かんだ。もしかしたら、彼らは待っているのかもしれない。まだ起こっていないなにか、しかし、いつか起こることがわかっている――もしくは、期待している――なにかを。これなら、彼らの今の姿も説明がつく。現在の――からっぽの状態も。

「モリーの言うとおりだ。かまうのはよそう」ナットは言ってジムの肩に手を置いたが、エキスパートの録音技師は体を引いた。

「連中は見かけよりももっといろんなことができると思う」ジムは苛立たしげに言った。「今の状態は、言ってみれば待機しているようなもんだ。能力を無駄に使わないようにして。トライなどしないで。ちくしょう、おれは連中がトライするのを見たいんだよ」

「ぼくも同じだ」ナットは言った。「だが、ぼくらが、彼らがトライするようにさせることはできない」

ホールの片隅にあるテレビからいきなり轟音が聞こえてきた。大勢のチュッパーが、男も女も、ふらふらと近づいていって、ぼんやりとテレビの前に立った。なにか緊急のニュースを流しているのに気づいたナットは、はっとテレビに注目した。なにかが起こったのだ。

「聞こえるか？　キャスターがしゃべってること」ジムが耳もとで言った。「戦争がどうだかとか言ってる」

二人はチュッパーたちのあいだを縫うように進み、テレビの前に行った。モリーはすでにそこにいて、キャスターの話にじっと聞き入っていた。

「反乱よ」モリーが硬い口調で、テレビの音響システムから放出されるうつろな轟音と大々的な衝突の音にかき消されないよう声を張り上げて言った。「カープが――」その顔いっぱいに、信じられないという表情が浮かんだ。「カープとAG製薬が権力の奪取をくわだてた――国家警察(NP)と手を組んで」

画面には、煙を上げている、事実上、完全に形を失った建物群の名残りとも言うべき映像が映し出されていた。大規模な工場施設だったものが、きれいさっぱりと消え去っている。ナットには、それがなんだったのか見当もつかなかった。

「カープのデトロイト支社よ」モリーが、騒乱の大音響のなか、なんとかナットにそう伝えた。「軍がやったの。信じてよ、たったいまアナウンサーがそう言ったんだもの」

ジム・プランクが冷静に画面を見つめながら言った。「どっちが勝つ？」

「今のところはどちらもはっきりと勝ちにはなっていない」モリーが言う。「わたしにはわからない。あなたたちもキャスターの言ってることをよく聞いて。戦いはたったいま起こったばかり、現在進行中なのよ」

　チュッパーたちは黙りこくってテレビに見入っていた。彼らがすり足ダンスを踊るためのバックグラウンドミュージックを流していた蓄音機も止まってしまっている。チュッパーたちは今や、ほぼ全員がテレビのまわりに集まって、画面を見つめ、キャスターの声に熱心に聞き入っている。全国各地で繰り広げられている、ヨーロッパ・アメリカ合衆国(USEA)の軍隊と、カルテルにバックアップされた国家警察(NP)部隊との戦闘のシーン。

「……カリフォルニアでは」アナウンサーが興奮しきった口調でまくし立てている。「NP西海岸部隊が戦わずして、ホーハイト将軍指揮下の第六軍に降伏しました。しかし、ネヴァダでは――」画面に、リノのダウンタウンの一角が映し出された。急ごしらえの軍のバリケードに向かって、近くのビルのあちこちの窓からNPのスナイパーたちが銃撃を続けている。「軍が原子力兵器を事実上独占しているという事実から、最終的には軍の勝利は揺るがないと思われますが、しかし、目下の情勢からは……」キャスターは延々としゃべりつづける。USEAじゅうのレポーターマシンが、武力衝突が起きている地域を駆けめぐり、続々と情報を送ってきているのだ。

「長い戦いになりそうだ」ジム・プランクがナットに言った。顔色が悪く、疲れた表情だった。「おれたちがここにいたのは、とんでもなくラッキーだったな。戦いのど真ん中にいなくてすんだんだから」彼はなかば自分に言い聞かせているようだった。「今は身をひそめている時期だ」

画面には、警察のパトロール隊と軍の部隊との衝突の場面が映し出されていた。激しい銃撃戦が始まった。双方が遮蔽物を求めて走り出し、自動小銃から放たれる銃弾が切り裂くような音を立てて飛び交った。兵士がひとり、顔から地面に倒れ、続いて灰色の制服のNPが同じようにばったりと倒れた。

ナットの横にいたチュッパーが食い入るようにその場面を見つめながら、隣のチュッパーを肘で小さくつついた。二人とも男性だった。二人はにっこりと笑みを交わした。ひそかな意味のこめられた笑み。ナットはそれを見た。二人の顔に浮かんだ表情を見た。そして、すべてのチュッパーが同じひそかな喜びに目を輝かせているのに気づいた。

いったいいなにが起こっているんだ？

ジム・プランクが低い声で言った。「ナット。ちくしょうめ。彼らはこれを待っていたんだ」

ナットの背筋に戦慄が走った。これだったのか。先刻のからっぽとしか言いようのない状態、感情の欠落したよどんだ雰囲気は完全に消え去っていた。チュッパーたちは今やすっかり覚醒したように、ちらつくテレビ画面を見つめ、興奮したアナウンサーの話に聞き入っていた。彼らにとって、これはいったいなにを意味しているのだろう？　ナットは、感情をはっきりと表わした熱のこもったチュッパーたちの顔を精査し、そして思った。これが意味しているのは、チャンスがやってきたということだ。これは、彼らにとってチャンスとなりうるのだ。

彼らの目の前で、われわれはたがいに殺し合っている。そして——これは、彼らに場所を、彼らが入りこめるスペースを提供することになる。もはや、この陰鬱な狭苦しい居住地に閉じこめられている必要はない。USEAじゅうに彼らのためのスペースが広がるのだ。USEAのいたるところに。

心得顔に笑みを交わしながら、チュッパーたちは熱心にテレビを見つめ、アナウンサーの声に耳を傾けつづけた。

ナットの恐怖がつのっていった。

モーリイとチックを乗せてくれた肥った赤毛男が言った。「ここまでだ。おりてもらわなきゃならん」車は減速し、歩道ぎわに停まった。すでにアウトバーンからおりて、市中に入っていた。道の両側では大勢の人々がパニック状態で駆けまわり、必死にシェルターを探している。パトカーが一台、そろそろと前進してきた。フロントガラスが粉々に砕け、中にいる男たちは銃を手に殺気立っているようすだ。「建物から出ないほうがいい」赤毛男が忠告した。

チックとモーリイは用心深く車から降りた。

「ぼくの住まい——エイブラハム・リンカーン共同住宅はすぐ近くです」チックは言った。「歩いていけます。さあ」彼は、体重オーバーのモーリイに先に立つように促した。そして、二人は、混乱し怯えきって逃げまどう群衆の一員となった。なんてメチャクチャな状態だ。

チックは思った。これが収まることはあるんだろうか。われわれの社会、生活様式が、この混乱を生き延びることはあるんだろうか。

「胃がむかむかする」モーリイがうめいた。彼は喘ぎながら必死にチックの横を進んでいった。激しい運動に顔が灰色になっていた。「こんなことには——慣れていない」

二人はなんとかエイブラハム・リンカーンにたどりついた。建物は被害を受けていなかった。入口にはセキュリティ担当の者たちが銃を手に立ち、その横に、身分証確認担当のヴィンス・ストライクロックがいた。ヴィンスは住宅に入ろうとするひとりひとりをチェックする作業を熱心にこなしていた。

「やあ、ヴィンス」入口に着くと、チックは言った。

ヴィンスはびくっとし、頭を上げた。兄弟は無言で見つめ合った。やがてヴィンスが言った。「やあ、チック。生きていてよかった」

「入ってもいいか?」チックは言った。

「もちろん」ヴィンスは言って、セキュリティ担当のほうを向き、うなずいてみせた。それからチックに向きなおり、「入れよ。NPに連れていかれなくて本当によかった」ヴィンスは、モーリイ・フラウエンツィンマーには一度も目を向けなかった。まるでモーリイがいないかのように振る舞っていた。

「わたしはどうなる?」モーリイが言った。

ヴィンスは首を絞められたような声で「あなたも——入っていい」と言った。「チックが特別に招いたゲストとして」

二人の後ろに並んでいた男性が怒りでいっぱいの切迫した声で言った。「急いでくれ！　外は安全じゃないんだ！」彼はぐいとチックを前に押しやった。

チックとモーリイはあわてて前に進み、エイブラハム・リンカーンの中に入った。すぐに二人は馴染み深い移動機械——エレベーターで、最上階の部屋を目指して上昇していった。

「あいつはこの事態でなにを手にすることになるんだろう」モーリイが考えこむように言った。「おまえの弟のことだよ」

「なにも」チックは短く言った。「カープはなくなってしまいました。ヴィンスもほかの大勢の従業員ももう終わりです」あのグループでぼくが知っている人間はヴィンスだけじゃない。チックは頭の中で言った。

「われわれも含めて、誰もこれ以上よくなることはないな」モーリイが言った。「もちろん、どちらが勝つかによって大いに違ってくるだろうが」

「どっちが勝つかなんて問題じゃありません」チックは言った。少なくとも、ぼくに理解できるかぎりでは、そんなことは問題じゃない。そこには、純然たる破壊が、大々的な国家的災厄がある。内戦で最もおぞましいのはそこだ。どんな結果がもたらされようと、内戦が破滅的であることは変わらない。大惨事であることには変わりがない。すべての人にとって。

部屋に着いてみると、ドアの鍵がかかっていないことがわかった。チックは最大限の注意を払いながらドアを開けた。そして中を覗きこんだ。

　ジュリーが立っていた。

「チック！」彼女は言って、一、二歩、チックのほうに歩み出た。彼女の横には大きなスーツケースが二個置いてあった。「荷造りしてたの。あなたとわたしで移住する手続きをすませたから。二人分のチケットを買って……どうしてかってことは聞かないで。絶対に教えるつもりはないから」顔は青かったものの、彼女は落ち着いていた。ドレスアップしていて、チックの目には格別に美しく見えた。そこで、ジュリーはモーリィに気づいた。「この人、誰？」彼女は口ごもった。

「ボスだ」とチック。

「わたし、二人分のチケットしか持っていない」ジュリーはためらいがちに言った。

「オーケーオーケー」モーリイは言って、ジュリーを安心させるためににっこりと笑いかけた。「わたしは地球にとどまらなけりゃならん。わたしは大企業を統括する立場にあるんでね」そしてチックのほうを向いて、「これはグッドアイデアだと思うよ。それじゃ、このお嬢さんが電話で言っていたお嬢さんなんだな。あの日、仕事に遅れてきた原因の」モーリイは陽気にチックの背中をどやしつけた。「たっぷり幸運があるように。おまえがまだ若いということがわかったような気がするよ――とにもかくにも、充分に若いということが。うらやましいかぎりだ」

　ジュリーが言った。「わたしたちの乗る宇宙船は四十五分後に出発するの。わたし、ずっと必死で祈ってたのよ、早く戻ってきてって。会社にいるところをつかまえようとしたんだけど――」

「NPにつかまってたんだ」チックが言った。

「宇宙船の発着場は軍がコントロールしてる」ジュリーが言う。「長距離の宇宙船に関しては、出発便も到着便も軍の監視下にあるから、発着場まで行ければ、あとは大丈夫」そして、こう付け加えた。「チケットを買うのに、あなたのお金とわたしのお金を全部使ってしまったわ。とんでもなく高かった。あのジャロピー・ジャングルはなくなってしまったし――」

「そろそろ行ったほうがいい」モーリイが言った。「わたしはここにいさせてもらう。きみたちに異論がなければ。あらゆる点から見て、ここはかなり安全そうだ」モーリイは疲れきった巨体を安楽椅子に沈め、苦労して脚を組むと、ダッチ・マスターを取り出して火をつけた。

「また会えると思います。いつかまた」チックはぎこちなく言った。どうやって話を切り上げて出かけたらいいのか、よくわからなかった。

「たぶんな」モーリイがうなるように言った。「いずれにしても、火星から便りをくれ」彼はコーヒーテーブルに置いてあった雑誌を手に取り、パラパラとめくりながら、目を通しはじめた。

「火星で暮らしていくために、なにをやることになるんだ?」チックはジュリーにきいた。

「農場か? そのことについては考えてあるのか?」

「農場よ」ジュリーは言った。「農業に適した土地の一画の所有権を宣言し、水を引くところから始めるの。火星には親戚がいるから、その人たちがわたしたちのスタートを助けてくれる」彼女はスーツケースを持ち上げた。チックはそれを彼女の手から奪い、次いでもう一個のスーツケースも持ち上げた。

「元気でな」モーリィが不自然なほどに明るい口調で言った。「二人して頑張って、あの赤い埃っぽい土をほじくり返してくれ」

「あなたもお元気で」チックは言って、どちらのほうが運を必要としているのだろうかと思った。地球にいるモーリィか、火星のぼくたちか。

「いずれシムを何体か送ってやろう」モーリィが言った。「きみたちのそばにいてくれる仲間を。この戦争が完全に終わったら」葉巻を吹かしながら、モーリィは二人が出ていくのを見送った。


いま一度、高らかな音楽が鳴り響き、背中の曲がった巨大な顎のチュッパーたちが何人か、すり足ダンスを再開していた。ナット・フリーガーはテレビから振り返った。

「アンペクにはもう充分録ったと思う」彼はモリーに言った。「そろそろコングロシアンの家に戻ろう。やっと終わった」

モリーが陰鬱に言った。「たぶん、どこに行っても、わたしたちは終わってしまったのよ、ナット。わかってるでしょ、たかだか数十万年、わたしたちがこの地球の支配種族だったたからと言って、それはなにを保証してくれるものでも――」

「わかってる」ナットは言った。「ぼくも彼らの顔を見た」彼はモリーを、アンペクF-a2を置いてある場所に連れていった。ジム・プランクもそのあとに続き、三人はポータブル録音機の脇に並んで立った。「さて」とナット。「戻るか？　本当に終わったのかな？」

「終わった」ジム・プランクがうなずきながら言う。

「でも、わたしたち」モリーが言った。「戦いが一段落するまでジェンナーエリアにとどまっているべきだと思うわ。今すぐにヘリで戻ってティファアナに降りるのは絶対に安全じゃない。ベス・コングロシアンがいいと言ってくれたら、いることにしましょうよ。あの家に」

「わかった」ナットはモリーの意見に賛成だった。百パーセント。

不意にジム・プランクが「見ろ。女性がひとり、こっちにやってくる。チュッパーじゃない。おれたちと——現代のおれたちと同じ種だ」

ほっそりした若い女性——短く刈りこんだ髪、青い綿のパンツにモカシン、白いシャツというでたちの女性が、すり足ダンスを踊るチュッパーたちのあいだを縫って、彼らのほうに近づいてきた。ぼくは彼女を知っている。ナットは頭の中で言った。百万回も見たことがある。ぼくは彼女を知っている。だけど、本当は知らなかったんだ。なんて奇妙な話なんだろう。信じられないほどに美しい。ほとんどグロテスクなほどに、この世のものとは思えないほどに美しい。これほどまでに魅惑的な女性を、ぼくはいったい何人知っている？　ひとりも知らない。この世界にはいない、ぼくらが生きているこの世界には。ただひとりを除いて——。

ニコル・ティボドーを除いて。

「あなたがミスター・フリーガー？」彼女は言って、ナットに近づくと、彼の顔を見上げた。彼女はとても小柄だった。テレビではまったくそうは見えなかった。実際、ナットはずっと、ニコル・ティボドーを、のしかかるほどに巨大な、禍々しいとさえ言っていい存在だと考えていた。実際の彼女がそうでないことがわかって、彼は強いショックを受けた。これがどういうことなのか完全には理解できなかった。

「そうです」ナットは答えた。

ニコルが言った。「リヒャルト・コングロシアンがわたしをここに送ったのだけれど、わたしは自分がいるべき場所に戻りたいの。あなたのオートキャブでわたしをここから連れ出してもらえるかしら？」

「もちろん」ナットはうなずいた。「なんだってやります」

チュッパーは誰ひとりとして彼女に注意を払わなかった。彼女を知らないか、知っていても気にかけていないかのように思われた。しかし、ジム・プランクとモリーはあんぐりと口を開け、ひたすら信じられないという面持ちで彼女を見つめていた。

「いつ発つの？」ニコルが言った。

「そうですね、しばらくはここにとどまるつもりです」ナットは言った。「戦闘が続いていますから。ここのほうが安全に思えます」

「いいえ」ニコルが即座にきっぱりと言った。「すぐに戻らなければならないわ。みんな自分の役割を果たさなければならない。あなたは彼らに勝ってほしいとでも言うの？」

「いったい誰の話をしているんですか？」ナットは言った。「いったいなにが起こっているのかも、はっきりとはわからないんです。問題はなんなのか、誰と誰が戦っているのか。あなたはご存じなんですね？　たぶん、ぼくにわかるように教えてもらえますね」でも、無理だろう。ナットは思った。ぼくが理解できるような、いや、ほかの誰にでも理解できるような形で、この事態を説明することは無理だろう。なぜなら、この出来事自体がそもそも理解できることではないのだから。

ニコルは言った。「あなたに、わたしを連れ戻してもらう——少なくともここから連れ出すようにしてもらうためには、なにが必要なの？」

ナットは肩をすくめた。「なにも」不意に心が決まった。物事がくっきりと見えた。「つまり、ぼくはやらないということです。申しわけありません。ぼくたちは現在進行中のこの出来事が決着するのを待ちます。コングロシアンがどうやってあなたをここに送り届けたのかはわからないけれど、たぶん、彼は正しかったんですよ。ここは一番いい場所です。あなたにとっても、ぼくたちにとっても。これから当分のあいだ、ここにいるのが最善です」ナットはニコルに笑いかけた。ニコルは笑みを返さなかった。

「地獄に堕ちるがいいわ」

ナットはほほえみつづけた。

「お願い、わたしを助けて。さっきは助けようとしていたじゃないの。そのつもりになっていたじゃないの」

ジム・プランクがかすれた声を上げた。「たぶん、彼はあなたを助けようとしているんですよ、ミセス・ティボドー。こうすることで――あなたをここにとどめておくことで」

「わたしもナットが正しいと思います」とモリー。「あなたが、この今ホワイトハウスにいるのは絶対に安全じゃありません」

ニコルは猛々しく三人を見まわした。それから、あきらめたようにため息をついた。「なんてところに閉じこめられてしまったのかしら。リヒャルト・コングロシアンも忌々しいったらありゃしない。これは根本的に彼のミスだわ。あの生き物たちはいったいなんなの？」

ニコルは、足を引きずって踊る大人のチュッパーたちと、埃っぽい木の大ホールの両側に並んでいる、チュッパーになったばかりの小さな子供たちのほうを手ぶりで指し示した。

「ぼくにもはっきりとはわからないんですが」ナットは言った。「われわれの親類と言っていいでしょう。〝子孫〟というのが一番ありそうですが」

「先祖だよ」とジム・プランク。

「いずれ時がたてばわかる」ナットは言った。

ニコルはシガリロに火をつけ、気を取りなおしたように言った。「子孫だかなんだか知らないけれど、わたしは大嫌い。見ているだけで気分が悪くなってくる。コングロシアンの家に戻ったら、絶対にずっとハッピーになれるわ」

「確かに」ナットは言った。極端とも言えるニコルの反応だったが、ナットも間違いなく同じ感覚を共有していた。

四人のまわりで、チュッパーたちは単調なダンスを続けていた。四人の〝人間〟にはいっさい関心を向けることなく。

「それでも」とジム・プランクが考え深げに言った。「結局は、彼らに慣れなきゃならないということになるんだろうな」

Welcome Back to Dick's Welt

ＳＦ評論家
高橋良平

本作は、フィリップ・Ｋ・ディックが *The First Lady of Earth* のタイトルで脱稿し、いつものように、ＳＦファン出身のスコット・メレディス率いるＳＦ・ミステリ分野で著名なニューヨークの著作権代理店、スコット・メレディス・リテラリイ・エージェンシイにタイプ原稿を送付（受領は一九六三年八月二十八日）、その一年後の六四年夏、*The Simulacra* と改題されてエース・ブックスからペイパーバック・オリジナルとして出版された。

邦訳は――およそ三十年前の一九八六年五月に汀一弘訳でサンリオＳＦ文庫からでたものの、同叢書の廃刊にともない絶版。それがこのたび、テッド・チャン原作の《メッセージ》を手がけたフランス系カナダ人監督ドゥニ・ヴィルヌーヴによる話題作《ブレードランナー２０４９》の公開にあわせ、ながらく絶版だったディック長篇の新訳版を、四カ月連続で刊行する本文庫のプロジェクトの一冊に選ばれて復活、ディックの長篇中、もっともプロットが複雑と評される本作の、新訳決定版が刊行された次第である。

一九五〇年代の加熱ぎみのSFブームが退潮したうえ、最大手取次の倒産廃業が追い討ちをかけ、二十誌ほどを数えたSF雑誌が次々休刊、六〇年代を迎えて生き延びたのは、ジョン・W・キャンベル編集で〈アナログ〉と誌名を変える〈アスタウンディング〉、才媛シール・ゴールドスミス編集の〈アメージング〉と姉妹誌〈ファンタスティック〉、ロバート・P・ミルズ編集の〈F&SF〉の月刊四誌と、創刊編集長H・L・ゴールドの後を継いだフレデリック・ポール編集の隔月刊誌〈ギャラクシイ〉と姉妹誌〈イフ〉のみだった。ポールはさらに〈ワールズ・オブ・トゥモロウ〉（六三年四月創刊号）も編集するが、これまた隔月刊誌だった。かようにマーケットが縮小しては（しかも、〈アナログ〉には作風があわず、採用に見込みなし!）、いかな短篇の名手といえど長篇に力を注がざるを得ない。『去年を待ちながら〔新訳版〕』の訳者あとがきに「とにかく浪費癖のある奥さんとの生活を支えるために、ものの一、二カ月で長篇一本を書いている」（この奥さんのキャラが本書のジュリーに投影されているかも）とあるような事情もあって、〝粗製乱造〟といわれてもしかたない量産態勢にはいったのだった。この時期、執筆・出版された長篇を挙げてみると——

1　**Dr. Futurity**（1960,Ace）＊ジョン・ブラナーの *Slavers of Space* と合本
『未来医師』（佐藤龍雄訳・創元SF文庫）

2　**Vulcan's Hammer**（1960,Ace）＊ジョン・ブラナーの *The Skynappers* と合本
『ヴァルカンの鉄鎚』（佐藤龍雄訳・創元SF文庫）

3　**The Man in the High Castle**（1962,Putnam）

『高い城の男』（浅倉久志訳・本文庫）

4 **The Game-Players of Titan**（1963,Ace）
『タイタンのゲーム・プレーヤー』（大森望訳・創元SF文庫）

5 **Martian Time-Slip**（1964,Ballantine）
『火星のタイム・スリップ』（小尾芙佐訳・本文庫）

6 **The Simulacra**（1964,Ace）
『シミュラクラ』＊本書

7 **The Penultimate Truth**（1964,Belmont）
『最後から二番目の真実』（佐藤龍雄訳・創元SF文庫）

8 **Clans of the Alphane Moon**（1964,Ace）
『アルファ系衛星の氏族たち』（友枝康子訳・創元SF文庫）

9 **The Three Stigmata of Palmer Eldrich**（1965,Doubleday）
『パーマー・エルドリッチの三つの聖痕』（浅倉久志訳・本文庫）

10 **Dr. Bloodmoney; or How We Got Along After the Bomb**（1965,Ace）
『ドクター・ブラッドマネー　博士の血の贖い』（佐藤龍雄訳・創元SF文庫）

11 **The Crack in Space**（1966,Ace）
『空間亀裂』（佐藤龍雄訳・創元SF文庫）

12 **Now Wait for Last Year**（1966,Doubleday）

『去年を待ちながら』(山形浩生訳・本文庫)

13 **The Unteleported Man** (1966,Ace) ＊ハワード・L・コーリイの *The Mind Monsters* と合本

『テレポートされざる者』(鈴木聡訳・サンリオSF文庫)

以上だが、版元の格と作品の質が伴っているかに思えてしかたない。ハードカヴァーでは、『高い城の男』のパトナムは文芸書でも名高い一流出版社、『パーマー・エルドリッチの三つの聖痕』と『去年を待ちながら』のダブルデイは、戦後、SFのハードカヴァー出版に先鞭をつけた一流出版社で、SF作家にとってもステイタスが高かった。ペイパーバックに移ると、『火星のタイム・スリップ』のバランタイン・ブックスは、バンタム・ブックスの創立に寄与したイアン・バランタインが一九五二年に立ち上げた出版社で、そのSF路線のラインナップには名作・傑作の目白押しだった。ベルモットは二流の評価を免れない。

さて、この時期にもっとも多くディックの長篇を採用したエース・ブックスは、パルプ雑誌の発行人だったA・A・ウィンが一九五二年に創立。長篇二作(もしくは片方が短篇集)を背中あわせで製本したダブル・ブック――いわば両A面で裏表紙がなく、一冊で二作読めるお得感があった――で名を馳せていた。ただし、ほとんどのペイパーバックが新書判のトールサイズに移行しても、天地が一・五センチほど短く、こぶりなサイズを維持したせいで、パルプ雑誌風の派手なカヴァー画とあいまって、安っぽく見えたのは否めない。

エース・ブックスの編集長は、ジュヴナイルSFやデイヴィッド・グリンネル名義の作品

で知られる作家であり、SF誌の編集を歴任してきたベテランのドナルド・A・ウォルハイム。ディックの長篇デビュー作『偶然世界』（旧訳題『太陽クイズ』・小尾芙佐訳・本文庫）を採用した恩人でもあり、この時期には、ディレイニーやル・グィンのデビュー作を世に送り出している。新人発掘に意欲的だといえば聞こえはいいが、出版点数を揃えるためもあり敷居は高くはなく、しぜんと玉石混淆（ディック作品もまた）を招くのもやむをえず、SFを年間最多出版する叢書にもかかわらず、うるさがたSFファンの評価は低かった。

さて、そんなうるさがたのファンも、本作『シミュラクラ』には、さぞ驚いたことだろう。なにせ、フルネームのあがる人物は、まったく登場しない人間も含め、四十三名にものぼり、主要人物だけでも二十名。アンサンブル・キャストといっていいこれらの登場人物が、それぞれにいくつものプロットを駆動させ、それが絡まり、物語を輻湊（ふくそう）させてゆくが、大団円を迎えるわけでもなく、余韻／予兆を残して突き放すのは、いかにもディック的だ。

時代は二十一世紀なかば。それまでの歴史といえば、一九七五年にフランス系キリスト教ファシストが台頭し、一九八〇年には米中の武力衝突が起こり第三次世界大戦が勃発、北カリフォルニア海岸地域は中国の核攻撃によって雨林地帯と化し、核の放射能降下物によってミュータント（チュッパー）が誕生。八〇年代に宗教集産主義運動が起こるなか、九四年ごろに西ドイツがアメリカの五十三番目の州となってヨーロッパ・アメリカ合衆国（USEA）が誕生する。USEAと巨大都市集合体ワルシャワを中心とする共産主義体制とに世界が二極化されるなか、USEAでは九〇年代にはいると、一般大衆の求めに応じ、カリスマ性をもつ大統領夫人（ファーストレディ）のほうが大統領よりも地位を上とする母権制に移行、大統領は四年毎の選挙で交代するが、実権は代わらぬファーストレディが握っている。だが、そうした史実も国情も世界情勢も大衆からは隠され、国民は、極秘事項の真実を知る特権階級のGeと権力に従うしかない平民のBeに二分されている。都市は消滅し、定職・定収入のある人々は各地の数百人規模の超巨大マンション的な自治共同住宅で暮らしている。そこで週二回開催されるタレントショーに出演し、ホワイトハウスのスカウトに見出され、ファーストレディを満足させる芸をもつことが、この冷徹な格差社会で富裕なGeにのしあがる方法のひとつになっている——この部分の抜粋が、"Novelty Act"と題して、〈ファンタスティック〉一九六四年二月号に掲載されている。

そして、作中の現在時、国際精神分析治療医協会(IAPP)の反対にもかかわらず、大統領令のマクファーソン法が実施される。これは精神分析治療を禁止する法律で、病院は強制閉鎖、治療すれば国家警察(NP)が逮捕という悪法で、シミュラクラ製造が中心のカープ・ウント・ゾーネン・ヴェルケに次ぐ巨大カルテルであり、ベルリンに本拠をおくAG製薬が"精神病には薬物治療を"と主張し、開発した医療用合成化学薬剤の寡占(かせん)を目論んで政府に迫った結果である。

ちなみに、本作中で一カ所、ビンスワンガーの名前がでてくるが、ディックが現存在分析について知ったのは五〇年代末のことで、六二年以降の作品には、実存主義哲学や現象学を背景とするスイスの精神科医ルートヴィヒ・ビンスワンガーやメダルト・ボスの現存在分析の用語や世界観が使われるようになったことを指摘しておくのも無駄ではないだろう。

以上が、本作品の世界設定のあらましだが、ここに、シミュラクラやタイムトラベル装置、ミュータントといった大ネタからSFではおなじみのガジェットまで、それに空飛ぶ中古車売場めいた火星行き使い捨て超小型違法宇宙船販売所や火星やガニメデの生物などのディック的独創を加え、アイデアてんこ盛りで物語は行き先知れずに展開してゆく。

思いつくまま野放図に書かれたかのように彷徨（さまよ）いつづけ、いくつか放りっぱなしやら安直な部分もあったりするが、だからこそそのディック的本領発揮で興味深く読め、かつてジョン・ブラナーの指摘したディック作品共通のテーマ、〝空虚な世界〟〝権力の行使〟〝現実の代用となる幻影〟〝精神異常や薬品の影響による外界の展性〟〝偶然と決定論の衝突〟も健在で、本作は、はからずも現在の世界を照射する傑作となりえている。

最後に、日本でいつ観られるかわからないが、最新映像情報をお伝えしておこう。ディックの短篇を原作にしたアンソロジーTVシリーズ《Philip K. Dick's Electric Dreams》全十話がそれで、製作総指揮のマイケル・ディナーによれば五年がかりの企画とか。英米それぞれ五話ずつ制作分担した合作で、イギリスのチャンネル4は九月から放映を開始、同時に収録作十話それぞれに脚本家がまえがきを添えた短篇集がゴランツ社からトレイド・ペイパーバックで出版されている。アメリカはAmazonビデオが配信するが、いまのところ期日は未定。ただ、同短篇集がホートン・ミフリン・ハーコート社から十二月にハードカヴァーで出版予定というから、ほぼ同時期にアメリカでもお目見えするのだろう。制作順の各エピソードは以下のとおりである――

1 **Crazy Diamond**

原作“Sales Pitch”（1954）「CM地獄」

脚本トニイ・グリソーニ／監督マーク・マンデン／出演スティーヴ・ブシェミ、ジュリア・デイヴィス

2 **The Commuter**

原作“The Commuter”（1953）「地図にない町」

脚本ジャック・ソーン／監督トム・ハーパー／出演ティモシイ・スポール、レベッカ・マンリー、タペンス・ミドルトン、ルディ・ダーマリンガム

3 **Impossible Planet**

原作“The Impossible Planet”（1953）「ありえざる星」

脚本・監督デイヴィッド・ファー／出演ジャック・レイナー、ベネディクト・ウォン、ジェラルディン・チャップリン

4 **Human Is**

原作“Human Is”（1955）「人間らしさ」

脚本ジェシカ・メッケルンバーグ／監督フランチェスカ・グレゴリーニ／出演エシー・デイヴィス、ブライアン・クランストン

5 **Father Thing**

原作“The Father-Thing”（1954）「父さんもどき」

脚本・監督マイケル・ディナー／出演グレッグ・キニア、ジャック・ゴア

6 **Real Life**
原作“Exhibit Piece”（1954）「展示品」
脚本・ロナルド・D・ムーア／監督ジェフリイ・ライナー／出演アンナ・パキン

7 **The Hood Maker**
原作“The Hood Maker”（1955）「フード・メーカー」
脚本マシュー・グラハム／監督ジュリアン・ジャロルド／出演リチャード・マッデン

8 **Kill All Others**
原作“The Hanging Stranger”（1953）「吊るされたよそ者」
脚本・監督ディー・リース／出演メル・ロドリゲス、ヴェラ・ファーミガ

9 **Autofac**
原作“Autofac”（1955）「自動工場」
脚本トラヴィス・ビーチャム／監督ピーター・ホートン／出演ジュノー・テンプル

10 **Safe and Sound**
原作“Foster, You're Dead!”（1955）「フォスター、おまえはもう死んでるぞ」
脚本カレン・イーガン＆トラヴィス・センテル／監督アラン・テイラー／出演アナリース・バッソ、モーラ・ティアニイ

二〇一七年十月記

訳者略歴　慶應義塾大学文学部中退，英米文学翻訳家　訳書『時は乱れて』ディック，『幻影の都市』ル・グィン，『遠隔機動歩兵―ティン・メン―』ゴールデン，『無伴奏ソナタ』カード（共訳）（以上早川書房刊）他多数

HM=Hayakawa Mystery
SF=Science Fiction
JA=Japanese Author
NV=Novel
NF=Nonfiction
FT=Fantasy

シミュラクラ
〔新訳版〕

〈SF2155〉

二〇一七年十一月二十日　印刷
二〇一七年十一月二十五日　発行
（定価はカバーに表示してあります）

著者　フィリップ・K・ディック
訳者　山田(やまだ)和子(かずこ)
発行者　早川浩
発行所　株式会社早川書房
郵便番号　一〇一 - 〇〇四六
東京都千代田区神田多町二ノ二
電話　〇三 - 三二五二 - 三一一一（大代表）
振替　〇〇一六〇 - 三 - 四七七九九
http://www.hayakawa-online.co.jp

乱丁・落丁本は小社制作部宛お送り下さい。送料小社負担にてお取りかえいたします。

印刷・星野精版印刷株式会社　製本・株式会社川島製本所
Printed and bound in Japan
ISBN978-4-15-012155-6 C0197

本書のコピー、スキャン、デジタル化等の無断複製は著作権法上の例外を除き禁じられています。

本書は活字が大きく読みやすい〈トールサイズ〉です。